Kommissar Handerson Sammelband

Unbekannt verstorben
Willkommen in Amberland
Endstation Containerhafen

Adrienne Träger

Adrienne Träger

Kommissar Handerson Sammelband

Unbekannt verstorben
Willkommen in Amberland
Endstation Containerhafen

Unbekannt verstorben ©2015, 2019 Adrienne Träger
Willkommen in Amberland ©2015, 2019 Adrienne Träger
Endstation Containerhafen ©2017, 2019 Adrienne Träger
Umschlaggestaltung: Adrienne Träger
Coverfotos: ©2015,2017,2019 Ingeborg Heck-Böckler und Michael Seidlitz

Verlag:

Amnesty International, Asylgruppe Aachen
Adrienne Träger
Adalbertsteinweg 123a/b
52070 Aachen

www.amnesty-aachen-asylgruppe.de
buecher@amnesty-aachen-asylgruppe.de
http://facebook.com/amnesty.asylgruppe.aachen

Druck: epubli – ein Service der neopubli GmbH, Berlin

Printed in Germany

Das Werk, einschließlich seiner Teile, ist urheberrechtlich geschützt. Jede Verwertung ist ohne Zustimmung des Autors/der Autoren bzw. Herausgeber unzulässig. Dies gilt insbesondere für die elektronische oder sonstige Vervielfältigung, Übersetzung, Verbreitung und öffentliche Aufführung oder sonstige öffentliche Zugänglichmachung.

Bibliografische Information der Deutschen Nationalbibliothek

Die Deutsche Nationalbibliothek verzeichnet diese Publikation in der Deutschen Nationalbibliografie; detaillierte bibliografische Daten sind im Internet über http://dnb.d-nb.de abrufbar.

Unbekannt verstorben

Carlshaven, 25. August 2014

Sie konnte nicht mehr. Es sollte endlich vorbei sein. Das war alles, woran sie denken konnte, als sie über die Brüstung der Brücke kletterte und hinuntersprang. „Endlich bin ich frei", war ihr letzter Gedanke, bevor sie mit dem Kopf auf den Bahngleisen aufprallte und die ewige Dunkelheit sie umschloss. Den Zug, der sie im nächsten Moment überrollte, spürte sie schon nicht mehr.

Am selben Tag

Als Kommissar Björn Handerson in den schmalen Feldweg einbog, der zur Bahnstrecke führte, konnte er die blau rotierenden Lichter der Streifenwagen schon von weitem sehen. Es war unverkennbar, dass hier etwas geschehen war und es würde nicht mehr lange dauern, bis sich die ersten Schaulustigen versammelten. Als er an der Absperrung angekommen war und den Motor abgestellt hatte, wunderte er sich, dass sie nicht schon längst da waren. Aber vielleicht war dieser Ort einfach zu weit abseits gelegen, um so schnell die vor Neugier geifernden Gaffer anzuziehen. Wie er sie hasste, diese Schaulustigen. Seit über dreißig Jahren war er nun bei der Kriminalpolizei im amberländischen Carlshaven, aber an diese sensationsgeilen Glotzer, die sich wie die Aasgeier auf jedes Unglück stürzten, weil es in ihrem Leben sonst nicht viel gab, worüber sich zu berichten lohnte, konnte und wollte er sich nicht gewöhnen.

Er hatte gerade zur Arbeit fahren wollen, als der Anruf kam. Ein vermeintlicher Selbstmord an der Güterzugstrecke zum Hafen. Als Mordkommission wurden er und seine Kollegen in so einem Fall pro forma dazu gerufen, obwohl es für sie meist nicht viel zu tun gab. Hier war der Fall sonnenklar – eine junge Frau hatte sich von der Brücke auf die Gleise gestürzt, als der Güterzug kam. Der Zugführer konnte nicht mehr bremsen und hatte sie überrollt. Ein klassischer Fall von Freitod. Zu ermitteln gab es da wahrscheinlich nicht viel.

Sergeantin Anna Carenin kam ihm, sich unter der Absperrung aus schwarz-gelbem Tatortband hindurchduckend, entgegen. Er lächelte. Die hochgewachsene, rothaarige junge Frau mit der sportlichen Figur war immer als erste am Tatort. Wie machte sie das bloß?

„Und?"

„Sieht nicht gerade schön aus. Der Zug hat sie voll erwischt."

„Wissen wir schon, wer sie ist?"

„Nein, an der Leiche war zumindest kein Hinweis auf die Identität zu finden. Einen Ausweis hatte sie nicht einstecken. Die Uniformierten suchen das Gelände ab, ob dort vielleicht eine Geldbörse oder ähnliches liegt, die ihr beim Sturz aus der Tasche gefallen sein könnte. Außerdem sammeln sie die restlichen Teile von ihr ein."

„Ist Weidmann schon da?"

„Ja. Und schlecht gelaunt wie immer."

Handerson seufzte. „Was auch sonst."

Er ging zum Kofferraum seines Wagens, um den Koffer mit der sterilen Schutzkleidung herauszuholen, die an jedem Tatort Vorschrift war, damit die Spurenlage nicht verfälscht wurde. Als er sich fertig umgezogen hatte, folgte er Anna hinter die Absperrung.

Der kleine, untersetzte Gerichtsmediziner Morton Weidmann saß über den Leichnam gebeugt und schaute grimmig.

„Hallo, Mort", grüßte Handerson ihn.

„Nichts ‚Mord'. Selbstmord. Zumindest deutet im Moment alles darauf hin. Ich wollte einen von den Plattfüßen losschicken, damit der nach dem Rest von der Frau sucht, da hat der mir doch glatt neben die Leiche gekotzt. Unprofessionell so etwas. Ich meine, das gibt es doch gar nicht. Lernen die heute auf der Polizeischule eigentlich gar nichts mehr?"

„Na ja, also schön ist nun wirklich anders...", versuchte Björn ihn zu beschwichtigen.

Weidmann ignorierte seinen Einwand. „Also, für mich gibt es hier erst mal nichts mehr zu tun", verkündete der kleine Gerichtsmediziner und stand auf. „Der Leichenwagen müsste gleich kommen. Die sollen den Leichnam und die restlichen Teile, die noch gefunden werden, in mein Institut schaffen. Ich beschäftige mich dann damit, wenn ich Zeit habe. Schönen Tag noch, man sieht sich."

Weidmann stand auf und ging Richtung Absperrung. Handerson sah ihm hinterher und seufzte; der Mediziner konnte sehr anstrengend sein. Er wandte sich wieder der Unfallstelle zu. Die Leiche sah wirklich nicht schön aus. Ein Bein und ein Arm waren von den Zugrädern abgetrennt worden und nicht zu sehen. Wahrscheinlich waren sie irgendwo in dem Gestrüpp an den Bahngeleisen gelandet. Das Gesicht war zwar von Blut verklebt und kaum erkennbar, schien aber nach dem Zusammenstoß mit dem Zug noch bemerkenswert intakt zu sein. Die Tote war dunkelhäutig und in ein teuer aussehendes Abendkleid gehüllt. Es sah zerrissen aus, aber das konnte auch eine Folge des Unfalls sein. An den Füßen waren keine Schuhe. Handerson schaute sich um, konnte aber auch keine entdecken. Vielleicht standen sie noch oben auf der Brücke. Aber zieht man sich denn die Schuhe aus, bevor man Selbstmord begeht?

Er blickte zur Brücke hinauf. Für ihn sah es zumindest aus wie ein klassischer Selbstmord. Sie war in dem Moment von der Brücke gesprungen, als der Zug kam. Alles passte zusammen. Das Einzige, das es jetzt noch zu klären gab, war ihre Identität und die Frage, wieso sie es getan hatte. Eine reine Routinesache. Wenn sich heute kein Hinweis auf ihre Identität finden würde, dann würde sich innerhalb der nächsten Tage bestimmt jemand melden, der sie vermisste. Und dann würde man auch herausfinden, wieso sie von der Brücke vor den Zug gesprungen war.

Neben dem Ende des Güterzuges stand ein Krankenwagen. Die Sanitäter kümmerten sich dort um den Zugführer, der nach dem Unfall ziemlich geschockt war und verzweifelt versuchte, damit fertig zu werden, dass er einen Menschen totgefahren hatte. Handerson ging zu ihm.

„Kommissar Handerson, Mordkommission Carlshaven. Sind Sie in der Lage, ein paar Fragen zu beantworten?"

„Ich kann nichts dafür, ehrlich. Die ist mir einfach vor den Zug gefallen. Da war so ein Schatten auf der Brücke und im nächsten Moment hängt die mir voll vorne drauf."

„Ein Schatten?"

„Na ja, die Frau halt. Die hatte die Sonne im Rücken. Ich habe immer Angst davor gehabt, dass mir das irgendwann mal passiert. So eine verdammte Scheiße."

„Sind Sie sicher, dass da nur eine Person auf der Brücke stand?"

„Ja, da war definitiv nur sie. Ich wollte die nicht überfahren, ehrlich, aber Bremsen ging wirklich nicht mehr."

Handerson legte dem Mann beruhigend die Hände auf die Schultern und sah ihm in die Augen.

„Das glaube ich Ihnen. Sie können nichts dafür. Aber Sie stehen unter Schock und sollten jetzt ins Krankenhaus."

„Wir fahren jetzt auch – oder brauchen Sie uns noch?", fragte einer der Sanitäter.

„Nein. Der Mann muss dringend ins Krankenhaus und gegen den Schock behandelt werden. Fahren Sie nur."

Die Sanitäter verfrachteten den Zugführer in den Rettungswagen, schlossen die Türen und machten sich auf den Weg. Der Mann tat Handerson leid. Er war nun schon seit über dreißig Jahren bei der Polizei und hatte in dieser Zeit mehrfach solche Fälle miterlebt. Die Lokführer konnten nichts dafür, dass sich jemand vor ihren Zug geschmissen hatte, aber das Gefühl, die Schuld dafür zu tragen, einen Menschen totgefahren zu haben, wurden sie nicht los. Viele von denen, die er kennengelernt hatte, waren nach einem solchen Zwischenfall nicht mehr in der Lage gewesen, ihren Beruf weiter auszuüben. Für den Mann hoffte er, dass er nicht zu diesen vielen gehören würde.

Er hielt nach Anna Ausschau. Sie sprach mit ein paar Uniformierten, die sich kurz darauf in Richtung Gestrüpp bewegten. Er ging zu ihr.

„Ich habe sie angewiesen, weiter nach den restlichen Leichenteilen und eventuellen persönlichen Gegenständen zu suchen. Wahrscheinlich ist etwas dahinten im Gebüsch gelandet", sagte Anna und wies in die Richtung, in die die Uniformierten gingen.

„Sag mal, hat man irgendwo auf der Brücke ihre Schuhe gefunden?"

„Nein, wieso?"

„Weil sie keine anhat."

„Komisch. Ich werde den Jungs noch sagen, dass sie auch nach den Schuhen suchen sollen."

„Da das hier kein Mord zu sein scheint, können wir wohl auch wieder fahren. Soll ich dich mitnehmen? Wie bist du überhaupt ohne Auto hergekommen?"

„Ich war schon im Präsidium, als der Anruf kam und habe mich von einem Streifenwagen herfahren lassen."

„Kluges Kind. Wo steckt eigentlich Peter?"

„Der meinte, da es sich augenscheinlich um einen Selbstmord handele, bräuchte nicht unbedingt die ganze Mordkommission hier aufzutauchen. Einer müsse ja die Stellung halten, falls etwas wirklich Wichtiges passieren sollte, und da er der dienstältere sei, sei es wohl meine Aufgabe, mir die Hände schmutzig zu machen. Komm, lass uns fahren und ihm erzählen, was er Schönes verpasst hat."

Anna sagte noch schnell einem Uniformierten Bescheid, dass sie auch nach den Schuhen suchen sollten, dann gingen sie. Als sie die Autos erreichten, konnten sie sehen, dass sich eine kleine Menschenmenge an der Absperrung versammelt hatte. Ein Beamter in Uniform hatte alle Mühe, sie zurückzuhalten. In der ersten Reihe stand ein hochgewachsener, schlanker Glatzkopf in den Vierzigern mit einer Zigarette im Mundwinkel und einem Notizblock in der Hand.

„Der schon wieder", dachte Handerson. Wie gesagt, er hasste menschliche Aasgeier, die nichts Besseres zu tun hatten, als sich am Unglück anderer zu weiden. Aber wenn er eines noch mehr hasste, dann waren es Reporter, die damit noch versuchten, Geld zu machen. Und Hans Schreiber vom *Carlshavener Kurier* war irgendwie immer da, wo es eine Leiche gab. Handerson hegte die dumpfe Vermutung, dass er heimlich den Polizeifunk abhörte, um sofort zur Stelle zu sein, wenn sich etwas Schlimmes ereignete. Anscheinend gab es im beschaulichen Carlshaven einen großen Markt für Nachrichten über Mord und Totschlag.

„Kommissar Handerson, können Sie schon etwas sagen?"

„Nein", knurrte Handerson den Reporter an. „Und selbst wenn, würde ich es dir bestimmt nicht verraten. Mach, dass du weg kommst."

„Soll ich das zitieren?"

„Arschloch."

„Na, na, Herr Kommissar, wer wird denn gleich so ausfallend werden?"

Handerson überlegte ernsthaft, Schreiber eine reinzuhauen. Er hasste diesen Typen wie die Pest, aber Anna legte ihm besänftigend die Hand auf die Schulter.

„Kein Kommentar. Komm, Björn, wir gehen."

Sie zogen die Schutzkleidung aus und stiegen ein. Handersons Wagen rollte langsam durch die sich vor ihm teilende Menge.

Kontuba, Mitte August 2013

Einer der Nachbarn hatte sie darauf aufmerksam gemacht. Er war Gärtner in einem der besseren Viertel von Kontuba und hatte es irgendwie aufgeschnappt. Eine Agentur in der Stadt vermittelte Jobs nach Europa. Die Bezahlung dort sollte sehr gut sein. Sie fand das Angebot interessant, hatte sie doch eine kranke Mutter zu unterstützen. Der Vater war schon lange tot und viele ihrer Geschwister noch klein. Mit ihren achtzehn Jahren war sie die älteste. Ihre zwei Jahre jüngere Schwester wollte mit, als sie ihr davon erzählte, doch wenn sie selber nach Europa ginge, dann müsste Maria zu Hause in Kontuba bleiben, um sich um die kranke Mutter und den Rest der Familie zu kümmern. Denn sie konnte nun einmal nicht gleichzeitig in Europa Geld verdienen und zu Hause in Afrika die Mutter pflegen. Also hatte sie es ihrer Schwester ausgeredet, sich ihre besten Sachen angezogen und war mit dem Bus zu dieser Agentur gefahren.

Nie hätte sie gedacht, dass man sie dort nehmen würde, aber es kam bekanntlich immer alles anders, als man denkt, und die Hoffnung starb zuletzt. Lange hatte sie nicht warten müssen. Eine freundliche Frau war auf sie zugekommen und hatte sie in ein Büro gebeten. Sie besaß glücklicherweise gute Referenzen, da sie in den letzten Jahren schon öfter als Dienstmädchen in den reicheren Vierteln von Kontuba gearbeitet hatte. Die Frau war beeindruckt und erklärte ihr, dass sie eine Stelle als Dienstmädchen für sie im amberländischen Carlshaven habe. Das Ehepaar für das sie arbeiten würde, käme auch aus Mabunte und wollte eine Haushaltshilfe aus der Heimat. Sie könnte schon in zwei Wochen anfangen. Die Kosten für den Flug übernähme die Agentur. Auch eine Unterkunft würde für sie organisiert werden.

Sie fühlte sich wie im siebenten Himmel. Nun gut, sie hätte lieber nach Deutschland oder England gewollt. Von Deutschland hatte sie schon viel gehört und Englisch sprach sie zumindest ein bisschen. Amberland sagte ihr so gar nichts, und sie kam sich ein wenig dumm vor, als sie die nette Frau von der Agentur fragte, wo es denn liege. Die musste doch denken, dass sie so ein ungebildetes Mädchen aus den Slums von Kontuba war, das nicht richtig lesen und schreiben konnte. Dabei war sie ein paar Jahre zur Schule gegangen, als ihr Vater noch lebte. Lesen und schreiben konnte sie. Aber eben nur mabuntisch und ein ganz klein wenig englisch. Die Frau von der Agentur blieb aber freundlich und machte nicht den Eindruck, als ob sie das Mädchen vor sich für dumm hielte. Sie holte einen Atlas heraus und zeigte ihr Amberland auf der Karte. Es lag an der Ostsee zwischen Deutschland und Polen. Ein sehr kleines Land, das wohl seinen Namen daher hatte, dass dort an den Stränden regelmäßig kleine Mengen Bernstein angespült wurden. Die nette Frau erklärte ihr, man spräche dort Deutsch, und viele Menschen, vor allem die jüngeren, sprächen auch Englisch. Das beruhigte sie etwas.

Sie fuhr mit dem Bus nach Hause, erzählte ihrer Familie und ihren Freunden im Township von ihrem Erfolg und machte sich sofort daran, ihre Koffer zu packen, auch wenn sie nicht viel besaß, das sie hätte hineinlegen können. In zwei Wochen würde sie gutes Geld im Ausland verdienen und ihre Familie unterstützen können. Vielleicht verdiente sie auch so viel, dass die Familie sich endlich ein besseres Zuhause leisten könnte.

Carlshaven, Polizeirevier, 08. September 2014

„Weidmann hat gerade angerufen", begrüßte Sergeant Peter Müller seine Kollegen an diesem düsteren Morgen. „Er hat die Autopsie an unserer Unbekannten abgeschlossen. Der Bericht liegt bei ihm in der Gerichtsmedizin. Wenn wir ihn möglichst schnell haben wollen, sollen wir ihn bitte persönlich abholen."

Handerson verdrehte die Augen. Wie überall war auch die Polizei von Amberland chronisch unterfinanziert. Auf Tatortbefunde musste man Wochen, wenn nicht sogar Monate oder Jahre warten. Mit den Autopsien sah es nicht besser aus. Zwar waren Mord und Totschlag in Carlshaven nicht gerade an der Tagesordnung, weshalb die Mordkommission so klein war, aber auch in der Gerichtsmedizin fehlte es an Geld und Personal, um Autopsien möglichst schnell durchführen zu können. Es war also keine Seltenheit, dass eine Leiche einmal zwei Wochen auf Eis lag, bis Weidmann die Zeit hatte, sich ihr zu widmen. Da Morton Weidmann es aber hasste, wenn man ihn drängelte – und das hatte Peter in den letzten Tagen zu Genüge getan, weil die Identität der Selbstmörderin immer noch nicht feststand – kam er dann auf so geniale Ideen, wie Berichte persönlich abholen zu lassen, um sich die Verzögerung durch den Postweg zu ersparen, schließlich brauchte ein Standardbrief laut der Amberländischen Post offiziell drei Tage, um zugestellt zu werden.

„Vielleicht solltest du dann ganz schnell hinfahren, damit du in der Zwischenzeit nicht noch mehr graue Haare bekommst", stichelte Anna.

„Na, na, ich bin immer noch der dienstältere, also pass' auf, was du sagst. Aber vielleicht sollte ich zur Abwechslung tatsächlich einmal in die Gerichtsmedizin fahren. Ich habe Weidmann schon länger nicht gesehen", konterte Peter und erhob sich.

Mit Anfang vierzig war er zwar noch nicht allzu alt, die Natur hatte es aber nicht besonders gut mit ihm gemeint, weshalb ihm schon mit Anfang dreißig die ersten grauen Haare gesprossen waren. Dieser Umstand brachte es mit sich, dass seine Kollegen ihn des Öfteren damit aufzogen. Er nahm es mit Humor. Was blieb ihm auch anderes übrig? Ändern konnte er daran eh nichts und sich die Haare zu färben, hätte nur noch mehr dumme Sprüche mit sich gebracht. Gelegentlich behauptete er spaßeshalber, dass es der Dienst in der Mordkommission sei, der für seine Haarfarbe gesorgt habe, denn entweder gäbe es gar keine Leichen oder der Fall gestalte sich als so schwierig, dass einem davon nur graue Haare wachsen oder die wenigen, die man habe, ausfallen könnten.

„Komm, Björn, lass uns fahren. Vielleicht schaffen wir es ja dann doch noch innerhalb der nächsten Tage, die Identität unserer großen Unbekannten zu lüften."

~

Eine halbe Stunde später betraten die beiden Polizisten das Gebäude der Gerichtsmedizin. Es war in einer großen, weißen Villa aus dem frühen neunzehnten Jahrhundert untergebracht und mit dem kleinen, grünen Park drumherum wirkte es ganz und gar nicht so, als ob dort drinnen Leichen lagerten und darauf warteten, von Weidmann und seinen Kollegen aufgeschnitten zu werden.

Handerson und Müller kannten sich in dem Gebäude gut aus und steuerten daher geradewegs auf das Büro des Gerichtsmediziners im Erdgeschoss zu. Björn hämmerte gegen die Tür, die im nächsten Moment von dem kleinen, dicklichen Weidmann aufgerissen wurde.

„Mann, schlag mir doch nicht gleich die Tür ein!"

„Wieso? Wecke ich sonst am Ende noch die Leichen im Keller?"

„Sehr lustig. Ich lache später. Willst du deine große Unbekannte sehen?"

„Nein, danke. Sag uns doch einfach, was du herausgefunden hast."

„Setzen", Weidmann zeigte auf die kleine Sitzgruppe in der Ecke seines geräumigen Büros. Peter ließ sich das nicht zwei Mal sagen und sank auf das kleine, rote Ledersofa. Handerson nahm daneben Platz. Der Gerichtsmediziner kramte noch einen Moment auf seinem Schreibtisch herum, bevor er die Akte fand, die er suchte und sich ihnen gegenüber in den Ledersessel setzte.

Er schlug die Akte auf und reichte den Polizisten zwei Fotos. Sie zeigten das Gesicht der Selbstmörderin mit den nun für immer geschlossenen Augen. Sie sah noch recht jung aus. Die Gesichtszüge wirkten schön und anmutig.

„Todesursache war eine Kopfverletzung, die vom Sturz auf die Schienen herrührte. Sie war vermutlich schon tot, als der Zug sie erfasste. Zudem hat sie heftige Verletzungen im Genitalbereich und auch etliche Hämatome an Armen und Beinen, die nicht von dem Aufprall mit dem Zug stammen. Sieht für mich nach einer recht brutalen Vergewaltigung aus." Er zuckte mit den Achseln. „Wer weiß, vielleicht war es aber auch einvernehmlich und extra hart, so genau kann man das nie sagen, wenn die Leute nicht mehr reden können."

„Sperma?", fragte Peter.

„Ja, in der Vagina, auf den Schenkeln und auf der Brust", antwortete Weidmann und fügte genervt hinzu: „Aber du weißt, wie lange so eine Analyse dauert. Also frage mich jetzt bitte nicht, von wem und ob wir das in einer Datenbank haben. Wenn du Glück hast, dann kann ich dir das nächstes Jahr sagen. Und bevor du mir jetzt die nächste Frage stellst: Hautpartikelreste habe ich unter ihren Fingernägeln keine gefunden."

„Drogen?", fragte Handerson.

„Ich habe Blut- und Haarproben ins Labor geschickt. Sie hatte noch Reste von Ketamin im Blut, das war aber schon fast wieder abgebaut. Sie muss es einige Stunden vor dem Sprung von der Brücke genommen oder eingeflößt bekommen haben. Als sie sprang, hatte die Wirkung auf jeden Fall schon stark nachgelassen. Das Betäubungsmittel könnte aber auch erklären, wieso ich keine Abwehrverletzungen gefunden habe, falls es doch nicht einvernehmlich gewesen sein sollte. Wenn sie betäubt war, konnte sie sich auch nicht richtig wehren. Das würde dann wiederum auf Vergewaltigung hindeuten. Na ja, das ist eure Aufgabe, das rauszufinden. Aber ich habe da noch etwas Seltsames gefunden." Er nahm die Akte wieder in die Hand.

„Hast du das Gefühl, dass sie die Drogen freiwillig genommen hat?", fragte Handerson.

„Schwer zu sagen, aber ich habe weder Einstichstellen gesehen, noch sind ihre Nasenschleimhäute kaputt. Das spricht dafür, dass sie es oral zu sich genommen hat und das ist bei Ketamin eher ungewöhnlich. Sie hatte auch eine geringe Menge Restalkohol im Blut. Ketamin kann man Leuten auch ähnlich wie GHB ins Getränk mischen, sodass sie nichts davon mitbekommen."

Weidmann blätterte noch einmal in der Akte und zog vier weitere Fotos hervor. Sie zeigten die rechte und linke Hand der jungen Frau.

„Was ist denn das da?", fragte Peter.

„Das sind Hautschäden, die vermutlich durch Putzmittel verursacht wurden. Entweder hat unsere Unbekannte jeden Tag mehrere Stunden mit der Hand im Putzkübel verbracht oder das Zeug ist so schädlich, dass es alles wegätzt."

„Sag mal, die sieht sehr jung aus. Kannst du sagen, wie alt die in etwa war?", fragte Björn.

„So um die zwanzig, würde ich sagen. Aber nagele mich bloß nicht darauf fest."

„Sonst noch etwas, das du uns sagen kannst?"

„Nein, nicht wirklich. Ich hoffe, ihr könnt damit etwas anfangen."

„Na ja, viel weiter hat uns das jetzt nicht gebracht, schließlich wissen wir immer noch nicht, wer sie ist", stellte Handerson fest.

„Hellsehen kostet extra und so langsam muss ich mal wieder an die Arbeit. Also raus mit euch."

Damit erhob er sich und ging zur Tür, die er den beiden provokant aufhielt.

„Gastfreundlich wie immer, lieber Morton", lächelte Handerson ihn an und verließ mit Peter im Schlepptau schleunigst das Büro des Gerichtsmediziners. Hinter ihnen fiel die Tür krachend ins Schloss.

„Sag mal, kommt mir das nur so vor oder war der froh, uns wieder los zu sein?", fragte Peter.

„Ach, du kennst ihn doch. Wenn er keine schlechte Laune hat, dann ist er krank", antwortete Björn achselzuckend. Die beiden verließen das Gebäude mit der Akte so zielstrebig, wie sie gekommen waren und machten sich wieder auf den Weg zurück ins Büro.

Carlshaven, Anfang September 2013

Sie war angekommen. Soweit hatte alles gut geklappt. Die nette Dame von der Agentur hatte das mit ihrem Pass geregelt und auch den Flug gebucht. Sie hatte mit dem Bus vom Township aus in die Stadt fahren und dort zu einem bestimmten Sammelpunkt kommen müssen. Da stieg sie mit mehreren Mädchen in einen anderen Bus um, der sie zum Flughafen brachte. Sie hatte sich mit den anderen unterhalten und dabei festgestellt, dass sie die einzige war, die nach Amberland kam. Ein bisschen traurig hatte sie das schon gemacht, dass sie nun so ganz alleine in ein fernes Land gehen musste. Aber als sie endlich als einzige in der Gruppe das Gate für den Flug nach Amberland passiert hatte, überkam sie die Abenteuerlust.

Der Flug dauerte mehrere Stunden und sie war sehr aufgeregt. Am Flughafen in Carlshaven sollte sie von einem Betreuer der Agentur namens Michel abgeholt werden. Dieser Michel sollte sie dann zu dem Ehepaar bringen, bei dem sie arbeiten und wohnen sollte. Dieses Arrangement war ihr ganz recht. So brauchte sie nicht noch extra Geld für eine Unterkunft auszugeben und konnte mehr von dem Geld, das sie verdienen würde, sparen, um es an ihre Familie in Kontuba zu schicken.

Es hatte alles auch exakt so funktioniert. Nachdem sie ihren Koffer abgeholt hatte, war sie ohne weitere Probleme zum Ausgang des Flughafens gelangt und dort wartete ein Mann mit einem Schild, auf dem ihr Name stand. Das musste wohl dieser Michel sein. Sie ging zu ihm hin und sagte, wer sie sei. Er fragte sie, ob sie sich ausweisen könne. Sie gab ihm den Pass. Er sah kurz hinein und steckte ihn dann in seine Hemdtasche. Bei ihm sei der Pass besser aufgehoben, erklärte er ihr. Er würde ihn in einem Schließfach deponieren, dann könne er nicht verloren gehen. Das klang für sie ganz logisch. Außerdem machte sie sich auch nicht wirklich viel aus dem Pass. So ein Dokument hatte sie vorher nie besessen und war auch nie danach gefragt worden. Also würde sie vermutlich auch jetzt nie einer danach fragen. Michel nahm ihr ihren Koffer ab und brachte sie zu einem Auto.

Die Autofahrt dauerte etwas über eine halbe Stunde. Carlshaven war so anders als Kontuba. So sauber und so schön. Sie hätte nie zu träumen gewagt, einmal in einer solch schönen Stadt leben zu dürfen. Dann hielten sie vor dem größten und schönsten Haus, das sie je gesehen hatte. Dieses Ehepaar, für das sie arbeiten sollte, musste wirklich sehr reich sein, dass sie sich eine solche Residenz leisten konnten. Michel öffnete ihr die Autotür und bat sie, ihm zu folgen.

Carlshaven, Polizeirevier, 10. September 2014

„Und? Was hat Weidmann gesagt?", fragte Anna ihre Kollegen, die gerade von der Gerichtsmedizin zurückkehrten.

„Sie wurde möglicherweise brutal vergewaltigt. Dabei stand sie vermutlich auch unter dem Einfluss von Betäubungsmitteln, aber als sie sich von der Brücke stürzte, muss die betäubende Wirkung kaum noch spürbar gewesen sein. Und Weidmann hat an ihren Händen Hautschäden festgestellt, die darauf hindeuten, dass sie entweder sehr viel oder mit sehr aggressiven Mitteln geputzt hat. Hier hast du den Bericht", antwortete Handerson.

„Mh. Aber wirklich weiter sind wir jetzt immer noch nicht, oder? Hat er euch ein brauchbares Foto gegeben?"

„Ja", antwortete Peter. „Aber bevor wir eine Fahndung einleiten, sollten wir noch einmal die Vermisstenmeldungen durchgehen, ob eine junge Frau um die zwanzig mit afrikanischen Wurzeln irgendwo als vermisst gemeldet ist."

„Wie schön politisch korrekt du das formulierst", stichelte Handerson. „‚Junge Frau mit afrikanischen Wurzeln'."

„Na, Afrikanerin kann ich ja wohl schlecht sagen. Wer weiß, vielleicht ist sie ja hier geboren. Denk doch mal daran, was die anhatte. Das waren richtig teure Sachen."

„Ja, ja, hast ja recht."

Anna rief die Vermisstendatenbank im Computer auf und gab die Daten ein.

„Nein, laut Datenbank ist keine junge Frau als vermisst gemeldet, auf die diese Beschreibung passt. Sehr schade, da werden wir wohl oder übel kreativ werden müssen, um die Identität unserer großen Unbekannten klären zu können."

„Tja, dann werdet ihr mal kreativ", meinte Peter. „Ich muss mit Hektor zum Training."

„Das tut dir jetzt vermutlich auch gar nicht leid", grummelte Handerson.

„In der Tat nicht. Ihr könnt mir ja dann morgen berichten, was ihr herausgefunden habt. Viel Spaß noch."

Peter griff seine Jacke und die Autoschlüssel und ging. Eigentlich war es nicht üblich, dass ein Polizeibeamter in seiner Position einen Diensthund führte, aber es war immer sein großer Traum gewesen, einen Spürhund zu haben. Seine Frau war lange Zeit Rettungshundeführerin gewesen und es hatte ihn immer fasziniert, was die Tiere leisteten, aber ein Rettungshund kam für ihn nicht in Frage. Er hatte so lange auf die Revierleiterin eingeredet, bis sie nachgegeben hatte. Den Hund durfte er sich sogar selber aussuchen. Er hatte sich für einen Groenendael entschieden. Die tiefschwarzen belgischen Schäferhunde hatten es ihm schon lange angetan. Hektor war jetzt sechs Monate alt und musste noch viel lernen. Wenn Peter mit Handerson oder Anna unterwegs war, dann passte derzeit noch seine Frau auf das Tier auf. Helga arbeitete als Sekretärin bei der Polizei und hatte ihr Büro auf demselben Gang wie die Mordkommission. Peter fand dieses Arrangement äußerst praktisch. Er holte Hektor ab und verschwand danach mit ihm auf den Trainingsplatz, wo er, wie jeder gute Polizeihund, zunächst als Schutzhund ausgebildet wurde. Später sollte Hektor noch eine Ausbildung zum

Leichenspürhund bekommen – was auch sonst, wenn Herrchen bei der Mordkommission arbeitete?

"Oh, da fällt mir ein, ich habe gleich noch ein Meeting mit den anderen Abteilungsleitern. Ich weiß nicht, wie lange es dauern wird, aber vermutlich lange, da wir den Haushaltsplan für nächstes Jahr diskutieren müssen. Du wirst also alleine weiter machen müssen", sagte Handerson und setzte einen Blick auf, von dem er dachte, dass er tiefstes Mitgefühl ausdrückte.

"Na, das war ja wieder mal klar…"

~

Eine Stunde später war Anna alleine im Büro. Sie war immer noch wenig begeistert davon, dass die Herren der Schöpfung sie mit der Arbeit einfach so alleine gelassen hatten. Nachdem Handerson gegangen war, hatte sie sich erst mal einen Kaffee und ein Stück Kuchen aus der Cafeteria geholt. Kaffee und Zucker halfen ihr immer beim Denken. Jetzt saß sie wieder am Computer. Auch eine nochmalige Datenbankabfrage hatte sie nicht weitergebracht. Sie hatte zur Sicherheit noch den Kollegen bei der Vermisstenstelle angerufen und gefragt, ob er vielleicht in der Zwischenzeit eine Meldung hereinbekommen habe. Aber auch das war nicht der Fall. Der Kollege dort war aber sehr hilfsbereit und versprach, sich umgehend bei ihr zu melden, wenn eine Meldung hereinkäme, die auf die unbekannte Tote passte.

Nun überlegte sie, was sie tun könnte. Sie schaute sich noch einmal die Fotos an und da kam ihr eine Idee. Grit von der IT-Abteilung hatte ihr neulich beim Mittagessen erzählt, dass sie ein Programm geschrieben hatte, das das

Gesicht auf einem eingescannten Foto mit Fotos verglich, die es im Internet fand. Es hatte irgendetwas mit Suchmaschinen und Algorithmen zu tun. So richtig hatte Anna es nicht verstanden, zumal sie von solchen Dingen eh wenig Ahnung hatte. Grit hatte das Programm geschrieben, weil ihre Freundin wissen wollte, ob es irgendwo peinliche Partyfotos von ihr im Netz gab. Die üblichen Suchmaschinen halfen da nicht weiter, da sie nur Fotos ausspuckten, die irgendwie mit dem Namen der Person oder dem Ort verknüpft waren. Wer erinnerte sich schon an alle peinlichen Partys, auf denen er einmal war? Nun gut, um der Freundin zu helfen, hatte Grit also dieses Programm geschrieben und die Freundin hatte wohl tatsächlich Fotos von sich gefunden, die sie vorher über die Eingabe von Stichwörtern in die Suchmaschine nicht angezeigt bekommen hatte. Vielleicht war das ja die Lösung für Annas Problem. Die Unbekannte war jung und heutzutage waren doch alle irgendwo im Internet zu finden. Einen Versuch war es zumindest wert. Sie griff zum Telefon.

„Polizei Carlshaven, IT-Abteilung. Grit Seidler am Apparat."

„Hallo, Grit, hier ist Anna. Sag mal, hast du noch dieses Programm, von dem du mir neulich erzählt hast?"

„Ja, wieso?"

„Na ja, ich habe hier so einen Fall und komme nicht weiter. Vielleicht hilft mir die Software ja herauszufinden, wer die Frau ist."

„Ich habe gleich Dienstschluss, dann bringe ich es dir vorbei. Du bist doch im Büro, oder?"

„Ja, bin ich, bis gleich."

Zwanzig Minuten später stand Grit mit einem USB-Stick in Annas Büro.

„Hier ist es drauf."

„Und wie funktioniert das?"

„Ganz einfach. Zunächst musst du es erst mal auf dem Rechner installieren. Dann scannst du das Foto ein, stellst sicher, dass du mit dem Internet verbunden bist, und klickst auf „OK". Den Rest macht das Programm von alleine. Es erkennt bestimmte Parameter im Gesicht einer Person und gleicht diese mit Fotos ab, die es im Internet findet. Wenn es etwas findet, zeigt es dir das Ergebnis in einem Fenster an. Da brauchst du dann nur noch auf das Bild klicken und gelangst so zu der Webseite, auf der das Bild drauf ist. Es dauert etwa eine Dreiviertelstunde, bis der Suchlauf beendet ist."

Grit half Anna, die Software zu installieren und das Foto zu scannen. Zehn Minuten später tranken die beiden eine Tasse Kaffee, während das Programm vor sich hinarbeitete. Die beiden Frauen waren zusammen zur Schule gegangen und hatten auch da schon ähnliche Interessen gehabt, daher hatten sie sich immer viel zu erzählen und die Zeit verging schnell. Sie unterhielten sich gerade über einen Roman, den Grit vor Kurzem ausgelesen hatte, als der Computer ein deutlich hörbares „Ping" ertönen ließ.

„So, da wollen wir doch einmal sehen, ob er etwas gefunden hat", sagte Grit.

Sie gingen zum Computer hinüber. Tatsächlich. Das Programm zeigte einige Fotos von der unbekannten jungen Frau. Aber auf diesen lebte sie noch und lächelte winkend in die Kamera. Anna klickte auf eines der Fotos. Sie landete in einem sozialen Netzwerk, von dem sie noch nie gehört hatte und auch die Sprache auf der Seite verstand sie nicht.

„Mh, sieht so aus, als käme deine Unbekannte irgendwo aus Afrika."

„Ja, scheint so. Komisch. Die sah gar nicht so arm aus, wie hier auf dem Foto. Hast du irgendeine Ahnung, was das für eine Sprache ist?"

„Nee, aber vielleicht kann dir Kemi weiterhelfen."

Eines Tages, als sie beide in der sechsten Klasse gewesen waren, kam die Schulleiterin herein und brachte ein dunkelhäutiges Mädchen mit. Kemi war damals gerade mit ihren Eltern als Flüchtling nach Amberland gekommen, weil in ihrem Heimatland Bürgerkrieg herrschte. Anna erinnerte sich noch gut daran, dass das fremde Mädchen damals die ersten Wochen in der Schule nur geweint hatte. Sie hatte Anna und Grit sehr leid getan und sie hatten ihr geholfen, wo es nur ging. Mit Händen und Füßen hatten sie sich verständigt, bis Kemi irgendwann genug Deutsch sprach, um sich auch einmal richtig mit ihnen unterhalten zu können. Kemi hatte ihnen damals erklärt, dass sie so viel geweint hatte, weil sie in diesem Land, das so ganz anders war als ihres, zur Schule gehen musste und nichts verstand. Dabei war sie früher immer so gut in der Schule gewesen. Sie war Anna und Grit sehr dankbar dafür, dass sie ihr so viel geholfen hatten und die drei waren bis heute gut miteinander befreundet und halfen sich, wo sie nur konnten.

„Dann fragen wir sie doch am besten gleich", sagte Anna und druckte die Seite aus.

Carlshaven, Anfang Oktober 2013

So hatte sie sich das mit dem Job in Europa nicht vorgestellt. Sie war jetzt schon vier Wochen hier. Die Madame hatte ihr bislang nicht erlaubt, das Haus zu verlassen. Nur einmal hatte sie in den Garten gehen dürfen. Das aber auch nur, um das Unkraut zu jäten. Überhaupt arbeitete sie den ganzen Tag von morgens um fünf bis abends um elf. Pausen gab es nicht wirklich. Wenn sie sich einmal länger als ein paar Minuten irgendwo hinsetzte, um auszuruhen, schrie die Madame sie an. Sitzen durfte sie nur zu den offiziellen Essenszeiten, nachdem sie Madame und Monsieur bedient hatte, und essen durfte sie nur das, was von den Mahlzeiten übrigblieb. Geld hatte sie bislang auch noch keines gesehen.

Michel war einmal da gewesen. Als sie ihn darauf angesprochen hatte, hatte er ihr erklärt, dass das Geld, das sie verdiene, auf ein spezielles Konto eingezahlt werde. Sie bekäme demnächst Zugriff darauf. Aber sie müsste sich keine Sorgen machen. Er habe es so geregelt, dass ein Teil ihres Geldes direkt an ihre Familie in Mabunte ausgezahlt würde. Das beruhigte sie zumindest ein bisschen.

Gerne wäre sie einmal vor die Tür gegangen, um sich die Stadt anzusehen, aber das ging nicht. Andauernd musste sie arbeiten und die Madame war ständig in ihrer Nähe. Und die beiden großen Hunde, die das Haus bewachten, machten nicht den Eindruck, als ob sie sie gerne hinausließen.

Auch die Unterbringung war nicht das, was sie sich erhofft hatte. Das Zimmer im Haus, das man ihr versprochen hatte, hatte sich als karger Kellerraum entpuppt, in dem nur eine Matratze lag. Nachts schloss die Madame sie ein. „Zu deiner Sicherheit", so hieß es. Angeblich hätte es hier schon Einbrüche gegeben und wenn die Einbrecher auf Frauen träfen, täten sie ihnen schlimme Dinge an. Hinter der Eisentür des Kellers sei sie sicher. Aber das glaubte sie der Madame nicht. Sie kannte sich mit den Gepflogenheiten dieses fremden Landes nicht aus, hatte aber langsam das Gefühl, dass sie betrogen worden war.

Carlshaven, Kemis Wohnung, 10. September 2014, 19 Uhr

Anna und Grit waren direkt vom Präsidium aus zu ihrer Freundin Kemi gefahren. Sie hatten Glück gehabt, denn Kemi war gerade vom Einkaufen gekommen, als Grit den Wagen parkte. Sie hatten zusammen gekocht und gegessen und nun saßen sie an dem runden Küchentisch in Kemis kleiner Wohnung am Stadtrand von Carlshaven.

„Mh, die Sprache kommt mir bekannt vor", sagte Kemi.

„Wirklich?", Anna schöpfte Hoffnung.

„Ja, ich glaube, das ist Mabuntisch."

„Mabuntisch?", fragte Grit

„Mabunte ist ein sehr armes Land in Westafrika. Oder besser gesagt, der größte Teil der Bevölkerung ist sehr arm und ein kleiner Teil ist sehr, sehr reich."

„Aber verstehen kannst du das nicht, oder?", fragte Anna.

„Leider nein. Aber ich habe neulich jemanden kennen gelernt, der aus Mabunte kommt. Ich kann dir die Adresse geben, wenn du magst."

„Das wäre super. Ich will jetzt langsam wirklich wissen, wer diese Frau ist und was sie hier in Carlshaven gemacht hat. Irgendeinen Grund muss sie ja schließlich gehabt haben, um von Mabunte aus nach hier zu kommen," erwiderte Anna.

„Vermutlich hat sie Arbeit gesucht", sagte Kemi, die emsig in einer Schublade kramte. „Ah, hier ist die Telefonnummer von meinem Bekannten. Er heißt David. Sag ihm, dass du eine Freundin von mir bist. Aber um auf die Frage zurückzukommen, wieso sie hier in Carlshaven war, also, wie gesagt, die meisten Menschen in Mabunte sind sehr arm. Viele träumen von einem besseren Leben im Ausland. Sie möchten hier arbeiten und ihre Familien in Mabunte mit dem Geld unterstützen, das sie hier verdienen. David erzählte mir neulich, dass es Menschenhändler gibt, die arme, naive Mädchen aus den Slums anwerben. Sie machen ihnen weis, dass sie nach Europa kommen und da als Dienstmädchen arbeiten dürfen. David kann dir da aber sicher mehr zu erzählen, da er bei Amnesty International arbeitet."

„Amnesty?", fragte Grit. „Ist das nicht so eine Menschenrechtsorganisation?".

„Ja, und zwar die größte weltweit", antwortete Kemi.

Carlshaven, Polizeirevier, 11. September 2014

„Einen wunderschönen guten Morgen", sagte Peter, der Hektor ins Büro folgte. Der junge Hund lief sofort zu Anna und ließ sich von ihr durchknuddeln.

„Und, hast du etwas herausgefunden?"

„Klar, im Gegensatz zu euch war ich fleißig. Aber ich warte jetzt, bis Björn kommt, sonst muss ich alles doppelt erzählen."

Im nächsten Augenblick ging die Bürotür auf und Handerson trat ein.

„Wenn man vom Teufel spricht…", sagte Peter.

„Was heißt hier ‚Teufel'? Der einzige Teufel, der hier rumrennt, ist das Mistvieh hier. Wieso ist der eigentlich immer so wild darauf, mich zu begrüßen?", schnaubte Handerson, während er versuchte, den ungestüm an ihm hochspringenden Hektor abzuwehren.

„Wahrscheinlich riecht der deine beiden Katzen. Die sind für so einen pfiffigen Suchhund in Ausbildung wie Hektor total spannend. Riechen ist schließlich seine größte Leidenschaft."

Handerson schob den übermütigen, jungen Hund mit dem Fuß zur Seite und bahnte sich einen Weg zu seinem Schreibtisch.

„So, jetzt ist Björn da. Du kannst also erzählen, was du weißt."

„Du hast etwas herausgefunden?", fragte Handerson verwundert.

„Ja, denn im Gegensatz zu euch war ich gestern sehr kreativ und sehr fleißig."

„Was du nicht sagst. Also, dann erleuchte uns mal: wer war die Tote?", fragte Björn.

„Also, das kann ich euch nicht sagen. Noch nicht."

„Was meinst du mit ‚noch nicht'? Was hast du denn nun herausgefunden?", fragte Peter.

„Grit hat ein Programm geschrieben, mit dem man nach Fotos von Personen im Internet suchen kann. Wir haben das Foto, das Weidmann und seine Kollegen gemacht haben, eingescannt und durch das Programm laufen lassen. Dadurch sind wir auf ein soziales Netzwerk gestoßen, in das Fotos von der jungen Frau hochgeladen waren. Die Seite war aber dummerweise in einer Sprache, die ich nicht kannte. Es musste aber etwas Afrikanisches sein, also sind wir mit einem Ausdruck zu unserer Freundin Kemi gefahren. Die kommt aus Afrika."

„Und Kemi konnte dir nicht sagen, was da stand?", fragte Peter.

„Nein. Sie konnte mir aber sagen, dass es sich bei der Sprache höchstwahrscheinlich um Mabuntisch handelt. Sie gab mir die Visitenkarte von einem David Kame. Er kommt aus Mabunte und er ist bei so einer Gruppe von Amnesty International, die schwerpunktmäßig zu Mabunte arbeitet. Auf seiner Karte steht ‚Koordinationsgruppe Mabunte'. Ich habe ihn gestern Abend noch angerufen. Er kommt gleich um zehn vorbei. Er kann uns bestimmt sagen, was auf der Seite drauf steht. Es kann auch nicht schaden, etwas über Mabunte zu lernen. Vielleicht haben wir ja sogar Glück und er kennt die Frau."

„Mann, bist du optimistisch," sagte Peter. „Aber eines muss ich dir lassen: Du warst gestern echt fleißig. Wenn du nicht auf die Idee mit Grit gekommen wärst, dann würden wir jetzt hübsche Plakate basteln und die dann anschließend in der Stadt aufhängen. Wenn die Informationen zu uns kommen, ist das doch bedeutend angenehmer."

„Ich dachte, als Hundehalter läuft man gerne", stichelte Handerson.

„An sich schon – aber wenn ich an jedem Laternenpfahl stehen bleibe, ohne mein Bein zu heben, dann denkt Hektor sich auch, sein Herrchen ist bescheuert, weil ich den Pfosten weder lange und ausgiebig beschnuppere noch anpinkele."

~

„Entschuldigung, ich suche eine Frau Carenin."

Ein dunkelhäutiger Mann um die Dreißig stand in der Tür des Büros und schaute etwas verlegen.

„Das bin ich," sagte Anna. „Sie müssen Herr Kame sein. Wir haben gestern miteinander telefoniert."

„Ja, genau."

„Kommen Sie doch herein und setzen Sie sich. Das sind meine beiden Kollegen, Sergeant Peter Müller und Kommissar Björn Handerson. Darf ich Ihnen eine Tasse Kaffee anbieten?"

„Sehr erfreut. Ja, gerne," sagte David Kame und nahm Platz. „Ich bin etwas erstaunt, dass die Carlshavener Polizei meine Hilfe benötigt. Oder habe ich da etwas falsch verstanden?"

„Nein, Sie haben das ganz richtig verstanden, Herr Kame," sagte Anna, während sie ihm den Kaffee eingoss. „Wir kommen in einem Fall nicht weiter. Milch oder Zucker?"

„Schwarz bitte. Was ist das für ein Fall?"

„Wir hatten hier vor ein paar Tagen einen Selbstmord", sagte Handerson.

„Die junge Frau, die vor den Güterzug gesprungen ist? Davon habe ich in der Zeitung gelesen. Kam sie aus Mabunte?"

„Das wissen wir nicht genau," antwortete Anna. „Ihre Identität ist immer noch unklar, aber erste Hinweise haben uns auf eine Webseite geführt, die in einer afrikanischen Sprache verfasst ist. Kemi sagte, es könnte Mabuntisch sein."

„Darf ich die Webseite einmal sehen?"

„Natürlich." Anna reichte ihm den Ausdruck, den sie am Vorabend auch schon Kemi gezeigt hatte. David warf einen kurzen Blick darauf.

„Ja, das ist Mabuntisch." Er begann zu lesen, während die drei Polizisten ihn wie ein seltenes Zootier angafften. Nach einigen Minuten wandte David sich ihnen wieder zu.

„Die junge Frau auf dem Foto heißt Nana Makame. Sie stammt aus Kontuba, das ist die Hauptstadt von Mabunte. Die Texte auf dieser Internetseite hat ihre Schwester verfasst. Anscheinend hatte Nana vor einem Jahr ein Angebot erhalten, als Dienstmädchen in Europa arbeiten zu dürfen und zwar hier in Amberland. Sie flog ein paar Tage später nach Europa und seitdem hat die Familie nichts mehr von ihr gehört. Nana war immer für die Familie da. Der Vater ist recht früh gestorben und Nana hat die Familie versorgt, da die Mutter sehr schwer krank ist. Die Schwester schreibt hier, es sei ungewöhnlich, dass die Familie nichts mehr von ihr gehört habe, da sie ein Familienmensch sei, und man mache sich große Sorgen. Die Schwester ruft dazu auf, sich bei ihr zu melden, wenn man wüsste, was mit Nana sei."

„Das passt zu dem, was Kemi mir gestern über Mabunte erzählt hat."

„Und das wäre?", fragte Peter.

„Ich glaube, das kann Herr Kame besser erklären als ich."

„Vermutlich hat Kemi Ihnen von den Vorfällen mit jungen Frauen aus Mabunte hier in Europa erzählt."

„Nein, von konkreten Fällen hat sie nichts gesagt."

„Worum geht es denn hier eigentlich?", fragte Handerson irritiert. „Ich verstehe jetzt gar nichts mehr."

David räusperte sich. „Mabunte ist eine ehemalige französische Kolonie im Westen Afrikas. Einige wenige Menschen dort sind sehr reich, aber das Gros der Bevölkerung ist sehr, sehr arm. Die meisten Leute da träumen von einem besseren Leben. Viele möchten ins Ausland, um dort zu arbeiten und mit dem Geld, das sie verdienen, die Familie zu Hause zu unterstützen. Es gibt Menschenhändler, die sich diesen Umstand zunutze machen. Sie sprechen gezielt junge Frauen an und gaukeln ihnen vor, dass sie einen Job im Ausland für sie hätten, bei dem sie viel Geld verdienen könnten. Die Mädchen werden nach Europa gebracht und dann entweder an Bordelle verkauft oder an reiche Afrikaner, die sich die Mädchen dann wie private Sklaven halten. Wir von Amnesty International hatten schon mit einigen solchen Fällen zu tun, allerdings nicht hier in Amberland, sondern in Deutschland, Österreich und England."

„Aber das muss doch auffallen, wenn man einen Nachbarn hat, der sich eine kleine Sklavin hält!", warf Peter empört ein.

„Nein, meistens nicht. Oder zumindest für eine sehr lange Zeit nicht. Diese Leute, von denen wir hier reden, sind sehr reich, auch nach amberländischen Standards. Meist sind es Industrielle oder Diplomaten. Solche Leute wohnen normalerweise nicht in einem Reihenhaus und die Grundstücke, auf denen ihre Häuser stehen, sind riesig. Außerdem kommen die Mädchen in der Regel gar nicht vor die Tür. Vielleicht dürfen sie mal im Garten hinter dem Haus Arbeiten verrichten, aber vor dem Haus sieht man sie üblicherweise nicht."

„Und warum laufen die nicht einfach weg?" Peter konnte es immer noch nicht glauben, dass es mitten in Europa so etwas wie Sklavenhaltung geben sollte.

„Das können sie nicht. Tagsüber ist immer jemand in ihrer Nähe und nachts werden sie in Zimmern ohne Fenster eingeschlossen."

„Ist es denn in Mabunte legal, sich Sklaven zu halten?", fragte Björn. Auch er konnte es nicht wirklich glauben, dass es so etwas im modernen Europa gab.

„Nein. Mabunte hat genauso wie Amberland auch die entsprechenden internationalen Abkommen unterzeichnet, die Sklavenhandel verbieten. Umso widerwärtiger ist es, dass sich Diplomaten, die diesen Staat im Ausland vertreten, hier Sklaven halten." Er verzog angeekelt das Gesicht.

„OK, unsere unbekannte Selbstmörderin könnte also diese Nana Makame aus Kontuba in Mabunte sein. Irgendwie müssen wir jemanden von der Familie herkommen lassen, der uns die Leiche eindeutig identifiziert", stellte Björn fest. „Herr Kame, könnten Sie vielleicht Kontakt mit der Schwester aufnehmen? Wir würden dann dafür sorgen, dass sie ein Flugticket hierher bekommt."

„Ja, das kann ich machen."

„OK," sagte Anna. „Jetzt wissen wir mit hoher Wahrscheinlichkeit, wer die junge Frau ist und woher sie kommt, aber der Rest ist immer noch unklar."

„Und wenn wir mal bei der mabuntischen Botschaft hier in Carlshaven anfragen?", meinte Peter.

„Und was genau möchtest du sie fragen?", konterte Henderson. „‚Entschuldigung, wir hätten da so eine unbekannte Tote. Hat die vielleicht als Sklavin bei ihnen gearbeitet'?"

David grinste breit. „So wird das wohl nichts, aber der Ansatz ist prinzipiell schon richtig. Es gibt hier nur eine Hand voll Industrieller und Botschaftsmitarbeiter in Amberland. Wenn Nana das gleiche Schicksal erlitten hat, wie die anderen Frauen, die ich getroffen habe, dann wäre das zumindest ein Ansatzpunkt. Die Mädchen, die in den anderen Ländern befreit wurden, warten noch auf den Prozess wegen Menschenhandels, bei dem sie als Zeuginnen auftreten sollen. Vielleicht kann man mit ihnen sprechen. Man weiß nie, ob sie nicht möglicherweise doch etwas wichtiges aufgeschnappt haben."

„Das ist eine sehr gute Idee, Herr Kame. Wir kontaktieren die Kollegen im Ausland und Sie halten uns bitte auf dem

Laufenden und sagen uns Bescheid, wenn Sie den Kontakt zu der Familie der jungen Frau hergestellt haben", Björn stand auf und streckte ihm die Hand entgegen. David stand ebenfalls auf und drückte die ihm angebotene Hand mit beiden Händen. Anschließend gab er Handerson noch seine Karte.

„Das werde ich tun. Und wenn sie noch mehr Informationen über Mabunte oder meine Hilfe als Übersetzer brauchen, dann zögern Sie nicht, sich bei mir zu melden."

Peter verabschiedete sich ebenfalls von ihrem Gast und Anna brachte ihn hinaus.

„Man, Sklaven in Carlshaven. Ich fasse es nicht", sagte Peter immer noch kopfschüttelnd, als Anna wiederkam.

Carlshaven, Anfang November 2013

Dass sie das Haus nicht verlassen durfte und den ganzen Tag arbeiten musste, empfand Nana als schlimm, denn sie war immer frei gewesen. In ihrer Wellblechhütte im Township von Kontuba hatte es keine richtigen Türen gegeben. Sie hatte kommen und gehen können, wie und wann sie wollte. Und sie hatte zwar hart gearbeitet, um die Familie zu ernähren, aber sie hatte immer irgendwo Freizeit gehabt, um mit den Nachbarjungen Fußball zu spielen oder mit ihrer Freundin gelegentlich ins Kino zu gehen und sich in fremde Länder wegzuträumen. Hier gab es so etwas wie Freizeit nicht. Sie musste den ganzen Tag waschen, putzen und kochen und wehe, die Madame glaubte auch nur ein kleines Staubkorn zu sehen – dann zögerte sie nicht, Nana anzuschreien und ihr mit der flachen Hand ins Gesicht zu schlagen. Geschlagen zu werden war etwas, das Nana noch nie erlebt hatte. Sie kam aus ärmlichen Verhältnissen, aber ihre Eltern hatten sie mit viel Liebe und Geduld erzogen.

All das war schlimm und erniedrigend. Doch in der vergangenen Nacht war etwas geschehen, das für Nana noch viel schlimmer war. Madame hatte sie wie üblich um elf Uhr in ihrem „Zimmer" eingeschlossen. Sie hatte schon geschlafen, als das Geräusch des Schlüssels in der Tür sie weckte. Es war der Monsieur. Er kam hinein, schaltete das Licht an und schloss die Tür wieder von innen ab. Was dann kam, erfüllte Nana immer noch mit Schaudern und Ekel. Nie hätte sie gedacht, dass man sich so verletzlich fühlen konnte. Er hatte sie auf die Matratze gedrückt und sich auf sie gelegt. Sie glaubte immer noch, seinen heißen, schnaufenden Atem an ihrem Ohr zu spüren, der ihr unaufhörlich irgendetwas von Liebe vorsäuselte. Auch den Schmerz meinte sie noch wahrzunehmen, den sie empfunden hatte, als er in ihre jungfräulich Scham eingedrungen war. Heu-

te fühlte sie sich immer noch wund und wäre am liebsten im Bett geblieben, aber die Madame kannte keine Gnade. Sie musste den ganzen Tag das Haus putzen. So schmutzig, wie sie sich fühlte, wäre sie am liebsten selbst in den Putzeimer gekrochen.

Als er in der Nacht gegangen war, hatte Monsieur ihr erklärt, sie habe ihn sehr glücklich gemacht und er wolle sie wieder in ihrem Zimmer besuchen. Bei dem Gedanken daran, wurde ihr speiübel und sie erbrach sich in den Putzeimer. Nur gut, dass die Madame im Nebenzimmer war und es nicht bemerkt hatte.

Carlshaven, Polizeirevier, 22. September 2014

„So gegen eins? Ja, wir treffen uns dann hier und fahren gemeinsam in die Gerichtsmedizin. Bis später." Anna legte den Telefonhörer auf die Gabel.

„War das Herr Kame?", fragte Handerson.

„Ja. Er holt jetzt Maria Makame vom Flughafen ab und bringt sie her. Wir fahren dann zusammen in die Gerichtsmedizin. Die beiden werden in etwa einer Stunde hier sein."

„Wie alt ist denn diese Maria?", fragte Peter.

„Maria ist fast siebzehn. Ihre Schwester war zwei Jahre älter. Wenn es wirklich Nana ist, die im Kühlhaus liegt, dann tut Maria mir leid. Seine Schwester so wiederzusehen, muss schrecklich sein."

„Haben wir eigentlich schon irgendetwas Neues herausgefunden?", fragte Handerson.

„Nein, nicht wirklich", antwortete Peter. „Die jungen Frauen, die man in Deutschland und England befreit hat, konnten nur sehr spärliche Angaben machen. Sie haben immer wieder irgendetwas von einem Michel erzählt, aber dessen Identität konnte noch nicht geklärt werden. Die Leute, die sich diese Mädchen als Sklavinnen gehalten hatten, waren alle Diplomaten, die auf ihre Immunität bestanden haben und obendrein so bald als möglich ausgereist sind. Sie haben jetzt neue Jobs in anderen Ländern und wurden durch neue Diplomaten ersetzt."

„Wie praktisch", konstatierte Handerson.

„Ich kann mir aber irgendwie nicht vorstellen, dass diese Nana hier als Haussklavin gehalten wurde", sagte Peter.

„Wieso nicht?", fragte Handerson.

„Na, denk doch einmal dran, was sie anhatte. Das war doch ein sündhaft teures Abendkleid. Gibt man denn so etwas seinem Sklavenmädchen?"

„Und was ist mit den Händen?", entgegnete Handerson. „Denk daran, was Weidmann gesagt hat. Sie hat entweder sehr viel geputzt oder mit sehr scharfen Mitteln. Und die Schwester schrieb, sie hätte hier eine Stelle als Hausmädchen vermittelt bekommen."

„Also, irgendwie passt das doch alles nicht zusammen."

~

Maria war etwas eingeschüchtert. Sie war zum ersten Mal im Ausland und die Polizei war eigentlich etwas, um das man in Mabunte einen großen Bogen machte, wenn man im Township wohnte. Der Mann, der sie kontaktiert und nun auch vom Flughafen abgeholt hatte, war sehr nett zu ihr und sprach glücklicherweise ihre Sprache, sie konnte zwar auch ein paar Bröckchen Englisch, aber viel war es nicht. Dass dieser David auch aus Mabunte kam und ihr alles erklärte und übersetzte, was sie nicht verstand, beruhigte sie ungemein. Er war ihr gleich sympathisch gewesen, und sie hatte sofort Vertrauen zu ihm gefasst.

Als sie das Büro im Polizeipräsidium betrat, kam ein schwarzer Hund schwanzwedelnd auf sie zu, um sie zu begrüßen. Eigentlich hatte sie ein bisschen Angst vor Hunden, aber er schien noch sehr jung zu sein und war verspielt. Er brachte ihr einen kleinen Ball und schaute sie erwartungsfroh an. Sein Schwanz wedelte nicht nur hin und her, sondern schien sich wie ein Propeller zu drehen. Sie verstand, was er von ihr wollte, nahm und warf den Ball. Er lief sofort hin und brachte ihn zurück. Dabei machte er ein paar lustige Luftsprünge. Sie lachte. Dieser Hund wirkte gar nicht so bedrohlich, wie die Polizeihunde, die sie in Mabunte gesehen hatte. Irgendwie war hier in Europa alles ganz anders.

„Nun ist es aber gut, Hektor", sagte Peter streng, aber er konnte sich ein Lächeln nicht verbeißen. Die junge Frau hatte so verschüchtert ausgesehen, als sie das Büro betreten hatte, und nun war sie sichtlich lockerer. Aber sie hatten sehr ernste Dinge zu besprechen, also schickte er Hektor auf seine Decke in der Ecke.

Handerson bedeutete Maria, sich zu setzen und bot ihr etwas zu trinken an. David dolmetschte. Nachdem sich alle gesetzt hatten, erklärte Björn ihr mit Davids Hilfe, wozu man sie nach Amberland geholt hatte und was sie gleich würde tun müssen. Maria nickte. Nachdem sich ihre Schwester nicht mehr gemeldet hatte, hatte sie schon befürchtet, dass ihr etwas Schlimmes zugestoßen sein müsse. Dass sie nun hier, in diesem kleinen Polizeibüro in Europa saß, war nur die logische Konsequenz.

Als Handerson mit seinen Erklärungen fertig war und Maria keine Fragen mehr hatte, gingen Handerson, David und Maria zum Auto, um in die Gerichtsmedizin zu fahren. Handerson hatte sich entschieden, mit seinem Privatwagen zu fahren. Er hatte die Befürchtung, dass ein Streifenwagen Maria verschrecken könnte.

~

Eine halbe Stunde später kamen die drei vor dem großen, weißen Gebäude der Gerichtsmedizin an. Sie gingen zu Weidmanns Büro und Handerson hoffte, dass er sich nicht so benehmen würde wie sonst. Ein schlechtgelaunter Weidmann war das letzte, was die junge Frau jetzt brauchen konnte.

Aber er hätte sich keine solchen Sorgen machen brauchen, denn Weidmann erwies sich zur Abwechslung einmal als äußerst freundlich und einfühlsam. Er erklärte der jungen Frau mit Davids Hilfe, was auf sie zukommen würde, bevor er mit ihnen in den Leichenkeller ging. Dort öffnete er ein Schubfach der Kühleinheit und zog die Leiche hervor. Er deckte sanft das Gesicht der wie schlafend aussehenden jungen Frau auf. Handerson dachte, dass es gut war, dass der Rest unter dem Leichentuch verborgen blieb. Die Mitarbeiter der Gerichtsmedizin hatten die abgetrennten Gliedmaßen so hingelegt, dass sie unter dem Tuch so wirkten, als sei der Körper ganz. Es war schwer genug für Angehörige, eine Leiche zu identifizieren, aber fehlten Teile, das wusste Handerson aus Erfahrung, wurde es für die Angehörigen nur umso schwerer.

Maria warf einen kurzen Blick auf die Leiche und schmiss sich David dann weinend in die Arme. Sie schluchzte etwas in seine breite Schulter. Handerson wusste genau, was diese Reaktion bedeutete. Er hatte sie in seiner Karriere schon oft genug miterlebt, aber er musste trotzdem fragen.

„Es ist ihre Schwester, nicht wahr?", fragte Handerson.

„Ja", antwortete David.

„Was hat sie gesagt?"

„‚Ich habe es gewusst. Ich habe es geahnt'", übersetzte David.

„Kommen Sie. Wir müssen hier nicht länger herumstehen, als nötig. Tschüss, Weidmann."

Sie verabschiedeten sich von dem sonst so grummeligen Gerichtsmediziner und brachten die schluchzende Maria nach draußen. Handerson führte die beiden in den Park des gerichtsmedizinischen Instituts, wo sie sich auf eine Bank setzten und Maria eine Weile leise vor sich hin weinte. Handerson sah sich um. Es war irgendwie pervers. Dieser sonnige Herbsttag und dieser gepflegte Park auf der einen Seite und die Leichen im Keller des schönen, weißen Hauses auf der anderen.

Er war tief in den Gedanken versunken, wie nah doch Leben und Tod beieinander lagen, als Maria irgendetwas sagte. Er schreckte hoch und sah David fragend an.

„Was sagt sie?"

„Sie möchte wissen, was mit ihrer Schwester passiert ist. Dass sie tot sei, hatte sie sich gedacht, aber sie hatte angenommen, dass irgendjemand Nana umgebracht hätte. Sie sagt, Nana hätte niemals Selbstmord begangen."

„Wieso nicht?"

„Die Menschen in Mabunte sind sehr arm. Was man ihnen aber nicht nehmen kann, ist ihr Glauben. Viele Menschen in Mabunte sind Anhänger einer sehr konservativen Form des Christentums. Die Familie Makame auch. Die Selbsttötung ist verpönt und ein sehr gläubiger Mensch, wie es Nana anscheinend war, würde sich nicht selber umbringen", erklärte David.

„Aber trotzdem hat sie es getan", sagte Handerson. „Es gibt einen Augenzeugen, der sie hat springen sehen. Es war niemand auf der Eisenbahnbrücke, der sie hätte stoßen können."

David übersetzte Maria Handersons Worte. Sie senkte den Blick Richtung Boden und schüttelte entschieden den Kopf. Dann schaute sie Handerson in die Augen und sagte etwas.

„Dann muss ihr hier etwas wirklich Schreckliches widerfahren sein, das sie dazu getrieben hat, diesen Weg zu wählen. Ich will wissen, was es ist'", übersetzte David.

„Eine Frage muss ich Ihnen noch stellen, Maria. Hat Ihre Schwester jemals mit Drogen zu tun gehabt?"

Nachdem David die Frage übersetzt hatte, sah Maria Handerson entsetzt an. Sie schüttelte vehement den Kopf und sagte etwas.

„‚Nein, wie kommen Sie darauf?'", übersetzte David.

„Weil man ein Betäubungsmittel in ihrem Blut gefunden hat."

David übersetzte und hörte sich Marias Antwort an.

„‚Nana war immer der Ansicht, Drogen seien Teufelszeug. Sie war ein anständiges Mädchen. Nie hätte sie so etwas freiwillig genommen. Was auch immer passiert ist, man muss sie damit regelrecht in den Tod getrieben haben'."

Carlshaven, 06. Dezember 2013

Nana hatte einen Blick in den Kalender geworfen. Es war der sechste Dezember – Nikolaustag. Das war immer einer ihrer Lieblingstage gewesen. In Mabunte war Nikolaus ein offizieller Feiertag und fast wichtiger als Weihnachten. Das Nikolausfest wurde überall groß gefeiert. Und es sah so aus, als ob es heute auch ein Festtag werden würde.

Sie hatte heute zum ersten Mal seit sie hier angekommen war, das Haus verlassen dürfen. Der Monsieur hatte ihr morgens erklärt, dass sie abends alle auf eine Party gehen würden und sie, Nana, etwas Schickes zum Anziehen bräuchte. Sie würden daher später gemeinsam einkaufen gehen. Nana freute sich riesig, als sie das hörte. In den letzten Wochen hatte sie nicht wirklich viel anzuziehen gehabt. Nur das bisschen, das sie aus Mabunte mitgebracht hatte. Und die meisten dieser Sachen waren mittlerweile an einigen Stellen fadenscheinig, weil sie den ganzen Tag arbeitete.

Mittags waren sie dann in die Stadt gefahren. Es war das erste Mal, dass sie dieses Carlshaven wirklich sah. Eine schöne Stadt. Die Menschen hier mussten wirklich reich sein. Der Monsieur ging zuerst mit ihr in ein Geschäft, wo er mit der Verkäuferin in Deutsch sprach. Sie holte einige Kleider, die zu den schönsten zählten, die Nana je gesehen hatte. Sie entschied sich für ein schwarz-gelbes Abendkleid, das an ihr wirklich zauberhaft aussah. Sie bekam auch ein Paar passende schwarze Schuhe mit hohen Absätzen dazu, an die sie sich erst noch gewöhnen musste, denn sie war noch nie auf hohen Absätzen gelaufen. Sie fühlte sich wie Aschenputtel auf dem Weg zum Prinzenball.

Anschließend ging der Monsieur noch mit ihr zu einem Miederwarengeschäft. In so einem Laden, der nur Strümpfe und Un-

terwäsche verkaufte, war sie noch nie gewesen. Die Verkäuferin hatte genau den richtigen Blick, und die Sachen passten auf Anhieb. Allerdings war es ihr etwas peinlich, als der Monsieur den Vorhang zur Umkleidekabine zur Seite zog und sie so in der Unterwäsche begaffte. Ihr lief wieder der Schauer über den Rücken, den sie immer empfand, wenn sie an die vergangenen Nächte dachte, an seinen heißen Atem an ihrem Ohr, sein Gestöhne und Gegrunze, wenn er in sie eindrang und sich in ihr bewegte. Aber heute würde alles anders sein. Das spürte sie. Heute war ein ganz besonderer Tag.

Carlshaven, Handersons Wohnung, 22. September 2014, abends

Was Maria gesagt hatte, ging Handerson nicht mehr aus dem Kopf. Geistesabwesend kraulte er seine zwei Norwegischen Waldkatzen.

„Natürlich hat sie irgendwo recht", sagte er zu Morse und Poirot, die schnurrend auf dem Sofa neben ihm lagen und die Streicheleinheiten sichtlich genossen.

„Man springt nicht einfach so von einer Brücke. Es muss einen Grund geben. Was ist dieser Nana nur passiert, dass sie das als einzigen Ausweg sah?"

Morse sah ihn durchdringend an und miaute.

„Ja, du hast recht. Wir müssen herausfinden, wo Nana im letzten Jahr war. Nur so finden wir eine Antwort."

Er stand auf und ging zur Garderobe. Die Katzen folgten ihm und sahen ihm interessiert zu. David hatte ihm seine Karte gegeben und er meinte, sie in sein Portemonnaie gesteckt zu haben. Ah, ja, da war sie. Handerson nahm das Handteil des schnurlosen Telefons mit zum Sofa und rief David an.

„Kame."

„Handerson hier. David, könnte ich Sie treffen? Ich möchte gerne mehr über Mabunte und diese Mädchenhändler erfahren. Es hilft mir vielleicht bei den Ermittlungen und möglicherweise verstehe ich dann auch, was mit dieser jungen Frau geschehen ist."

„Ja, natürlich. Kennen Sie das kleine Kaffeehaus in der Fischerstraße?"

„Ja, das kenne ich sehr gut."

„In einer halben Stunde?"

„Bis dann."

~

Eine halbe Stunde später betrat Handerson das kleine Kaffeehaus. David saß in einer Ecke und winkte ihm zu. Er ging zu ihm.

„Wo ist Maria?"

„Sie ist bei mir zu Hause. Meine Schwester kümmert sich um sie."

„Wie lange wird Maria hier bleiben?"

„Ihr Touristenvisum erlaubt ihr einen vierwöchigen Aufenthalt. Solange will sie bleiben. Es sei denn, Sie finden vorher raus, was genau mit Nana geschehen ist."

„Das würde ich gerne, aber ich weiß nicht, wo ich anfangen soll."

Der Kellner kam an ihren Tisch und Handerson bestellte einen Milchkaffee. Als der Ober sich entfernte, wandte sich Handerson wieder David zu.

„Glauben Sie, dass Nana das Gleiche passiert ist, wie diesen Mädchen in Deutschland und England?"

David nahm einen Schluck von seinem Kakao, stellte die Tasse ab und schaute Handerson direkt in die Augen.

„Ja."

„Die Kleidung in der sie sich umbrachte, sah nicht wirklich so aus, wie das, was man seiner Sklavin zum Anziehen gibt."

„Sie werden bestimmt herausfinden, warum sie so gekleidet war. Aber ich denke, dass sie ein Opfer der Menschenhändler geworden ist. Wenn nicht, wieso hätte sie sich nicht mehr bei ihrer Familie melden sollen?"

„Meine Kollegin hat mit den ausländischen Kollegen Kontakt aufgenommen. Viel konnten die Mädchen nicht sagen. Nana kannten die Mädchen nicht. Dafür haben sie von einem Michel gesprochen. Er scheint derjenige gewesen zu sein, der die Mädchen in Europa in Empfang genommen und dann zu ihren ‚Familien' gebracht hat."

„Nana hat Maria gegenüber auch einen Michel erwähnt. Sie war in Kontuba bei einer Agentur, die angeblich Hausmädchen nach Europa vermittelt. Wo genau die Agentur ist, wollte Nana ihr nicht sagen, da sie nicht wollte, dass Maria sich dort auch bewirbt."

„Wieso?"

„Die Mutter ist sehr krank, der Vater früh verstorben. Zunächst hatte sich Nana um die Familie gekümmert. Nun wollte sie ins Ausland und dort Geld verdienen. Maria als zweitälteste sollte zu Hause bleiben und sich um alles kümmern. Nana fand, die anderen Geschwister seien noch zu jung, um Verantwortung für die Familie zu übernehmen und dass es daher wichtig sei, dass Maria in Kontuba bliebe, statt auch ins Ausland zu gehen und dort Geld zu verdienen."

„Was hat sie über diesen Michel gesagt?"

„Nana hat den Flug von der Agentur bezahlt bekommen. Sie sollte in Amberland von einem Vertreter der Agentur namens Michel in Empfang genommen und von ihm zu ihrem Arbeitsplatz gebracht werden. Wenn es nicht mehrere

Männer gibt, die für die Agentur arbeiten und sich Michel nennen, dann muss es wohl ein und derselbe Mann sein."

„Dieser Michel ist dann wohl recht umtriebig, wenn die Mädchen in Deutschland und England ihn auch kannten."

„Sieht so aus. Vielleicht ist er ja auf den Überwachungsbändern des Flughafens zu sehen, wie er Nana abholt. Dann hätten wir wenigstens eine Vorstellung davon, wie er ausschaut."

„Gute Idee. Wann war Nana noch einmal geflogen?"

„Ich glaube, es war der zweite oder dritte September 2013. Vielleicht war es auch der fünfte. Ich kann Maria aber auch noch einmal danach fragen."

„Arbeiten Sie eigentlich hauptberuflich bei Amnesty International?"

„Nein. Wir haben zwar einige Hauptamtliche hier in Carlshaven, aber im Grunde sind wir eine Organisation von Ehrenamtlern. Ich bin in einer speziellen Gruppe, die die Informationen zu Mabunte für die amberländische Sektion koordiniert. Das heißt, dass wir einzelne Gruppen, die gerne etwas zu Mabunte machen möchten, bei ihrer Arbeit unterstützen und mit Informationen über das Land, die Leute und die Menschenrechtsverletzungen, die dort begangen werden, versorgen. Solche Koordinationsgruppen gibt es für einzelne Länder aber auch für bestimmte Themen, wie etwa Folter oder Todesstrafe. Die Mitglieder dieser sogenannten Koordinationsgruppen sind über ganz Amberland verteilt und arbeiten sehr eng mit den Hauptamtlichen in Carlshaven und London zusammen."

„Interessant. Wie hat ihre Organisation eigentlich von diesen Skandalen erfahren?"

„Wie sagt man im Deutschen so schön? Durch ‚Kommissar Zufall'. Einem der Mädchen in England gelang die Flucht. Sie hatte das Glück einer Amnesty-Mitarbeiterin direkt in die Arme zu laufen. Die Kollegin hat sich die Geschichte der jungen Frau angehört und die Behörden eingeschaltet. Bei weiteren Nachforschungen kam die Polizei dann auf die anderen Mädchen. Sagen Sie mal, dürfen Sie eigentlich mit mir so freizügig über den Stand der Ermittlungen reden?"

„Eigentlich nicht. Aber wir unterhalten uns ja auch nicht über den Stand der Ermittlungen. Sie sind in diesem Fall ein von der Polizei einbestellter Berater, der von der amberländischen Polizei auf Grund seines Fachwissens dringend benötigt wird...", er zuckte mit den Achseln. „Wenn man andauernd das Geld für vernünftige Ermittlungsarbeit einspart, müssen wir uns eben etwas einfallen lassen, wie wir an die Informationen kommen."

„Und das gibt keinen Ärger?"

„Meine Chefs müssen ja nicht alles wissen", er zwinkerte David verschwörerisch zu, der verständig nickte.

„Sie haben gesagt, dass die Hauptkunden dieser – ähm – ‚Agenturen' Diplomaten und reiche Geschäftsleute sind. Wie viele gibt es denn von denen hier in Amberland?"

„In ganz Amberland? So an die dreißig. Hier in Carlshaven sind es etwa sechs mit ihren Familien, die in Frage kämen. Da ist der Botschafter mit seiner Frau, die drei Botschaftsangehörigen und dann gibt es noch den Besitzer einer Import-Export-Firma und einen Kunsthändler."

„Arbeiten bei dem Importeur und dem Kunsthändler auch noch andere Mabunter?"

„Ja, es gibt etwa fünfzig Mabunter hier in Carlshaven, aber reiche Mabunter und Diplomaten eben nur die sechs."

„Mh, zu denen hinzufahren, ihnen ein Foto von Nana zu zeigen und sie zu fragen, ob sie die junge Frau kennen, wird wohl eher keinen Erfolg bringen. Da könnte ich sie vermutlich gleich fragen, ob sie private Sklaven halten."

„Und wenn man sich einmal vorsichtig bei den Nachbarn umhört?"

„Ich dachte, die Mädchen kommen nicht vor die Tür."

„Im Allgemeinen nicht, aber vielleicht hat sie doch einmal jemand gesehen. Niemand kann einen Menschen in einem Wohngebiet so gut vom täglichen Leben abschirmen. Und ein Jahr lang schon gar nicht."

„Na ja, das ist wohl das einzige, was wir machen können."

David schaute auf die Uhr.

„Ich möchte Maria nicht so lange mit meiner Schwester alleine lassen, sie ist doch ziemlich geschockt."

„Ja, natürlich. Gehen sie nur zu ihr", sagte Handerson und erhob sich, um dem Afrikaner zum Abschied die Hand zu schütteln.

~

Eine Stunde später saß Handerson wieder auf seinem Sofa und kraulte Morse und Poirot. Er überlegt, wie er es wohl anstellen könnte, die Nachbarn der reichen Mabunter zu befragen, ohne zu viel Aufmerksamkeit zu erregen. Wenn die Polizei im Umfeld des mabuntischen Botschafters herumstocherte, gab das über Kurz oder Lang bestimmt Ärger von allerhöchster Stelle.

„Wenn ich nur wüsste, was ich machen soll. Das mit dem Botschafter ist so kompliziert", sagte er zu den beiden Katern. Morse sah ihn an, kletterte auf den Couchtisch, ließ sich auf der zusammengefalteten Tageszeitung nieder und maunzte.

„Das meinst du nicht wirklich ernst, oder?" Morse sah ihn provokativ an.

Carlshaven, 06. Dezember 2013, abends

Sie hatte duschen dürfen und sich ordentlich schick gemacht. In den hohen Schuhen konnte sie zwar kaum gehen, aber sie freute sich zu sehr auf diese Party, um sich darüber allzu viele Gedanken zu machen. Endlich passierte etwas, das ihren Alltag, der nur aus Putzen, Waschen und Kochen bestand, unterbrach und das viel Spaß versprach. Vom Haus aus gab es einen Zugang zur Garage, der normaler Weise abgeschlossen war. Heute durfte sie mit Madame und Monsieur durch diese Tür gehen. Dahinter stand ein großes, schwarzes Auto mit getönten Scheiben. Der Fahrer hielt ihnen die Autotür auf. Sie stiegen ein.

Eine halbe Stunde später hielten sie vor einem Boot am Hafen an. Schiffe und Boote hatte sie in Kontuba oft gesehen, war aber nie an Bord eines solchen gewesen. Der Monsieur fasste sie an der Hand und brachte sie auf das Boot. Die Madame und eine weitere Frau, die vor der Yacht gewartet hatte, hingegen gingen nicht mit, sondern schlenderten auf eine Bar in der Nähe zu. Kurz nachdem sie mit dem Monsieur die Yacht betreten hatte, legte sie ab.

Da waren einige Leute an Bord, die alle mabuntisch sprachen. Erst auf den zweiten Blick fiel ihr auf, dass es eine reine Männergesellschaft war. Sie freute sich aber viel zu sehr, endlich unter Menschen zu sein, die sie verstand, um sich darüber den Kopf zu zerbrechen. Michel war auch da. Er gab ihr ein Glas mit einer gelben Flüssigkeit in die Hand und ermutigte sie, einen Schluck zu trinken. Sie tat es und weil sie verlegen und durstig war, trank sie das Glas mit einem zweiten Zug leer. Ein paar Minuten später wurde ihr schwindlig. Michel stützte sie und führte sie unter Deck. Da war ein Zimmer mit einem großen Bett, auf das er sie legte. Er zog ihr die Schuhe aus und dann schickte er sich an, ihr auch das Kleid abzuschälen. Sie wollte ihm sagen, er solle es lassen, aber sie konnte nicht sprechen. Sie versuchte ihn abzuwehren, aber sie konnte sich nicht mehr bewegen. Warum, wusste sie nicht. Er hatte sie nicht gefesselt und doch hatte sie das Gefühl, festgehalten zu werden.

Das Kleid war nun aus und Michel trat einen Schritt vom Bett zurück. Er betrachtete sie. Dann ging er zur Tür und rief nach jemandem. Kurz darauf kamen mehrere Männer hinein. Einer sagte etwas darüber, dass sie ganz passabel aussehe und sich bestimmt gut anfühlen würde. Nana wusste nicht, was er damit meinte. Noch nicht.

Der Mann, der die Bemerkung über ihr Aussehen gemacht hatte, trat an das Bett und beugte sich über sie. Ja, sie sehe von nahem sogar noch besser aus. Er war fett und Nana spürte, wie er seine speckigen Hände über ihren zarten Körper gleiten ließ. Als er an ihrem Becken angekommen war, packte er ihren Slip und riss ihn ihr ab. Der BH folgte kurz darauf. Nana wollte schreien, weglaufen, aber es ging nicht. Sie konnte sich einfach nicht rühren. Auch nicht, als der schwere Mann auf sie drauf kletterte, ihre Beine auseinander drückte und in sie eindrang. Er war sehr grob, den Schmerz spürte sie genau, aber schreien und sich bewegen konnte sie sich immer noch nicht. Er schnaufte und schwitzte wie ein Schwein. Die anderen Männer johlten und feuerten ihn an. Als er fertig war, rutschte er keuchend herunter und ließ die anderen ran, die nicht minder brutal in sie hineinstießen.

Sie wusste nicht, wie lange sie so da gelegen hatte, aber die Männer mussten schon vor einer Weile gegangen sein. Irgendwann ließ die Wirkung dessen, was man ihr eingeflößt hatte, etwas nach, und sie konnte stöhnen und sich etwas bewegen. Dann kam die Madame, schimpfte sie aus, dass sie schmutzig sei und sie die kaputte Unterwäsche würde abarbeiten müssen. Anschließend zog sie ihr das Kleid an. Madame und Monsieur schleiften sie regelrecht vom Boot, das wieder angelegt hatte, in das Auto und später von dort in ihr Zimmer.

Carlshaven, Polizeirevier, 24. September 2014, morgens

Handerson war an diesem Morgen alleine im Büro. Peter hatte ein Treffen mit dem für die Ausbildung der Polizeihunde zuständigen Kollegen und würde nicht vor Mittag im Büro eintreffen. Und Anna war wieder einmal bei einer Schulung. Sie war sehr ehrgeizig und nahm alles an Fortbildungen mit, was angeboten wurde. Handerson konnte es ihr nicht verübeln. Zwar gehörten weibliche Beamte mittlerweile zum allgemeinen Erscheinungsbild der Polizei, aber insgeheim war es doch noch immer ein Männerverein. Wer als Frau hier etwas erreichen wollte, musste bei allem mehr als zweihundert Prozent geben, um die gleiche Anerkennung zu erhalten wie ein männlicher Kollege. Und Anna hatte diesen Willen. Handerson zweifelte nicht daran, dass Anna es bei der amberländischen Polizei noch weit bringen würde, wenn sie mit so viel Elan und Durchsetzungskraft dabei bliebe.

Dass er alleine war, war ihm ganz recht. Morse hatte ihn auf eine Idee gebracht, aber die schmeckte ihm so gar nicht und er hasste sich insgeheim selbst für das, was er jetzt tun würde. Aber was sein musste, musste bekanntlich sein. Er griff zum Telefon und wählte die Nummer auf dem Zettel, der vor ihm auf dem Schreibtisch lag. Es klingelte exakt fünf Mal.

„*Carlshavener Kurier*, Hans Schreiber am Apparat."

„Handerson hier."

„Oh, was verschafft mir denn die Ehre?", fragte Schreiber sarkastisch, aber mit einer gewissen Neugier in der Stimme. Der Kommissar rief sicherlich nicht ohne Grund bei ihm in der Redaktion an. Es musste unter diesen Umständen schon etwas Wichtiges sein. Er war gespannt darauf, was er von ihm wollte.

Handerson hasste das, was er jetzt sagen würde und es kostete ihn daher mehr als nur ein bisschen Überwindung. Am liebsten hätte er sich selber auf die Schuhe gekotzt.

„Es gäbe da etwas, das Sie vielleicht interessieren könnte, aber Sie müssten auch ein bisschen was für mich tun."

„Ui, seid ihr bei der Polizei so unterbesetzt, dass ihr jetzt schon Reporter engagiert?"

Auch wenn er sich sarkastisch gab, so war der Ausdruck unverhohlener Neugier in seiner Stimme jetzt nicht mehr zu überhören. Der Kommissar hatte sein journalistisches Interesse geweckt.

„Haben Sie von den Mädchen aus Mabunte gehört, die man in Deutschland und England aufgegriffen hat?"

„Die Privatsklavinnen von den reichen Negern? Klar."

Handerson rollte mit den Augen. „Neger" – das war mal wieder typisch Schreiber. Dass sich ein solches Wort überhaupt im aktiven Sprachschatz eines modernen Journalisten befand, war für ihn kaum vorstellbar, aber offensichtlich eine Tatsache. Er holte tief Luft, bevor er seinem Erzfeind Schreiber erklärte, was er von ihm wollte und ihm einen Deal vorschlug.

„Oke-doke, ich schau mal, was ich rausfinde. Aber Sie halten sich dann auch an unseren Deal, sonst rücke ich nix von den Infos raus."

„Ja, ja", sagte Handerson und legte auf. Oh, wie er sich selbst dafür hasste.

Carlshaven, vor der Privatresidenz des Botschafters, 23. September 2014, nachmittags

Hans Schreiber hatte sich für den Spezialauftrag, den er von Handerson erhalten hatte, wirklich täuschend echt kostümiert. Von einem befreundeten Gärtner hatte er sich Arbeitskleidung und ein Fahrzeug geliehen, in dem auch das entsprechende Werkzeug lag. Handerson hatte ihm eine kleine Liste mit Adressen von reichen Mabuntern per E-Mail zukommen lassen. Da der Fisch aber bekanntlich immer von Kopf her anfing zu stinken, hatte er sich dazu entschlossen, seine Recherche beim Botschafter zu beginnen. Und da die ihre Sklavin wohl kaum in der Botschaft gehalten hatten, hatte er sich die Privatadresse des Botschafters besorgt. Er war mittags einmal kurz vorbeigefahren und hatte sich dann eine Strategie zurechtgelegt. Die Villa war groß, genauso wie das Grundstück. Sein Plan bestand darin, zunächst die Nachbarn auszuhorchen. Er ging zu der Villa nebenan und klingelte. Es dauerte etwas, bis eine ältere Dame öffnete.

„Ja, bitte?"

„Guten Tag, gnädige Frau, ich komme vom Gartenbaubetrieb ‚Zweiblum und Söhne'. Wir möchten gerne unseren Kundenstamm erweitern. Besteht bei Ihnen vielleicht Bedarf an regelmäßiger Grundstückspflege? Das Grundstück scheint ja recht groß zu sein und es gibt bestimmt öfters etwas zu tun." Er drückte ihr die Karte des Gartenbaubetriebs seines Freundes in die Hand und setzte sein charmantestes Lächeln auf.

„Ach, eigentlich…"

„Um Sie von unseren Qualitäten zu überzeugen, bieten wir Ihnen einmalig eine Gartenpflege, bestehend aus Rasenmähen, Heckenschnitt und Unkraut jäten, umsonst an."

„Ach, so?"

Sie beäugte interessiert die Karte, die Schreiber ihr in die Hand gedrückt hatte. „Umsonst" war anscheinend ein Wort, das ihr äußerst sympathisch war. Typisch, dachte er, reich wie Krösus, aber bloß kein Geld ausgeben.

„Zweiblum und Söhne, ja, die kenne ich. Die haben doch auch ein Blumengeschäft in der Innenstadt. Da habe ich schon mal hin und wieder einen Strauß gekauft. Sehr gute Qualität. Haben Sie gesagt, dass Sie mir heute umsonst den Garten machen wollen, junger Mann?"

„Ja, gnädige Frau. Wenn Sie mögen, können Sie auch gerne noch einmal selber bei Zweiblum anrufen und nachfragen. Ich verstehe, dass Sie misstrauisch sind. Heutzutage kann man ja nie wissen, auf was für Ideen Verbrecher so kommen."

„Na, Zweiblum ist ein renommiertes Geschäft, das wird schon seine Richtigkeit haben. Da vorne durch das Tor kommen Sie in den Garten."

„Sehr gerne, gnädige Frau. Ich hole dann mal meine Sachen."

Die Dame schloss die Tür wieder und er ging zurück zum Wagen, um die Geräte zu holen. Das war ja einfacher gewesen, als er gedacht hatte. Er staunte immer wieder, wie einfältig manche Leute waren – na ja, morgen würde ihm bei der Grundstücksgröße vermutlich alles weh tun, aber wenn er etwas herausfand, dann hätte es sich gelohnt. Und wenn nicht, dann würde er sich für die anderen Adressen eine weniger anstrengende Tarnung einfallen lassen. Es hatte ja auch niemand behauptet, dass investigativer Journalismus ein Zuckerschlecken sei.

~

Er hatte den gesamten Rasen gemäht, Unkraut gezupft und war jetzt dabei, die Hecke zum Nachbargrundstück zu schneiden. Es war warm und der Schweiß lief ihm mittlerweile in Strömen von der Stirn. Zum Nachbarhaus konnte er nicht wirklich hinüber sehen, aber die alte Dame, in deren Garten er sich abrackerte, musste vom ersten Stock einen ganz guten Blick haben. Alles, was er bislang von drüben mitbekommen hatte, war, dass dort zwei große Hunde lebten. Er glaubte, dass es Dobermänner waren, war sich aber nicht ganz sicher. In jedem Fall kläfften die Köter ziemlich laut, wenn er in die Nähe der Grundstücksgrenze kam.

Die alte Dame kam mit einer Glaskaraffe und zwei Gläsern aus der Terrassentür. Sie setzte beides auf den Gartentisch und rief ihm von der Terrasse aus zu, er solle doch einmal eine Pause machen, das habe er sich redlich verdient. Nun ja, wo die Dame recht hatte, hatte sie recht. Er ging zu ihr, nahm dankbar das Glas selbstgemachter Limonade an und ließ sich auf einen der schmiedeeisernen Gartenstühle sinken.

„Sagen Sie mal, die beiden Hunde da von nebenan, die sind aber schon nervig. Ich meine, die kläffen doch immerzu", fing Schreiber ein Gespräch an.

„Oh, da sagen Sie aber etwas. Diese Tölen kläffen Tag und Nacht. Die junge Frau, die da manchmal im Garten arbeitet, die hat auch gehörig Angst vor denen."

Er wurde hellhörig. „Eine junge Frau? Haben die etwa schon eine Gärtnerin? Das wäre aber bedauerlich. Ich wollte da nämlich auch noch unsere Dienste anbieten."

„Nein, so eine richtige Gärtnerin ist das nicht. Die scheint da so etwas wie ein Hausmädchen zu sein. Immer fleißig, sag ich Ihnen. Immer, wenn ich aus dem Schlafzimmerfenster schaue, kann ich sie putzen sehen, also zumindest war das bis vor einigen Wochen so. Nicht, dass Sie jetzt den falschen Eindruck von mir bekommen, junger Mann, ich bespitzele meine Nachbarn nicht, aber die haben keine Gardinen und ich kann von meinem Schlafzimmer genau bei denen in die Fenster sehen und immer wenn ich rein zufällig hinübersehe, dann ist diese junge Frau da und putzt."

Ja, klar. Ganz zufällig hatte sie da hingeguckt, dachte Schreiber. Und das auch nur, weil sie gar nicht anders konnte. Wie konnten die bösen Nachbarn auch keine Gardinen haben? Das zwang einen ja geradezu, hinzusehen. Er schüttelte innerlich den Kopf. Aber diese Beobachtung war doch schon mal etwas. Er hakte nach.

„Und diese junge Frau ist da so etwas wie ein Hausmädchen, sagen Sie?"

„Also, das dachte ich zumindest bis jetzt. Aber die letzten drei oder vier Wochen habe ich die nicht mehr gesehen. Vielleicht ist sie ja wieder in ihre Heimat zurück."

„Ach, war sie denn eine Ausländerin?"

„Na ja, so eine Schwarze halt und das sind doch da auch so afrikanische Diplomaten, wissen Sie. Vielleicht war die junge Frau so etwas wie ein Au-pair oder so. Aber die da drüben unterhalten sich ja nicht mit einem. Sind ja was

Besseres, diese Diplomaten. Tses, ich wollte neulich mal fragen, ob die junge Frau bei mir auch mal putzen könnte, weil die immer so akribisch sauber machte und kein Staubkörnchen ausließ, aber die feine Frau Botschafter hat ja nicht mal Zeit für ein ‚Guten Tag', wissen Sie. Püh, dass diese Afrikaner sich überhaupt solch ein nobles Botschaftsquartier leisten können. Ich dachte ja immer, die haben nichts."

Volltreffer, dachte Schreiber. Also doch, die haben sich ein kleines Negersklavenmädchen gehalten und die ist rein zufällig schon genauso lange weg wie die Kleine in der Leichenhalle.

„Vielen lieben Dank für die Limonade und die Pause, aber ich muss jetzt mal weitermachen. Sie möchten doch bestimmt keine halb geschnittene Hecke, oder?"

„Natürlich nicht. Aber Sie haben das bislang so toll gemacht, dass sie Ihrem Chef sagen können, dass er eine neue Kundin hat."

„Da freut er sich bestimmt."

Carlshaven, Polizeirevier, 24. September 2014

„Darf ich hereinkommen oder hat der Herr Kommissar heute schlechte Laune?", fragte Schreiber, der in der offenen Bürotür stand.

„Wenn Sie Neuigkeiten für mich haben, dann ja", gab Handerson widerwillig zurück.

Peter und Anna horchten auf. Es war so gut wie jedem bekannt, dass Handerson für die Presse im Allgemeinen und Hans Schreiber im Besonderen nicht viel übrig hatte. Und nun war Schreiber hier und wollte etwas von Handerson?

Schreiber ging zu Handersons Schreibtisch, zog den Besucherstuhl zu sich heran und setzte sich rittlings darauf. Dabei verzog er das Gesicht und gab leichte Schmerzenslaute von sich.

„Ich glaube, ich weiß, wo eure kleine Negersklavin geschuftet hat."

„Das ging aber schnell", staunte Handerson.

„Ich habe mir im wahrsten Sinne des Wortes den Rücken für den Herrn Kommissar krumm gemacht und von der Nachbarin des mabuntischen Botschafters erfahren, dass Herr und Frau Botschafter eine kleine Minisklavin für Haus und Anwesen hatten, die sich im Haus blöd geschrubbt hat und von der Nachbarin vor ungefähr einem Monat das letzte Mal gesehen wurde. Herr und Frau Botschafter sollen auch wenig kommunikationsfreundlich sein. Die Nachbarin schien etwas angepisst. Sie hätte sich die fleißige Haushaltshilfe nämlich gerne mal ausgeliehen, aber Frau Botschafter redet wohl nicht mit jedem."

Anna und Peter klappte gleichzeitig der Unterkiefer herunter. Hatte Handerson tatsächlich ausgerechnet seinen erklärten Todfeind, Hans Schreiber vom *Carlshavener Kurier*, damit beauftragt, etwas für sie herauszufinden?

„Das nenne ich doch mal prompte Lieferung, Herr Schreiber. Vielen Dank auch. Wir werden uns jetzt dann mal um Herrn und Frau Botschafter kümmern und gucken, ob die sich vielleicht noch mehr Dauerarbeitskräfte aus dem Katalog bestellt haben. Sie forschen wie vereinbart weiter, ob Sie etwas über diesen Michel herausfinden und ich halte Sie mit dem Rest auf dem Laufenden."

Handerson stand auf, schüttelte Schreiber die Hand und klopfte ihm anerkennend auf die Schulter, woraufhin dieser mit schmerzverzerrtem Gesicht zusammenzuckte. Dann begleitete er ihn hinaus.

Anna und Peter sahen sich an. Das konnte jetzt nicht wirklich wahr sein, oder? Schreiber? Als Informant der Polizei?

~

Eine Stunde später standen Handerson und Peter im Vorzimmer des mabuntischen Botschafters. Die Tür ging auf und der Botschafter trat ein.

„Meine Herren, bitte treten Sie ein", er deutete auf die Tür zu seinem Büro, die er den beiden aufhielt.

Sie traten ein. Peter fühlte sich wie im Kino. Der Raum war so extravagant ausgestattet, dass er dachte, das hier könne gar nicht real sein. Der Botschafter deutete auf eine Sitzecke, die mit rotem Plüsch bezogen war, und eine Chaiselongue, alles mit in Gold gefassten Rahmen.

„Bitte, setzen Sie sich doch, meine Herren. Kaffee?"

„Sehr freundlich, danke sehr", sagte Handerson und ließ sich so vorsichtig auf der Chaiselongue nieder, als sei es ein Nest voller roher Eier. Er fühlte sich auf dem luxuriösen Sitzmöbel irgendwie verloren und fehl am Platz.

Der Botschafter ging zum Sprechgerät und sagte etwas auf mabuntisch. Vermutlich orderte er den Kaffee. Er kam zu ihnen.

„Womit kann ich Ihnen dienen, meine Herren? Ich meine, die Polizei des Empfangslandes ist ein äußerst seltener Gast in einer Botschaft."

„Vielen Dank, dass Sie uns überhaupt empfangen, Exzellenz. Wir stellen gerade im Fall einer jungen Frau aus Mabunte Ermittlungen an".

„Hat sie etwas verbrochen?"

„Nein, das nicht. Sie ist verstorben. Wir versuchen noch, die genauen Umstände ihres Todes zu klären".

„Und wie kann ich Ihnen dabei behilflich sein?"

„Wir haben Hinweise erhalten, dass die junge Frau zwischenzeitlich in Ihrer Privatresidenz gewohnt haben soll. Ihr Name war Nana Makame."

Der kurze Schockmoment, der sich im Gesicht des Botschafters widerspiegelte, war Handerson nicht entgangen. Auch nicht, dass er seine Gesichtszüge relativ schnell wieder im Griff hatte. Dennoch stand Mercure Sarumba auf, ging zum Fenster und schaute hinaus. Es klopfte. Der Sekretär brachte ein Kaffeeservice und goss drei Tassen Kaffee ein. Als er wieder gegangen war, wandte Sarumba sich wieder den beiden Polizisten zu.

„Ja, das ist richtig. Nana hat einige Monate bei mir und meiner Frau gewohnt. Tot, sagen Sie? Das ist ja schrecklich". Wirklich echt wirkte seine Erschütterung auf Björn nicht.

„Haben Sie sie nicht vermisst? Sie ist immerhin schon vor einigen Wochen gestorben", fragte Peter.

Handerson warf Peter einen strengen Blick zu. Hoffentlich blieb er freundlich. Nicht, dass dieser Selbstmord noch in einer handfesten diplomatischen Beziehungskrise endete.

„Nein, nicht wirklich. Sehen Sie, Nana hatte sich hier in Europa nicht wirklich wohl gefühlt. Sie wollte wieder zurück in die Heimat und sie hatte uns an dem Tag, an dem sie verschwand, eine Nachricht hinterlassen, dass sie wieder zurück nach Mabunte gehe. Meine Frau Genny und ich dachten, sie sei wieder abgereist."

„Darf man fragen, was Nana bei Ihnen gemacht hat, Exzellenz?", fragte Handerson.

„Sie war als Au-pair bei uns. Kann ich Ihnen sonst noch irgendwie weiterhelfen, meine Herren?"

„Nein, das war es eigentlich schon. Vielen Dank, dass Sie so freundlich waren, uns zu empfangen, Exzellenz."

Handerson stand auf und Peter tat es ihm nach. Je schneller sie hier wieder raus waren, umso besser, fand Björn. Der Botschafter mit seiner falschen Freundlichkeit war ihm nicht geheuer.

„Keine Ursache. Wissen Sie, die Hilfsbereitschaft ist uns Mabuntern sozusagen in die Wiege gelegt. Einen guten Tag, Herr Kommissar. Herr Sergeant."

Sarumba nickte beiden zu und ging wieder zu seinem wuchtigen Schreibtisch, um zu signalisieren, dass das Gespräch an dieser Stelle beendet war. Die beiden Polizisten bedankten sich nochmals dafür, empfangen worden zu sein, katzbuckelten und gingen.

~

„Au-pair? Das hat der sich aber fein ausgedacht. Wer soll denn so was glauben?", schnaubte Peter, als sie im Wagen saßen.

„Hast du gesehen, wie geschockt der war, als wir ihn darauf angesprochen haben, dass Nana bei ihm gewohnt hat?"

„Nein. Aber dass der lügt wie gedruckt, das ist mir aufgefallen."

„OK, wir wissen jetzt also, wo sie die letzten Monate war, und dank Schreiber wissen wir auch, was sie in der Zeit da gemacht hat. Aber wer ist dieser Michel und wie kam sie zu diesem teuren Fummel, in dem sie sich von der Brücke gestürzt hat?"

„Gute Frage. Apropos ‚gute Frage', was ist das da eigentlich mit dir und Schreiber?"

„DAS, mein Lieber, möchtest du lieber nicht wissen…. Komm, lass uns fahren, Anna wartet."

~

Björn und Peter hatten gerade wieder das Büro betreten und wollten Anna Bericht erstatten, als sie hinter sich ein ziemlich wütendes „Sind Sie eigentlich von allen guten Geistern verlassen?!" hörten. Kurz darauf stand Britta Hansen, die Revierleiterin, in der Tür, das Gesicht feuerrot angelaufen.

Scheiße, dachte Björn. Die Nummer mit Schreiber ist wohl doch aufgeflogen. Er setzte sein unschuldigstes Gesicht auf.

„Wieso?"

„Sie haben nicht wirklich den mabuntischen Botschafter verhört, oder? Sie wissen ganz genau, dass das nicht legal ist und wir dadurch in Teufels Küche kommen können."

Björn atmete erleichtert auf. Ach das.

„Nein, wir haben den Botschafter nicht verhört. Wir haben ihm nur freundlich ein paar Fragen gestellt und er hat uns darauf freiwillig und bereitwillig ein paar freundliche Antworten gegeben."

„Was für Fragen?", wollte seine Vorgesetzte argwöhnisch wissen. Sie kannte Handerson lange genug, um ihm mit einer gesunden Portion Misstrauen zu begegnen.

„Wir haben ihn lediglich gefragt, ob es sein kann, dass eine gewisse Nana Makame ein paar Wochen bei ihm gewohnt hat und ob er sie nicht vermisst hat, weil wir ihre Leiche vor ein paar Wochen von den Bahngleisen gekratzt haben. Er hat uns bestätigt, dass sie bis zu ihrem Tod bei ihm wohnte und er sie nicht vermisste, weil er glaubte, sie sei aus lauter Heimweh wieder zurück in die Heimat gefahren. Mehr haben wir gar nicht besprochen. Alles ganz harmlos."

„Na, wenn Sie es sagen. Aber wehe, Sie belästigen seine Exzellenz noch mal. Dann reiße ich Ihnen höchstpersönlich den Kopf ab!"

Sie machte auf dem Absatz kehrt und rauschte davon, allerdings nicht, ohne ihm vorher noch einmal einen äußerst giftigen Blick zuzuwerfen. Handerson sah ihr nach und hegte keinen Zweifel daran, dass sie diese Drohung auch ernst gemeint hatte. Eine wütende Britta Hansen war zu allem fähig. Anna riss ihn aus seinen Gedanken.

„Und was hat er jetzt genau gesagt?"

„Der Botschafter hat zugegeben, dass Nana ein Jahr lang bei ihm gewohnt und gearbeitet hat. Angeblich als Au-pair. Na ja, wer's glaubt. Soviel ich weiß, ist er kinderlos. So steht es zumindest auf der Seite der Botschaft", gab Handerson zur Antwort.

„Und er hat sein wertvolles Au-pair die letzten Wochen nicht vermisst?"

„Angeblich hatte sie so Heimweh, dass sie abreisen wollte. Das habe sie so auf einen Zettel geschrieben, der an dem Morgen, an dem sie verschwand, in der Küche auf dem Tisch gelegen habe. Darum habe er gedacht, sie sei zurück in die Heimat geflogen", antwortete Peter.

„Tja, dumm nur, dass wir ihm auf Grund seines Diplomatenstatus nichts können", bedauerte Handerson die Situation. „Wir hatten ja schon Glück, dass wir überhaupt vorgelassen wurden. Und selbst darüber scheint unsere Frau Chefin nicht besonders glücklich zu sein...."

„Na ja, wir dürfen ihn nicht vorladen oder gar verhören. Aber wie wäre es denn, wenn der uns so rein zufällig bei unserer Polizeiarbeit über den Weg läuft? Ich meine, was können wir denn dafür, wenn der da auftaucht, wo wir ganz rein zufällig auch gerade sind....", sagte Anna mit Unschuldsmiene.

„Du willst den doch nicht ernsthaft beschatten, Anna, oder?", fragte Peter ungläubig.

„Wieso nicht? Vielleicht finden wir so diesen Michel," antwortete Anna achselzuckend. „Aber vielleicht müssen wir uns mit dem Botschafter auch gar nicht weiter aufhalten."

„Hä? Verstehe ich nicht", gab Peter zurück.

„Weidmann hat vorhin angerufen. Er hat die Ergebnisse der DNA-Analyse von dem Sperma zurückbekommen".

„Anna, wir bekommen keine Speichelprobe vom Botschafter, der genießt Immunität". Peter rollte mit den Augen. Manchmal war seine Kollegin echt noch grün hinter den Ohren.

„Weiß ich doch. Aber die Analyse hat ergeben, dass es sich nicht um das Sperma eines einzelnen Mannes handelte."

„Sondern?", fragte Handerson.

„Zehn."

„Zehn?" Peter klappte die Kinnlade hinunter.

„Yepp, zehn. Da in der Botschaft nur vier Männer arbeiten, muss der Rest von Privatpersonen stammen. Die kriegen wir dann zwar nicht wegen Sklaverei, wohl aber wegen Vergewaltigung dran. Jetzt müssen wir nur noch herausfinden, wer diese sechs sind. Ach übrigens, Björn, Schreiber hat angerufen. Ich soll dir ausrichten, er sei bei so einem Negerbetrieb am Hafen gewesen und habe dort nach Arbeit gefragt, um mehr herauszufinden. Das seien aber alles totale Rassisten. Die stellen nämlich nur andere Neger ein und das auch nur, wenn die Afrikanisch sprechen. Aber er habe da einen etwas von einem Michel reden hören."

Jetzt rollte Handerson mit den Augen und erwiderte sarkastisch: „Oh, ja, das sind alles totale Rassisten, diese Neger. Armer Schreiber, er kann einem wirklich leidtun, dass die ihn kleinen, weißen Mann so diskriminieren." Er schüttelte den Kopf. „Hat er dir zufällig auch gesagt, bei welchem Betrieb das war?"

„Ja, er hat mir die Adresse gegeben. Und ich habe David angerufen. Wenn die mit Nicht-Afrikanern nichts zu tun haben wollen, dann ist es wohl besser, dass sich dort mal ein Afrikaner umhört. Er meldet sich, wenn er etwas herausfindet."

„Oh, man, lass das bloß nicht die Chefin hören, dass wir Zivilisten für uns spionieren lassen. Erst Schreiber und jetzt dieser David. Die macht uns zur Schnecke, wenn die das rausfindet", sagte Peter und schaute verstohlen in die Richtung, in die Britta Hansen vor noch nicht allzu langer Zeit wutschnaubend entschwunden war.

„Och, dann soll uns das Ministerium mehr Geld und qualifiziertes Personal zur Verfügung stellen. Ich persönlich habe da jetzt nicht so das große Problem mit. Außerdem können wir bei unserem Haushaltsplan gar nicht anders, als auf ungewöhnliche Ermittlungsmethoden zurückzugreifen, wenn wir Ergebnisse produzieren sollen", antwortete Handerson mit einer wegwerfenden Handbewegung. „Aber die Idee mit dem Beschatten ist gar nicht einmal so dumm, Anna. Peter und mich kennt der Botschafter jetzt, aber dich nicht. Ich frage gleich mal drüben in der Abteilung für Organisierte Kriminalität nach, ob Jupp das mit dir zusammen machen kann. Die haben da drüben, soviel ich weiß, gerade nicht besonders viel zu tun und außerdem fällt Menschenhandel eh in deren Aufgabenbereich. Jupp hat mit Observationen auch recht viel Erfahrung. Aber lasst euch bloß nicht erwischen, sonst gibt das Ärger. Und,

Peter, wir zwei besorgen uns die Überwachungsbänder vom Flughafen vom letzten September. Vielleicht haben wir ja Glück und dieser Michel ist darauf zu sehen, wie er Nana vom Flughafen abholt."

Peters Begeisterung hielt sich in Grenzen. Videobändersichten war nicht gerade eine seiner Lieblingsbeschäftigungen.

Carlshaven, Büro von Kontuba-Transport, 24. September 2014

Michel war beunruhigt. Der Botschafter hatte angerufen. Er habe gerade Besuch von zwei Polizisten gehabt, die unangenehme Fragen über Nana gestellt hätten. Er war ziemlich sauer gewesen, dass die Polizei herausbekommen hatte, dass die unbekannte Tote von den Bahngleisen Nana war und bei ihm gewohnt hatte. Er wollte wutentbrannt wissen, woher die diese Informationen hatten. Einen Pass hatte die kleine Nutte schließlich nicht dabei gehabt. Michel war ratlos und konnte sich das auch nicht erklären. Der Pass lag nach wie vor in seinem Safe und das Haus der Sarumbas hatte sie nie wirklich verlassen, außer bei den paar Partys. Er hatte auch keine offiziellen Fahndungsplakate gesehen.

Als der Botschafter vor einigen Wochen bemerkt hatte, dass das Mädchen weg war, hatte er ihn gleich angerufen. Michel hatte sich sofort auf den Weg gemacht und die Umgebung abgesucht, sie aber nicht gefunden. Dann hatte er im Radio gehört, dass sich eine unbekannte Afrikanerin vor einen Zug geworfen hatte. Er hatte schon vermutet, dass es sich um Nana handelte. Der Botschafter hatte ihn am nächsten Tag angerufen, weil er über den Zwischenfall in der Zeitung gelesen hatte. Auch ihm war klar gewesen, wer die unbekannte Tote von den Bahngleisen war. Michel hatte ihn beruhigt und ihm erklärt, dass Nana nirgends registriert sei und auch keine Papiere dabei hatte. Vermutlich würde die Polizei etwas herumfragen und dann die Ermittlungen einstellen. Damit, dass die Polizei ihre Identität ermitteln und dann auch noch den Botschafter damit behelligen würde, hätte er nie im Leben gerechnet.

Gut, an dem Botschafter biss die Polizei sich die Zähne aus. Immerhin konnte man ihm wegen seines Diplomatenstatus nichts. Aber wenn die Bullen nun weiterschnüffelten, dann könnten sie auch auf ihn kommen. Außerdem konnte man nicht wissen, wie viel sie schon wussten, wenn sie schon so dreist waren, beim Botschafter nachzufragen. Er hätte wissen müssen, dass es ein Fehler war, die Mitarbeiter zu der Party mitzunehmen, aber der Chef hatte darauf bestanden. Er wollte diesen hirnamputierten Muskelprotzen mal ein wenig Spaß gönnen. Na toll, vermutlich hatte einer von denen den Bericht in der Zeitung gesehen und sich verquatscht und jetzt hatten sie den Salat.

Und als sei das noch nicht genug, war auch noch am Nachmittag so ein Weißer hier aufgetaucht und hatte nach Arbeit gefragt. Das konnte kein Zufall sein. Vielleicht war dieser Typ so etwas wie ein verdeckter Ermittler. Er brauchte zwar tatsächlich Hilfe im Lager, hatte den Mann aber dennoch wegschicken lassen mit der Begründung, dass dieses Unternehmen nur mabuntisch sprechende Arbeitnehmer einstelle. Dies sei wegen des Warenverkehrs mit Mabunte eine wichtige Voraussetzung. Toll fand der Mann das nicht, aber er war gegangen. Michel überlegte, was er jetzt tun sollte.

Carlshaven,
Gelände von Kontuba-Transport,
25. September 2014

„Hallo, Bruder", grüßte David den jungen Mann von „Kontuba-Transport" in mabuntisch.

„Hallo, Bruder. Ich bin René, kann ich dir irgendwie helfen?"

„Ich heiße David, Bruder. Ich suche Arbeit. Habt ihr vielleicht einen Job frei?"

„Ja, ich glaube, wir bräuchten da noch jemanden im Lager, aber das muss Michel entscheiden."

„Ist er hier der Chef?"

„Nicht direkt, aber er ist für das Personal und so verantwortlich. Komm, ich stelle dich vor."

~

Es war einfacher gewesen, bei dieser Firma einen Job zu kriegen, als er gedacht hatte. René hatte ihn diesem Michel vorgestellt, der im Büro so etwas wie das Mädchen für so ziemlich alles war. Er wollte eigentlich nur wissen, wo David herkäme und was er hier in Amberland machte. David hatte ihm ein paar vorher gut überlegte Lügen aufgetischt und durfte dann gleich Probearbeiten. Von Misstrauen keine Spur. Wahrscheinlich ging man davon aus, dass er zu den armen Mabuntern gehörte, die nach Europa gekommen waren, um hier ihr Glück zu versuchen und die Familie in der Heimat zu unterstützen. Unter Mabuntern galt immer noch die Devise, dass man sich gegenseitig half, wo man nur konnte. Lagerarbeit war nicht wirklich Davids Ding und er war schweres, körperliches Arbeiten auch nicht wirklich gewohnt, aber zur Abwechslung war es ganz nett und er konnte die nette Polizistin damit beeindrucken. Außerdem konnte er das Geld im Moment gut gebrauchen. Am Abend hatte Michel ihm gesagt, dass er eingestellt sei. Er wäre so fleißig gewesen, wie schon lange keiner mehr. Nun gut, mal sehen, was er erfahren würde.

Carlshaven, Mabuntische Botschaft, 25. September 2014

Anna und Josef, der von allen immer nur Jupp gerufen wurde, saßen schon seit drei Stunden vor der mabuntischen Botschaft in Jupps Auto.

„Mann, ist das langweilig", stöhnte Jupp.

„Irgendwann tut sich da bestimmt noch mal etwas," antwortete Anna zuversichtlich und genau in diesem Moment öffnete sich das schmiedeeiserne Tor der Botschaft und eine silbergraue Limousine verließ das Gelände.

„Na endlich", jauchzte Jupp und ließ den Motor an. Sie folgten der Limousine mit ausreichendem Abstand in die Innenstadt, wo der Wagen auf einem Parkstreifen hielt. Jupp fuhr vorbei und Anna beobachtete in dem Spiegel, der in die Sonnenblende auf der Beifahrerseite eingelassen war, wie der Botschafter ausstieg und die Ausstellungsräume eines afrikanischen Kunsthändlers betrat. Jupp hielt ein Stück weiter ebenfalls auf dem Seitenstreifen an.

„Und jetzt?", fragte Jupp.

„Jetzt," antwortete Anna „werde ich mal meinem großen Interesse an afrikanischer Kunst frönen."

Bevor Jupp irgendetwas erwidern konnte, stieg sie aus und ging zu der Kunsthandlung. Zunächst tat sie so, als betrachte sie interessiert die kleinen Kunstgegenstände, die als Blickfang im Fenster lagen. Aus den Augenwinkeln konnte sie den Botschafter und den Kunsthändler sehen. Der Botschafter hatte ihn in eine Ecke gezogen und schien sich mit dem Kunsthändler heftig zu streiten, hören konnte sie allerdings nichts. Sie überlegte kurz und betrat dann das Geschäft. Über der Tür war eine kleine Glocke angebracht und die beiden Männer verstummten sofort, als diese ertönte.

„Guten Tag", sagte Anna freundlich und lächelte.

„Guten Tag," wandte sich der Kunsthändler sofort an sie. „Wie kann ich Ihnen helfen?"

„Ich interessiere mich für diese Figur dort im Schaufenster, aber der Herr dort war doch zuerst da."

Der Kunsthändler wandte sich an Sarumba. „Ich werde mich um Ihr Anliegen kümmern. Sie wollten doch gerade gehen, nicht wahr?"

Sarumba sah nicht so aus, als ob er gerade im Begriff gewesen war, dies zu tun, doch er gab zähneknirschend vor, fertig zu sein und ging in Richtung Tür. Er fasste die Türklinke und drehte sich noch einmal um. „Kann ich mich darauf verlassen, dass Sie sich um die Sache kümmern?"

„Aber ja doch. Natürlich", versicherte ihm der Kunsthändler noch einmal und Sarumba ging. „Also, junge Frau, womit kann ich Ihnen behilflich sein?"

~

Anna betrat das Büro der Mordkommission und stellte eine kleine, schwarze Holzfigur mit einem riesigen, erigierten Penis auf Peters Tisch ab. Peter verzog das Gesicht und sah sie angewidert an.

„Was ist denn das?"

„Das, mein Lieber, ist ein afrikanisches Fruchtbarkeitssymbol."

„Und wieso stellst du das auf meinen Schreibtisch?"

„Oh, ich dachte, dass es dir bestimmt gefällt."

„Und wo kommt das her?"

„Ah, das ist eine sehr gute Frage. Also, das ist ein Stück original mabuntischen Kunsthandwerks. Hat der afrikanische Kunsthändler aus der Innenstadt zumindest behauptet."

„OK, Anna, jetzt rück' schon raus mit der Sprache. Was hast du rausgefunden?", schaltete Handerson sich sein, der Peters angeekelten Gesichtsausdruck ob des Stücks original mabuntischen Kunsthandwerks auf seinem Schreibtisch äußerst amüsant fand.

„Der Botschafter ist in die Stadt zu dem Kunsthändler gefahren und hat sich mit ihm ordentlich gestritten. Leider konnte ich von außen nichts verstehen, also bin ich in den Laden rein und habe so getan, als ob ich etwas kaufen wollte. In dem Moment, als ich den Laden betreten habe, sind die beiden schlagartig verstummt und der Kunsthändler hat Sarumba mehr oder weniger rausgeworfen und ihm mehrmals versichert, er werde sich um dessen ‚Anliegen' kümmern."

„Aber um was für ein Anliegen es sich handelt, konntest du wohl nicht herausfinden?", bohrte Handerson nach.

„Nein. Ich habe zwar versucht den Kunsthändler ein bisschen auszuhorchen, aber der hat mir ausweichend geantwortet, der Herr habe einige afrikanische Masken bestellt, die auf dem Transportweg leider beschädigt worden seien. Allerdings glaube ich die Geschichte nicht so wirklich. Na ja, auf jeden Fall konnte ich da jetzt nicht einfach so wieder rausmarschieren und fühlte mich dann doch verpflichtet, etwas zu kaufen. Hier ist die Quittung, Björn. Das bekomme ich doch von dir wieder, oder?"

„Aber natürlich. Sind schließlich Spesen," sagte Björn großzügig. Er warf einen Blick auf die Quittung. „Was? Hundertfünfzig Euro? Gab es denn nichts Billigeres?"

„Nein. Außerdem kostet gute Kunst schließlich Geld."

Björn grinste, zückte sein Portemonnaie und drückte Anna das Geld in die Hand. Er würde die Rechnung später selbst bei Luise in der Abrechnungsstelle vorbeibringen und die Sache erklären.

„Seid ihr eigentlich mit den Videobändern weitergekommen?", wollte Anna wissen.

„Nein, noch nicht. Maria wusste nicht mehr ganz genau, wann ihre Schwester abgeflogen war. Sie konnte nur noch sagen, dass es Anfang September 2013 war und dass sie glaubt, es sei der zweite oder dritte gewesen, aber es könnte auch ein paar Tage später gewesen sein. Wir schauen jetzt also eine ganze Woche Videomaterial durch. Das dauert", antwortete Handerson ihr. „Und gelegentlich braucht man auch mal eine Pause, sonst hält man diese äußerst spannenden Filmchen gar nicht aus." Er deutete auf die Kaffeetasse und das Brötchen auf seinem Schreibtisch.

„OK, dann fahren Jupp und ich jetzt wieder zur Botschaft. Der war ganz schön angefressen, dass ich einfach aus dem Auto raus bin und dem Botschafter in den Laden hinterher. Hat mir nachher einen ganzen Vortrag darüber gehalten, wie man unauffällig Leute observiert. An sich mag ich ihn ja, aber wenn man zu viel Zeit mit ihm verbringt, geht er einem gehörig auf den Keks. Na ja, viel Spaß noch beim Videogucken."

„He, und was ist mit dem Ding hier?", rief Peter seiner Kollegin nach, die schon halb zur Tür draußen war.

Sie drehte sich um und schenkte ihm ihr charmantestes Lächeln. „Oh, das ist für dich. Soll eine ganz tolle Wirkung haben, wenn man es im Schlafzimmer aufstellt. Helga wird es dir bestimmt danken – der Kunsthändler hat nämlich gemeint, das sei besser als Viagra. Und da zahlst du mehr als hundertfünfzig Euro für."

Sie verschwand blitzartig, bevor Peter ihr irgendetwas hinterherwerfen konnte. Handerson hielt sich den Bauch vor Lachen.

Carlshaven, Containerhafen, 04. Oktober 2014, abends

Schreiber hatte einen Tipp von einem Kollegen bekommen. Im Containerhafen sollte es einen Puff geben, in dem hauptsächlich Ausländerinnen arbeiteten, die kein Deutsch sprachen. Hinein kam man da lediglich mit einem speziellen Passwort und überhaupt fand man den Laden nur, wenn man wusste, wo er war. Woher der Kollege das alles wusste, war Schreiber ein Rätsel. So genau wollte er es aber wahrscheinlich auch gar nicht wissen. In jedem Fall hatte sein Kollege gesagt, dass es da mehrheitlich Afrikanerinnen gäbe. Nun ja, nach kleinen Negerinnen, die nicht das tun durften, was sie wollten, suchte er ja. Einen Versuch war es zumindest wert.

Er sah auf die Uhr. Es war jetzt zehn und er hatte das Etablissement nun schon eine Weile beobachtet. Die Kunden schienen hauptsächlich Schwarze mittleren Alters zu sein. Auch wenn er im richtigen Alter war, würde er da auffallen. Er warf einen Blick in sein Portemonnaie. Der Abend würde wohl auch nicht billig für ihn werden. Aber was tat man nicht alles, um als investigativer Journalist zu gelten? Er seufzte und ging auf die Eingangstür zu, an die er einen bestimmten Code klopfte. Der schwarze Türsteher öffnete und schaute ihn misstrauisch an.

„Ja, bitte?"

„Kumnandi ukuphila", antwortete Schreiber, was in Zulu wohl so etwas wie „das Leben ist schön" hieß. Das hatte ihm der Kollege, der ihm von diesem Puff erzählt hatte, zumindest gesagt. Die Tür öffnete sich ein Stück weiter, sodass Schreiber hindurch konnte.

„Du neu hier?", fragte der Türsteher in gebrochenem Deutsch.

„Ja. Mein Kollege sagt, hier Mädchen gut", antworte Schreiber in dem gleichen gebrochenen Deutsch, grinste breit und machte eine zweideutige Handbewegung.

Der Türsteher lachte. „Ja, ja, Mädchen hier gut. Viel gut. Kollege recht."

Er zeigte auf einen Vorhang und sagte: „Da Bar."

Schreiber drückte ihm fünf Euro in die Hand und ging in die Richtung, in die der Türsteher ihn gewiesen hatte. Er ließ sich auf einem Hocker am Tresen nieder. Eine Asiatin fragte ihn auf Englisch, was er gerne trinken wolle. Er überlegte kurz, bestellte einen Whiskey und ließ seinen Blick durch den Raum schweifen. Der Typ hinten in der Ecke sah aus wie der afrikanische Kunsthändler aus der Innenstadt. Schreiber nahm einen Schluck von dem Whiskey und sah noch einmal genauer hin. Ja, das war der Kunsthändler. Er saß mit vier blutjungen, dunkelhäutigen Mädchen in der Ecke, die alle nicht wirklich so aussahen, als ob sie hier sein wollten. Dem Kunsthändler schien nicht entgangen zu sein, dass er die Mädchen angesehen hatte. Er stand auf und kam auf Schreiber zu.

„Guten Abend, mein Herr. Darf man fragen, von wem wir Ihnen empfohlen wurden?"

„Ein guter Bekannter, Lasse Hoffmann. Er kommt hier wohl öfters mal her. Meinte, hier gäbe es gute Mädchen, die keine dummen Fragen stellen und alles machen, was man von ihnen will."

„Ja, Lasse ist ein guter Kunde, Herr...?"

„Schiemann. Hans Schiemann", stellte Schreiber sich vor. Der Typ musste ja nicht alles über ihn wissen. „Können Sie mir eines von den Mädchen empfehlen?"

„Jedes. Sie sind alle sehr willig, wenn Sie verstehen. Aber wie wäre Noé?"

Er winkte eines der Mädchen zu sich heran. Schreiber musste an sich halten, um nicht zu kotzen. Das Mädel sah so jung aus. Wie alt mochte sie sein? Sechzehn? Siebzehn?

„Ganz frisch eingetroffen. Sozusagen noch fast ungebraucht", verkündete der Kunsthändler stolz.

„Ist die denn legal?"

„Die sieht nur so jung aus", meinte der Kunsthändler ausweichend und schob schnell hinterher: „Mit der können Sie alles machen, was Sie wollen."

„OK. Wie viel?"

„Zweihundert für eine Stunde." Er sah Schreibers etwas ungläubigen Blick und schob hinterher: „Die ist schließlich kaum gebraucht."

Schreiber blätterte widerwillig das Geld hin. Der Kunsthändler sagte etwas in einer fremden Sprache zu ihr, woraufhin sie Schreiber an der Hand nahm und ihm bedeutete, ihr zu folgen.

~

Im Zimmer angekommen, ging das Mädchen sofort zum Bett, zog sich das T-Shirt aus, knöpfte den BH auf und drehte sich zu ihm um. Sie zitterte und fühlte sich sichtlich unwohl, schien aber zu denken, dass er das von ihr erwartete.

„No, put this back on", sagte Schreiber und hielt ihr das T-Shirt hin.

Sie hatte es wohl nicht verstanden, stattdessen nahm sie seine Hand und führte sie zu ihren Brüsten.

„No, no", sagte Schreiber und zog seine Hand zurück, als hätte er auf eine heiße Herdplatte gepackt. „No sex. Just talk."

Sie legte sich aufs Bett und spreizte die Beine. Scheiße, dachte Schreiber. Versteht die denn nicht mal Englisch? Offensichtlich nicht. Na, das konnte ja heiter werden.

„No. No sex. Just talk", versuchte er es noch einmal, wobei er die junge Frau wieder aufrichtete. Sie schien jetzt begriffen zu haben, dass dieser komische Kunde irgendwie nicht das gleiche wollte, wie alle anderen. Schreiber hielt ihr das T-Shirt wieder hin. Sie sagte etwas zu ihm, deutete auf das Bett, schüttelte mit dem Kopf und macht eine Geste mit den Händen. Sie schien ihn zu fragen, ob er sie wirklich nicht vögeln wollte. Er nickte. Sie schien zu verstehen und zog etwas verschüchtert das T-Shirt wieder an.

Sie setzte sich auf das Bett und sagte etwas, aber er verstand es nicht. Der Intonation nach war es eine Frage gewesen.

„Française?"

Sie schüttelte den Kopf. Also auch kein Französisch. Er fragte sich, ob sich die Männer in solchen Etablissements eigentlich nie wunderten, dass die Nutten kein Deutsch sprachen. Aber wahrscheinlich war es ihnen scheißegal, solange sie etwas zum Ficken im Bett liegen hatten. Dann schaltete wohl das Gehirn aus.

„Kommst du aus Mabunte?" Da das Mädchen keine gängige Fremdsprache sprach, konnte er ebenso gut auf Deutsch weiter mit ihr sprechen.

„Mabunte", sagte das Mädchen und nickte. Sie sagte noch mehr, aber alles, was Schreiber verstand war „Kontuba". Er wusste, dass es die Hauptstadt war. Anscheinend kam das Mädchen von da.

„Bist du...", er zeigte auf sie, „...aus Kontuba?"

Sie nickte wieder und ein ganzer Redeschwall ergoss sich auf ihn. Auch wenn er kein Wort verstand, hatte er das Gefühl, dass sie froh war, mit jemandem reden zu können. Er wollte wissen, wie alt sie war.

„Ich...", er deutete auf sich, „...bin fünfundvierzig."

Sie sah ihn fragend an. Er zog den kleinen Schreibblock aus der Hosen- und den Stift aus der Hemdtasche. Dann schrieb er eine fünfundvierzig auf das Blatt. Er deutete wieder auf sich, dann auf die Zahl. Sie nickte.

„Und du?", er zeigte auf sie. Sie nahm den Stift und schrieb eine fünfzehn auf den Block. Fünfzehn? Mann, wenn das stimmte, dann war er hier an einer ganz dicken Nummer dran.

Er schaute auf die Uhr. Fünfzehn Minuten waren von seiner Stunde schon um. Wenn sich hier nicht langsam etwas tat, kam am Ende noch einer gucken.

„Wir müssen so tun, als ob wir es machen. Sonst schöpft einer Verdacht und du bekommst Ärger. Das will ich nicht. Da bist du viel zu nett für."

Sie sah ihn fragend an. Er fing an, so auf dem Bett herum zu wippen, dass es quietschte, und stöhnte sich die Seele aus dem Leib. Sie sah ihn wieder fragend an. Er zeigte auf die Tür und bedeutete ihr, sie solle mitmachen. Sie schien zu verstehen, dass es nur Nachteile für sie brächte, wenn sie still bliebe und machte mit. Sie lächelte ihn verschwörerisch an.

Carlshaven, Handersons Wohnung, 05. Oktober 2014

Handerson suchte nach einem Pflaster. Wenn es nach Poirot ging, war heute kein Tag zum Fellbürsten. Er hatte seinen Dosenöffner zunächst freundlich gewähren lassen, um ihm dann mit voller Wucht die Kralle in die Hand zu schlagen, als es ihm zu viel wurde. Typisch Katze eben. Während Handerson noch nach dem Pflaster fahndete, klingelte das Telefon.

„Handerson."

„Schreiber hier."

„Ich hoffe, Sie haben einen guten Grund, mich am geheiligten Sonntag zu Hause anzurufen."

„Wären kleine, schwarze Sexsklavinnen ein guter Grund?"

„Kommen Sie vorbei."

~

Eine Stunde später saß Schreiber zwischen Morse und Poirot bei Handerson auf dem Sofa. Ihm waren diese riesigen Katzen irgendwie nicht geheuer, zumal die eine ihn auch die ganze Zeit recht intensiv und frech anstarrte. Er war froh, als Handerson ihn ansprach und ihn von den Tieren ablenkte.

„Also, was war das mit den Sexsklavinnen?"

„Es gibt da so einen mehr oder weniger geheimen Puff am Containerhafen. Ich war gestern da und habe recherchiert."

„Ach, nennt man das jetzt so?", unterbrach Handerson ihn.

„Ich war nicht zum Bumsen da, sondern weil es dort viele Afrikanerinnen geben soll, die alle kein Deutsch sprechen," entgegnete Schreiber unwirsch. „Also, um auf das Thema zurückzukommen, ich habe da diesen Kunsthändler aus der Stadt gesehen."

„Der Afrikaner, der original afrikanisches Kunsthandwerk vertreibt?" Handerson überlegte. Das passte zu dem, was Anna und Jupp beobachtet hatten. Wenn der Kunsthändler in diese Sache verwickelt war, dann erklärte das zumindest, wieso Sarumba sich mit ihm gestritten hatte, nicht aber, worüber.

„Ja, genau der. Also der saß da so in einer Ecke mit mehreren schwarzen Nutten und ich dachte noch: ‚Mann, die sehen aber jung aus', da kommt der zu mir rüber und bietet mir eine an."

„Da schau an, der hat also einen Zuverdienst als Zuhälter. Hatte mich eh schon gewundert, dass man mit Kunsthandwerk so viel Geld verdienen kann. Der muss doch bei der Lage für seine Galerie eine horrende Miete zahlen."

„Kann sein, weiß ich nicht. Also, der bietet mir da so ein junges Ding an und ich bin dann mit der aufs Zimmer. Wenn ich sie richtig verstanden habe, kam sie aus Kontuba. Und freiwillig war die nicht da in dem Laden."

„Und das hat die Ihnen alles einfach so erzählt?"

„Ja. Also, es war etwas schwierig. Sie sprach nur afrikanisch. Aber als ich sie nach Mabunte gefragt habe, hat sie etwas von Mabunte und Kontuba gebabbelt. Und dass die das nicht freiwillig machte, war nicht zu übersehen. Ich meine auch aus ihr herausbekommen zu haben, dass sie erst fünfzehn Jahre alt ist."

„Das wäre allerdings der Knüller. Wir werden einen Durchsuchungsbefehl beantragen. Schreiben Sie mir bitte hier mal auf, wo sich dieses Etablissement genau befindet." Er reichte Schreiber Stift und Papier. „Sie hängen das jetzt aber bitte erst mal nicht an die große Glocke. Ein Artikel über vermeintlich minderjährige Zwangsprostituierte aus Afrika könnte die ganze Ermittlung gefährden."

„OK, aber Sie halten sich an unseren Deal, ja?"

„Natürlich. Ehrenwort unter Männern."

Carlshaven, Polizeirevier, 08. Oktober 2014

Peter schaute auf die Uhr. Es war drei Uhr nachmittags. Zeit für einen Kaffee. Die wievielte Tasse es an diesem Tag schon war, konnte er nicht mehr sagen. Er hatte irgendwann aufgehört, zu zählen, aber die unglaublich unspektakulären Überwachungsbänder trieben ihn dazu, das Zeug literweise in sich hineinzuschütten. Er hielt das Videoband an, schlurfte zur Kaffeemaschine und goss sich eine Tasse von der grauenhaften Plörre ein, die schon seit Stunden auf der Wärmeplatte der Maschine stand und mittlerweile bitter schmeckte. Er war alleine im Büro. Anna beschattete immer noch den Botschafter, auch wenn sich dort nicht wirklich viel tat. Handerson hatte angeordnet, die Observation noch bis einschließlich heute laufen zu lassen und, wenn sich dann immer noch nichts tat, das Ganze einzustellen. Der Kommissar selber war wieder bei irgendeinem Abteilungsleitermeeting.

Bislang hatte sich auf den Bändern nichts wirklich spannendes ereignet. Nicht einmal einen Taschendieb hatte er gesehen, der irgendeinem Reisenden die Handtasche klaute. Von zwei Afrikanern ganz zu schweigen. Videobänder von Überwachungskameras zu sichten, war so ziemlich das Langweiligste, das man als Polizist überhaupt machen konnte. Anna konnte sich wenigstens mit Jupp unterhalten und Handerson sich mit den anderen Abteilungsleitern streiten. Wie er seine Kollegen in diesem Moment beneidete.

Aber es half alles nichts; die Arbeit musste gemacht werden. Peter seufzte und begab sich mit der bitteren Brühe, die den Namen „Kaffee" nun wahrlich nicht verdiente, wieder an seinen Platz vor dem Videogerät zurück und drückte auf „Play". Im nächsten Moment hätte er sich den Kaffee fast auf die Hose gekippt, als er nach vorne schnellte, um besser sehen zu können. Tatsächlich, da waren sie: Nana und ein Mann. Das konnte nur dieser Michel sein.

Carlshaven, Kontuba-Transport, 09. Oktober 2014

Sie machten gerade Mittagspause. David war erst seit gut zwei Wochen in dem Unternehmen, aber die Kollegen hatten das Gefühl, er wäre schon ewig da. Sie hatten ein gutes Verhältnis zu ihm. Er war fleißig, unkompliziert und für jeden Spaß zu haben. Auch unterhalten konnte man sich mit ihm gut.

„Und, was macht ihr so am Wochenende?", fragte David.

„Och, nicht viel. Letztens hat uns der Chef mal zu so einer Party eingeladen. War beim Botschafter zu Hause", sagte René.

David horchte auf.

„Beim Botschafter. Das muss ja eine richtig wichtige Party gewesen sein."

„Na ja, Michel und der Chef sind mit dem ganz dicke. Außer uns waren nur noch ein paar Botschaftsmitarbeiter und so ein Kunsthändler aus der Stadt da. Aber im Großen und Ganzen war das eine Privatparty nur für uns. Mit dem Chef würde ich gerne wieder mal feiern. Der hat echt was drauf, wenn es darum geht, für Entertainment zu sorgen", sagte ein anderer Kollege.

„So, was gab es denn da für spezielles Entertainment? 'Ne Live-Band?", wollte David wissen.

„Nee, viel besser", warf ein dritter Kollege ein und kramte ein zerknittertes Foto aus seinem Portemonnaie. „Sieh mal, das war nur für uns". Er hielt ihm das Foto mit einem fetten Grinsen im Gesicht hin.

David wurde fast schlecht. Auf dem Foto sah er eine nackte Nana, die gerade von dem Kollegen, der ihm das Foto gezeigt hatte, gebumst wurde. Der Ausdruck auf dem Gesicht des Mädchens war leer. Sie wirkte wie betäubt.

„Wer ist denn die?", fragte er und hatte Mühe, sich nichts anmerken zu lassen.

„Och, irgend so eine Nutte, die der Botschafter für uns engagiert hatte. Wir durften uns nach Herzenslust vergnügen, während der Chef, Michel und der Botschafter Wichtigeres zu tun hatten", erklärte René. „Man, die war aber auch heiß. Ich habe selten so ein scharfes Teil gefickt."

Carlshaven, Innenstadt, 09. Oktober 2014, abends

Die Observation des Botschafters war ziemlich langweilig gewesen. Außer der Sache mit dem Kunsthändler war nicht wirklich etwas Spannendes passiert. Da sie keine Möglichkeit hatten, die Telefonleitungen anzuzapfen, wussten sie nicht, ob er mit irgendwem telefoniert hatte. Und er war eigentlich immer nur von seiner Privatresidenz zur Botschaft und von da aus wieder zur Privatresidenz gefahren. Oder besser gesagt, er hatte sich fahren lassen. Nur das eine Mal, als er den Kunsthändler aufgesucht hatte, war er während seiner Arbeitszeit irgendwohin gefahren. Aber was er letztendlich von dem Mann gewollt hatte, wussten sie nicht.

Anna war froh, dass sie heute wieder einen normalen Arbeitstag im Büro gehabt hatte. Jupp war zwar sehr nett und sie verstand sich auch ganz gut mit ihm, aber sein ständiges Gejammere, dass die Observation total öde sei und seine Geschichten, die er angeblich bei anderen Observationen erlebt hatte, gingen ihr dann mit der Zeit doch mächtig auf die Nerven.

Als sie am Morgen ins Büro gekommen war, hatte Peter ihr voller Stolz das Ergebnis seines Videomarathons präsentiert. Gegen Mittag hatte David ihr eine SMS geschickt und gemeint, er habe Neuigkeiten. Da er jetzt in dem Import-Export-Unternehmen am Hafen arbeitete, hatte er nur nach Feierabend Zeit, sich mit ihr zu treffen. Anna war das ganz recht. Sie fand David attraktiv und wollte nicht immer ihre Kollegen dabei haben, wenn sie ihn sah. Als sie Peter erzählte, sie träfe sich am Abend mit David, weil dieser wohl etwas herausgefunden hätte, drückte ihr Kollege ihr einen Ausdruck in die Hand, der Nana mit dem vermeintlichen Michel zeigte. Sie solle David schöne Grüße bestellen und ihn fragen, ob er den Mann wiedererkenne.

Sie betrat das Café, das David ausgesucht hatte. Alle Achtung, der Mann hatte Geschmack, schoss es ihr durch den Kopf. Er saß in einer der hinteren Ecken.

„Hallo, wie geht es dir?"

„Oh, sehr gut. Aber der Job ist so ziemlich der mieseste, den ich je hatte."

„Was machst du eigentlich, wenn du nicht gerade Spezialaufträge für die Polizei erledigst?"

Er lachte. „Ich bin Dozent für Ethnologie an der Uni. Aber da hat man immer nur Honorarverträge für die Vorlesungszeit und da jetzt Semesterferien sind, bin ich gerade sozusagen arbeitslos. Die Kurse fangen erst am fünfzehnten wieder an. Dann werde ich bei der Firma kündigen. Das bisschen Geld, das ich bei eurer Recherche bis dahin verdiene, kam mir allerdings gar nicht so ungelegen."

„Womit wir beim Thema wären. Also, ich platze vor Neugier."

„Michel ist die rechte Hand vom Chef von Kontuba-Transport. Ziemlich schmieriger Typ. Also mein neuer bester Freund wird er nicht. Dadurch, dass die im Import-Export tätig sind, ist er viel im Ausland und zwar sowohl im afrikanischen, wie auch im europäischen."

„Warte mal," sagte Anna und zog ein Bild aus ihrer Handtasche. Es war das Bild aus der Überwachungskamera, das

Peter ihr am Morgen mitgegeben hatte. „Ist das hier der Michel, der bei euch arbeitet?"

„Ja, das ist er. Woher hast du das?"

„Das hat Peter gestern nach einem tagelangem Videomarathon auf dem Überwachungsband vom Flughafen entdeckt. Dann haben wir unseren mysteriösen Michel jetzt also gefunden. Ich sage Peter noch Bescheid, damit er das Bild und die Informationen an die Kollegen im Ausland weitergibt, die in der Sache ermitteln. Was weißt du über ihn?"

„Die Firma hat nur wenige Mitarbeiter und die Jungs haben mir erzählt, dass sie neulich von Michel und dem Chef zu einer Privatparty beim Botschafter eingeladen worden seien. Der Kunsthändler aus der Stadt sei auch da gewesen und es hätte so ein ganz spezielles ‚Entertainment' gegeben."

„Was denn für ein ‚spezielles Entertainment'?"

„Das habe ich die Kollegen auch gefragt. Einer hat dann blöde gegrinst und ein zerknautschtes Foto rausgeholt. Darauf war zu sehen, wie er Nana vögelt. Die sah irgendwie so aus, als ob sie betäubt wäre oder so etwas. Angeblich durften sie alle mal ran und sich nach Herzenslust austoben. Ich musste mich echt zusammennehmen, um nicht zu kotzen."

„Kann ich dir nicht verübeln. Bislang deutete alles darauf hin, dass Nana als private Hausklavin hier gehalten wurde, aber dieser Kunsthändler scheint einen Puff am Hafen zu betreiben und da minderjährige Zwangsprostituierte anzubieten. Glaubst du, der Botschafter hat Nana in die Zwangsprostitution weiterverkauft?"

„Mh, vielleicht hat der Botschafter sie auch nur gelegentlich mal als ‚Unterhaltung' für Partygäste ‚ausgeliehen'. Mit Sklaven kann man schließlich machen, was man möchte. Zur Not kann man sie dann auch als Sexpielzeug zum Zeitvertreib für andere zur Verfügung stellen."

„Die Vorstellung ist echt ekelhaft", sagte Anna. „Mh, sag mal, dir ist aber schon klar, dass wir dich auch verhören müssen, wenn wir eine Hausdurchsuchung bei Kontuba-Transport machen und dass wir, wenn wir auf deine Aussage hin DNA-Proben von den Mitarbeitern nehmen, auch eine von dir brauchen?", fragte sie vorsichtig. Sie mochte ihn und sie wollte ihm nicht wehtun.

„Ja, aber das ist mir egal. Ich bin kein Verbrecher und habe daher auch nichts zu befürchten. Mir geht es darum, dass diese Schweine von Menschenhändlern und Vergewaltigern hinter Schloss und Riegel kommen. Das sind wir Nana irgendwo schuldig. Sie hat Gerechtigkeit verdient."

„Was macht Maria?"

„Sie ist sehr tapfer. Lange darf sie nicht mehr bleiben, aber sie will auf jeden Fall wissen, was passiert ist. Ich glaube, so langsam setzt sich das Bild zusammen und mir graust es davor, ihr die ganze Wahrheit sagen zu müssen."

„Ja, die Puzzlesteinchen ergeben immer mehr ein Bild und das gefällt mir auch ganz und gar nicht. Grüße Maria bitte von mir, wenn du sie siehst."

„Du kannst auch gerne mitkommen und sie selber grüßen", schlug David vor.

„Und was sagt deine Frau dazu, wenn du fremde Weiber anschleppst?"

„Gar nichts. Ich habe nämlich keine. Und eine Freundin übrigens auch nicht."

Anna lächelte ihn an und nahm ihre Tasche.

„Dann gehen wir sie doch mal trösten."

Carlshaven, Kontuba-Transport, 10. Oktober 2014

Nachdem Anna ihnen am frühen Morgen gesagt hatte, dass David Michel auf dem Foto identifiziert hatte, hatte die Mordkommission sofort alle Hebel in Bewegung gesetzt. Handerson war erstaunt, dass es so einfach gewesen war, einen Durchsuchungsbefehl für das Import-Export-Unternehmen am Hafen, die Privatwohnung dieses Michels, diesen Privatpuff am Hafen und die Räumlichkeiten des Kunsthändlers zu bekommen. Normalerweise machte die Staatsanwältin immer ein Riesenaufhebens, wenn sie nach einem Durchsuchungsbefehl fragten und hielt ihnen einen langen Vortrag über die Grundrechte und dass die Wohnung ein schützenswerter Ort sei und ob es denn überhaupt genügend Anhaltspunkte gäbe. Dieses Mal war alles ganz schnell gegangen. Sie war direkt zum zuständigen Richter gelaufen und hatte ihnen das begehrte Papier mehr oder weniger sofort besorgt. Komisch. Anscheinend hatten hier nicht alle Menschen das gleiche Recht auf die Unverletzlichkeit der Wohnung. Aber Handerson wollte jetzt keine Grundsatzdiskussion anfangen. Wer weiß, vielleicht lag es auch daran, dass er das Dezernat für Organisierte Kriminalität und die Sitte mit ins Boot geholt hatte. Wenn drei Abteilungen etwas wollten, hatte es vielleicht mehr Gewicht. Er holte tief Luft, dann betrat er das Unternehmen.

„Guten Tag, was kann ich für Sie tun?", fragte ein dunkelhäutiger Mann mit einem heftigen Akzent.

„Polizei. Wir haben einen Durchsuchungsbefehl."

„Durchsuchungsbefehl? Wieso das denn?"

„Es besteht Grund zu der Annahme, dass dieses Unternehmen in organisierten Menschenhandel verwickelt ist."

Der Mann sagte daraufhin alle möglichen Dinge, die alle darauf hinausliefen, dass niemand etwas wisse, eine Hausdurchsuchung völlig übertrieben sei und diese Aktion überhaupt nur einer rassistischen Motivation entspringe, weil sie Afrikaner seien. Handerson zuckte mit den Achseln und machte sich daran, die Kollegen zu beobachten, die bereits angefangen hatten, das Gebäude zu durchsuchen.

~

Zur gleichen Zeit hatte Peter zusammen mit den Kollegen vom Dezernat für Organisierte Kriminalität die Tür zu Michels Wohnung öffnen lassen und ein Trupp Beamter machte sich dort auf die Suche. Kurz darauf stand plötzlich ein Mann in der Wohnung.

„Dürfte ich bitte einmal erfahren, was Sie hier tun?" Der Mann wirkte sichtlich gereizt.

„Polizei. Wir haben einen Durchsuchungsbefehl", erklärte Peter und hielt ihm das Dokument unter die Nase. „Sind Sie Michel Matumbe?"

„Ja, der bin ich", sagte Michel und studierte den Durchsuchungsbefehl. „Dürfte ich bitte einmal erfahren, was man mir vorwirft?"

„Menschenhandel, Förderung der Prostitution und Vergewaltigung. Würden Sie uns bitte mit aufs Revier begleiten?"

~

Michel saß im Verhörraum und überlegte, wie sie eigentlich auf ihn gekommen waren? Der Botschafter hatte bestimmt nicht geredet. Der Chef und der Kunsthändler auch nicht. Aber wer dann? Die Tür ging auf. Eine junge Polizistin trat ein und schaltete das Tonbandgerät an.

„Carlshaven, zehnter Oktober 2014, vierzehn Uhr. Anwesend sind Sergeantin Anna Carenin und der Beschuldigte, Michel Matumbe. Herr Matumbe, möchten Sie einen Anwalt sprechen?"

„Nein, ich brauche keinen."

„Gut, wie Sie wollen. Kennen Sie eine Nana Makame?"

„Nein. Wer soll das sein?"

„Eine junge Frau, die Sie nach unseren Ermittlungen am fünften September 2013 vom Flughafen hier in Carlshaven abholten."

„Ich habe nie eine junge Frau am Flughafen abgeholt."

„Wir haben das Überwachungsband des fraglichen Tages, auf dem Sie mit der jungen Dame zu sehen sind."

„Wenn Sie das sagen."

„Nana Makames Pass lag in Ihrem Safe. Wie kam er dorthin?"

„Keine Ahnung."

„Wir haben in Ihren und den Firmenunterlagen Überweisungen von einer Agentur in Kontuba gefunden, die angeblich Au-pair-Mädchen nach Europa vermittelt. Was hat es damit auf sich?"

„Ich weiß nicht, wovon Sie reden."

„OK, dann reden wir später weiter. Vielleicht helfen ein paar Tage in der Zelle Ihnen dabei, sich zu erinnern."

Anna stand auf, klopfte an die Tür des Verhörraums und sagte dem Wachmann Bescheid, er solle dafür sorgen, dass der Beschuldigte abgeführt würde. Sie fand die Situation unbefriedigend.

Carlshaven, Polizeirevier, 13. Oktober 2014

Die Tür zum Verhörzimmer öffnete sich und Handerson trat ein. Der beschuldigte Kunsthändler hatte wohl im Gegensatz zu diesem Michel den Ernst der Lage erkannt. Zumindest sah er so aus, als ob ihm der Arsch auf Grundeis ginge. Anders als Michel hatte er sich auch einen Anwalt kommen lassen. Handerson ging zum Tisch und schaltete das Tonbandgerät ein.

„Carlshaven, dreizehnter Oktober 2014, elf Uhr. Anwesend sind Kommissar Handerson und der Beschuldigte, Josephe Mbaba, sowie sein Anwalt, Karl Mörker. Herr Mbaba, es sieht nicht gut für Sie aus. Die Mädchen, die die Kollegen von der Sitte bei der Razzia in Ihrem Freudenhaus aufgegriffen haben, haben einstimmig ausgesagt, dass Sie sie zur Prostitution gezwungen hätten. Ihnen sei von einer Agentur in Kontuba eine Stelle als Au-pair-Mädchen in Amberland versprochen worden, doch sie wären direkt in Ihrem Puff gelandet. Zudem hat sich herausgestellt, dass einige der Mädchen noch keine sechzehn Jahre alt sind."

„Michel hat gesagt, sie seien alle achtzehn."

„Meinen Sie Michel Matumbe?"

„Ja."

„Was hat er mit der Sache zu tun?"

Der Kunsthändler sah seinen Anwalt an, der ihm zunickte.

„Er hat die Mädchen nach Amberland gebracht. Der Chef von Kontuba-Transport hat mit ihm in Kontuba so eine Art Jobvermittlung gegründet, über die er arme Mädchen aus den Townships als Au-pairs anwirbt, so wie Sie es eben auch gesagt haben. Die Firma läuft aber nicht auf seinen Namen, sondern auf den einer Verwandten in Mabunte. Der Botschafter hatte seine kleine Nutte auch da her."

„Meinen Sie Nana Makame?"

„Ja, kann sein, dass die Nana hieß."

„Was wissen Sie über Nana und den Botschafter?"

„Nicht viel. Der hatte sich die Kleine als Haushaltshilfe kommen lassen und sie bei Privatpartys gelegentlich mal den Gästen als Sexspielzeug zur Verfügung gestellt, damit die beschäftigt sind, während er mit anderen Leuten wichtige Dinge zu besprechen hatte."

„Danke, das genügt fürs Erste."

Handerson stand auf und verließ das Verhörzimmer.

Carlshaven, 23./24. August 2014

Es war wieder einer dieser Abende, an denen man von ihr verlangt hatte, sich die feinen Sachen anzuziehen. Es hatte solche Abende schon mehrfach gegeben. Nach dem ersten Erlebnis auf dem Boot wollte sie keine Getränke mehr annehmen. Aber als man sie ein paar Wochen später zu einer Privatparty mitnahm und sie nicht trinken wollte, hatte Michel sie mit in den Nebenraum genommen, sie am Hals gepackt, gegen eine Wand gedrückt und so lange gewürgt, bis sie keine Luft mehr bekam. Er hatte ihr dann das Knie in den Bauch gestoßen und gesagt, sie solle gefälligst das tun, was man von ihr verlange. Sie hatte solche Angst bekommen, dass sie das Glas, das er ihr gab, austrank.

Mittlerweile war sie so häufig auf diesen Partys gewesen, dass sie es freiwillig nahm. Was auch immer darin war, ermöglichte ihr, sich von ihrem Körper zu lösen. Das, was man ihr antat, wurde dadurch einfacher zu ertragen, denn es geschah nur ihrer körperlichen Hülle. Ihre Seele war dabei von ihrem Körper abgespalten. In jedem Fall war das weniger schlimm, als die Besuche des Monsieur in ihrem „Zimmer", bei denen sie dieses Gefühl nicht hatte.

Heute war also wieder so ein Abend. Aber heute waren sie nicht weggefahren. Sie waren zu Hause geblieben und die Gäste waren zu ihnen gekommen. Es waren mehr Männer da als sonst. Michel gab ihr wie immer das Glas. Sie trank es leer und merkte kurz darauf, wie ihr die Knie weich wurden. Der Monsieur trug sie hinauf in das Gästeschlafzimmer und legte sie dort aufs Bett. Er rief den anderen zu, sie könnten jetzt ihren Spaß haben.

Und den machten sie sich. Einer nach dem anderen. Nana war dankbar, dass ihr Geist die Fähigkeit zu haben schien, aus die-

sem Körper zu entfliehen, aus diesem Raum, diesem Haus. Wie viele es waren, die sie an diesem Abend brutal vergewaltigten, wusste sie nicht. Sie wollte es auch gar nicht wissen. Sie war in einer ganz eigenen Welt, die weit weg war, von den Geschehnissen in diesem Schlafzimmer.

Irgendwann am frühen Morgen waren die Männer gegangen. Das Haus war totenstill. Draußen dämmerte es bereits. Sie konnte sich langsam wieder bewegen. Schwankend stand sie auf und zog die Reste ihrer zerfetzten Kleider, die die Männer ihr wie üblich vom Leib gerissen hatten, wieder an. Die Schuhe konnte sie nicht finden. Es war ihr aber auch egal. Im Geiste hörte sie die Madame, die ihr wieder vorwürfe machte, dass sie schmutzig sei und ihre zerrissenen Kleider würde abarbeiten müssen. Sie torkelte aus dem Gästezimmer hinaus und die Treppe hinunter. Die Hunde waren heute auch nicht da. Der Monsieur hatte sie am Abend weggesperrt, damit sie die Gäste nicht belästigten. Vermutlich hatte er sie nicht wieder herausgelassen. Dann sah sie, dass die Tür zur Garage einen Spalt breit offen stand. Sie ging hindurch. Auch das Garagentor stand einen kleinen Spalt offen. Sie quetschte sich darunter hindurch und stand auf der Straße.

Wohin sie gehen sollte, wusste sie nicht. Sie wollte einfach nur weg, weg von diesem Albtraum. Sie ging einfach geradeaus. Wie lange und wie weit sie gelaufen war, wusste sie nicht. Aber irgendwann tauchte die Brücke vor ihr auf. Sie ging zum Geländer und sah hinunter. Die Gleise unten sahen verlockend aus und es schien, als riefen sie ihr zu, sie möge doch endlich zu ihnen kommen und ihr Leiden beenden. In diesem Augenblick hörte sie das Tuten eines Zuges, der kurz darauf um die Ecke bog.

Sie konnte dieses Leben nicht mehr ertragen. Es sollte endlich vorbei sein. Das war alles, woran sie denken konnte, als sie über die Brüstung der Brücke kletterte und hinuntersprang. „Endlich bin ich frei", war ihr letzter Gedanke, bevor sie mit dem Kopf auf den Bahngleisen aufprallte und die ewige Dunkelheit sie umschloss. Den Zug, der sie im nächsten Moment überrollte, spürte sie schon nicht mehr.

Carlshaven, Polizeirevier, 16. Oktober 2014

Die Staatsanwältin saß im Büro der Mordkommission und sah die drei Beamten mit Interesse und Anerkennung in den Augen an.

„Dieser Kunsthändler hat also ausgepackt und gestanden, dass er mit der Hilfe von diesem Chef des Import-Export-Unternehmens diese Mädchen quasi ‚importiert' hat. Und was ist das mit diesem Michel, was hat der gemacht?"

„Dem gehört diese Vermittlungsagentur in Kontuba zusammen mit dem Chef des Import-Unternehmens. Michel hat die Mädchen hier in Europa abgeholt und zu ihren Bestimmungsorten gebracht. Der war auch so etwas wie der ‚Kundenbetreuer'. Der hat sich in regelmäßigen Abständen bei den Abnehmern erkundigt, wie es läuft. Und wenn etwas mit den Mädchen nicht gut lief, dann kam er und hat ihnen den Kopf zurechtgerückt. Er hat auch die Mädchen für diesen Privatpuff im Hafen gefügig gemacht", erklärte Handerson.

„Aber gestanden hat er nicht?"

„Nein", sagte Anna. „Aber die Mädchen aus Deutschland, England und Österreich haben ihn und den Kunsthändler auf Fotos identifiziert, genauso wie die Mädchen aus dem Puff im Hafen. Wir haben auch genügend Material bei den dreien zuhause gefunden, das sie schwer belastet. Und dann ist da noch das Band aus der Überwachungskamera vom Flughafen, auf dem zu sehen ist, wie Michel Nana abholt. Ob er auspackt oder nicht, ist also völlig egal. Die Beweislage ist da mehr als eindeutig."

„Mehrere Mitarbeiter von Kontuba-Transport haben zudem ausgesagt, dass sie am Abend, als Nana starb, Geschlechtsverkehr mit ihr hatten. Der Botschafter hätte ihnen das Mädchen zu diesem Zwecke überlassen. Da sie betäubt war und sich nicht wehren konnte, war es Vergewaltigung. Die Männer sind geständig. Wir haben aber auch DNA-Proben von ihnen genommen, die wir mit den DNA-Spuren auf der Leiche des Mädchens abgleichen lassen. Zudem ist der Abend durch Fotos dokumentiert", sagte Handerson.

„Nur schade, dass wir den Botschafter nicht drankriegen", bedauerte die Staatsanwältin.

„Der ist übrigens gestern ausgereist. Es heißt, man habe ihn durch einen neuen ersetzt, der in Kürze seinen Dienst antrete. Der Kunsthändler hat auch ausgesagt, dass Sarumba wollte, dass er ihm persönlich eine neue ‚Haushaltshilfe' besorgt. Den Leuten von Kontuba-Transport traute er wohl nicht mehr so recht, nachdem wir bei ihm aufgetaucht waren und uns erkundigt hatten, ob Nana bei ihm gewohnt und er sie nicht vermisst hatte", sagte Handerson.

Die Staatsanwältin sah anerkennend in die Runde. „Gut gemacht. Wer hätte gedacht, dass dieser simple Selbstmord in einem Fall von organisiertem Menschenhandel enden würde? Wie haben Sie das nur geschafft, diesen Fall aufzudecken, meine Herrschaften?"

„Wir sind nun einmal fleißig", erwiderte Handerson bescheiden. Besser, er sagte ihr nicht, wie sie an die ganzen Informationen gekommen waren und wen sie dafür, entgegen aller Regeln, alles eingespannt hatten. Schlafende Hunde sollte man bekanntlich nicht wecken.

„Und Sie geben dann nachher noch eine Pressekonferenz zu diesem Thema, ja?"

„Nein, Herr Schreiber vom *Carlshavener Kurier* bekommt ein Exklusivinterview."

„Ach? Na ja, wenn Sie meinen. Das ist Ihre Sache. Einen schönen guten Tag noch."

Willkommen in Amberland

Irgendwo am Stadtrand von Carlshaven, 01. Dezember 2015

Maziar rannte durch die Gänge des Wohnheims Richtung Ausgang. Die beiden Männer waren hinter ihm her. Warum, wusste er nicht genau. Aber er wusste, dass er Angst hatte. So viel Angst, wie seit seiner Flucht aus Afghanistan nicht mehr. Er bog um die Ecke des Flurs und sah die Ausgangstür. Nur noch wenige Meter, dann wäre er im Freien. Draußen auf der Straße waren vielleicht Menschen, die ihm helfen konnten.

Doch so weit kam er nicht mehr. Einer seiner Verfolger warf ihm einen Baseballschläger zwischen die Beine. Er fiel der Länge nach hin und wurde im nächsten Augenblick an den Füßen in einen Raum gezogen, in dem ein weiterer Mann wartete. Er erkannte ihn wieder und jetzt war ihm auch klar, wieso die Männer ihn wie eine Meute blutrünstiger Jagdhunde durch die Einrichtung gehetzt hatten.

Die drei schrien etwas, das er nicht verstand. Dann spürte er einen Tritt in seine Seite. Weitere Tritte folgten – gegen seinen Kopf, die Beine. Er riss instinktiv die Arme hoch, um sein Gesicht zu schützen und krümmte sich seitlich zusammen. Der nächste Tritt traf ihn in den Magen. Dann kamen Fäuste, die auf ihn einschlugen. Kurz darauf, wurde er bewusstlos.

Carlshaven, Waldrand, 02. Dezember 2015

Es war kalt und die letzten Tage hatte es fast ununterbrochen geschneit, sodass die Räumfahrzeuge den Schneemassen schon nicht mehr Herr wurden. Normalerweise brauchte man mit dem Auto etwa eine Dreiviertelstunde bis hier. Heute hatte die Fahrt mehr als zwei Stunden gedauert, die halbe Stunde, die er gebraucht hatte, bis die Schneeketten endlich montiert waren, nicht eingerechnet. Kommissar Björn Handerson war erstaunt, dass er es überhaupt bis zum Tatort geschafft hatte.

Ein Schatten löste sich aus der weißen Wand vor ihm und eine in weiße Schutzkleidung gehüllte Gestalt bewegte sich auf ihn zu. In dem dichten Schneetreiben musste er schon zwei Mal hinschauen, um zu sehen, dass es seine Kollegin, Sergeantin Anna Carenin, war. Es erstaunte ihn immer wieder, dass die junge, ehrgeizige Polizistin es regelmäßig schaffte, noch vor ihm am Tatort zu sein. Und das sogar bei einem solchen Mistwetter.

„Und?"

„Ein Mann in den Dreißigern. Sieht ausländisch aus."

„Wie hat man den denn bei dem Wetter hier überhaupt gefunden?"

„Oh, der klischeehafte Klassiker: Der Hund einer alten Dame hat sich beim Gassigehen losgerissen und ist dahinten zu den Bäumen gelaufen und in dem kleinen Wäldchen verschwunden. Als er nicht zurückkam, hat sie sich einen Weg durch den Schnee gebahnt, um ihn zu suchen. Sie hat wohl einen mordsmäßigen Schreck bekommen, als sie sah, dass der Hund eine Hand aus dem Schnee ausgebuddelt hatte."

„Sind Peter und Weidmann schon da?"

„Ja. Und die hier wirst du brauchen", sie hielt ihm ein paar Schneeschuhe unter die Nase.

„Wo hast du die denn her?"

„Eine kleine Aufmerksamkeit von Rune aus der Kriminaltechnik. Der Mann denkt einfach an alles."

Er zog sich die Schutzkleidung und die Schneeschuhe an und folgte seiner Kollegin zum Tatort. Bei diesem Wetter fühlte er sich in diesem Aufzug wie ein wandelnder Schneemann.

Sergeant Peter Müller sprach mit einer älteren Dame. Handerson hob die Hand zum Gruß, den Peter stumm erwiderte, während er sich weiter mit der Frau unterhielt. Ein Stückchen weiter stand ein kleines Zelt, das man um die Leiche herum errichtet hatte, damit sie nicht wieder zuschneite. Darin saß der kleine, dickliche Gerichtsmediziner, Morton Weidmann, mit gerunzelter Stirn über die Leiche gebeugt.

„Hallo, Mort", grüßte Handerson ihn. „Kannst du schon etwas sagen?"

„Nicht viel. Die Leiche scheint frisch zu sein, noch keine vierundzwanzig Stunden alt. Das kann aber auch täuschen. Die Umgebungstemperatur ist ja nicht gerade lauschig."

Handerson warf einen genaueren Blick auf die Leiche. Anna hatte recht. Der Mann musste in den Dreißigern sein. Die Nase sah krumm aus und im Gesicht war Blut.

Auch die Augen waren geschwollen und wirkten, als ob ihn jemand geschlagen hatte.

„Hat man ihm die Nase gebrochen?"

„Zumindest hat er wohl ordentlich eine drauf bekommen. Ob die wirklich gebrochen ist, kann ich erst sagen, wenn ich ihn auf dem Tisch habe."

„Ich sehe keine Einstiche oder Einschüsse."

„Ich gerade auch nicht. Es kann aber auch sein, dass sich unter ihm eine Blutlache befindet, die wir nur wegen des vielen Schnees nicht sehen. Ich wollte ihn vor deinem Eintreffen nicht umdrehen lassen, damit du ihn in der Originalstellung siehst. Der Fotograf hat das hier schon alles Dokumentiert und die Spurensicherung hat auch schon erste Spuren genommen. Das da auf dem Hemd und der Hose scheint Erbrochenes zu ein. Wer weiß, vielleicht ist er auch erstickt. Sollen wir mal nachsehen, wie er von der anderen Seite aussieht?"

„Ja, lass uns mal schauen."

Sie drehten den Toten um. Auch unter dem Leichnam war kein Blut zu sehen und der Rücken schien ebenfalls keine Einstich- oder -schussstellen aufzuweisen.

„OK, du kannst ihn jetzt abtransportieren lassen", sagte Handerson zu Weidmann.

„Na, hoffentlich kommen wir bei dem Scheißwetter überhaupt mit der Leiche bis ins Institut", grummelte Weidmann und erhob sich. „Wenigstens brauche ich mir bei den Temperaturen über die Lagerung keine Sorgen zu machen. Gammlig werden tut der bei der Eiseskälte zumindest nicht. Tschüss dann."

„Ja, Tschüss, Weidmann", sagten Handerson und Anna wie aus einem Munde. Die junge Polizistin hatte ihnen die ganze Zeit aufmerksam zugesehen, aber keinen Ton gesagt. Peter gesellte sich zu ihnen.

„Die alte Dame heißt Petra Kaasmann. Viel habe ich nicht aus ihr herausbekommen, nur dass sie hier regelmäßig Gassi geht, weil sie in der Nähe wohnt. Der Hund war ihr heute ausgekommen, ist hierhin gelaufen und hat die Leiche ausgebuddelt. Sie ist recht geschockt und hat nach eigener Aussage fast einen Herzinfarkt erlitten, als sie die Hand aus dem Schnee ragen sah. Den Mann hat sie noch nie gesehen, weiß also auch nicht, wer er ist. Ihre Personalien habe ich aufgenommen und ihr gesagt, dass sie jetzt gehen kann. Sie will sich zu Hause erst mal einen steifen Grog machen. Ich habe ihr gesagt, das sei eine exzellente Idee."

„Oh, ja, ich könnte auch etwas Warmes vertragen," sagte Handerson. „Das ist aber auch ungemütlich hier draußen. Und kalt." Peter nickte zustimmend.

„Könntet ihr euch noch kurz auf den Tatort konzentrieren?", fragte Anna leicht genervt. „Fällt euch nichts auf?"

„Doch", antwortete Peter. „Der Tote hat keine Jacke an. Und eine Mütze auch nicht. Wenn ich bedenke, dass es schon seit Tagen schneit, ist das recht ungewöhnlich. Es deutet irgendwie alles darauf hin, dass der Fundort nicht der Tatort ist."

„Genau das", sagte Anna.

„OK, Kinder", mischte sich Handerson ein. „Lasst uns fahren. Wir sind bestimmt schlauer, wenn die Gerichtsmedizin, beziehungsweise die KTU, uns die persönlichen Sachen rüberschickt. Und mir frieren die Füße ein, wenn ich mir vorstelle, wie lange wir jetzt zum Revier brauchen werden."

Als sie bei den Autos ankamen, sah Handerson wie sich die hochgewachsene, hagere Gestalt Hans Schreibers auf sie zubewegte. Nicht der schon wieder, dachte Handerson. Der hatte ihm an diesem Tag wirklich gerade noch gefehlt. Wieso wusste der Schmierfink von der Zeitung eigentlich schon wieder, dass hier eine Leiche herumlag? Wohl wieder heimlich den Polizeifunk abgehört, was? Irgendwann kriegte er ihn deswegen noch dran. Ganz bestimmt.

„Tag, Herr Kommissar. Irgendetwas Interessantes?"

„Nein, noch nicht. Ich werde Sie benachrichtigen, wenn es etwas gibt, das ich Ihnen mitteilen darf", gab Handerson unwirsch zurück.

„Schade, dann habe ich mir hier ganz umsonst die Füße abgefroren." Er zuckte mit den Achseln und drehte sich um. Auf dem Weg zu seinem Wagen rief er Handerson über seine Schulter hinweg zu: „Aber wenn Sie mal wieder Hilfe benötigen, Herr Kommissar, dann wissen Sie, wen Sie jederzeit fragen können. Meine Nummer haben Sie ja. So ein Exklusivbericht würde sich in meinem Lebenslauf wieder mal ganz gut machen."

Handerson hätte kotzen können. Er hasste diese Aasgeier von der Presse wie die Pest und diesen ganz besonders. Dummerweise hatte er Hans Schreiber im vergangenen Jahr bei den Ermittlungen um Hilfe bitten müssen und ihm im Gegenzug dazu eine Exklusivberichterstattung ermöglicht. Seitdem meinte dieser Schreiberling, er wäre mit ihm ganz dicke und könnte ihm regelmäßig auf die Nerven gehen. Anna merkte, wie Björn wieder begann, sich aufzuregen und legte ihm beschwichtigend die Hand auf die Schulter.

„Komm, Björn, lass uns fahren. Meine Füße frieren mir auch langsam ab."

Carlshaven, Büro der Mordkommission, 07. Dezember 2015

Anna kam mit einer Tüte und einer Aktenmappe ins Büro hinein und hielt sie triumphierend in die Höhe.

„Unser Weihnachtsgeschenk aus der KTU", sagte sie und legte die Tüte mit den persönlichen Gegenständen des Toten und den vorläufigen Bericht der Kriminaltechnik auf Peters Tisch.

Hektor kam schwanzwedelnd auf sie zu, um sie zu begrüßen. Wie üblich hatte er seinen kleinen Ball im Maul und versuchte, sie zu einem Spiel zu animieren. Sie ging darauf ein und der Groenendael freute sich ungemein. Seine Grundausbildung hatte der junge Polizeihund mittlerweile absolviert und die Prüfungen mit Bravour bestanden. Nun befand er sich im Aufbautraining zum Leichenspürhund. Was auch sonst, wenn sein Herrchen bei der Mordkommission arbeitete?

„Und, wie war dein Wochenende?", fragte Peter.

„Ganz gut, aber unspektakulär. David und ich haben das ganze Wochenende auf der Couch verbracht und Filme geguckt. Viel konnte man ja bei dem Wetter nicht machen. Gott sei Dank hat es endlich aufgehört zu schneien."

Der Afrikaner David Kame und sie hatten sich im vergangenen Jahr bei einem Fall kennengelernt, da die Mordkommission ihn auf Anraten von Annas Freundin Kemi als Experten hinzugezogen hatte. Sie hatte ihn gleich sympathisch gefunden und nach Abschluss der Ermittlungen waren die beiden öfters miteinander ausgegangen. Seit einigen Monaten waren sie nun auch offiziell ein Paar.

„Und was hast du so gemacht?", wollte Anna von Peter wissen.

„Ich war mit Helga und Hektor gestern Schneeschuhwandern. Hektor fand es super. Nur gut, dass er ein Belgier und kein Schweizer ist, sonst hätte ich ihn wahrscheinlich in dem weißen Schneetreiben nicht wiedergefunden."

„Wo steckt eigentlich Björn?"

„Der kommt heute später. Er hat wohl irgendeinen Arzttermin."

„Ach so. Sollen wir uns die Sachen von unserem Toten anschauen oder wollen wir auf Björn warten?"

„Wieso warten? Lass uns das gleich machen."

Sie zogen sich Gummihandschuhe an und packten die Tüte aus. Peter las in dem vorläufigen Bericht der Kriminaltechnik, während Anna sich die Sachen genau ansah.

„Die Flecken auf der Hose und dem Hemd sind Erbrochenes. Ob es sich um Erbrochenes des Toten handelt, ist noch unklar, da die Analyse noch aussteht."

„Hm, ich sehe keinen Ausweis und auch keine Geldbörse. Steht da irgendetwas davon, ob sie ein Portemonnaie oder Papiere gefunden haben?"

Peter blätterte den Bericht durch.

„Nein."

„Och, nee, nicht schon wieder."

Der Fall im vergangenen Jahr, bei dem sie ihren Freund David kennen gelernt hatte, hatte auch mit einer Leiche angefangen, deren Identität zunächst ungeklärt war. So ungewöhnlich und interessant dieser Fall auch gewesen war, so wenig hatte Anna Lust auf eine Wiederholung.

„Na ja, vielleicht findet Weidmann ja zur Abwechslung etwas, mit dem er uns weiterhelfen kann. Ist da bei den Sachen noch etwas Interessantes bei, das uns vielleicht einen Hinweis gibt, wer unser Toter sein könnte?"

„Nein, nicht wirklich. Aber die Kleidung ist schon ungewöhnlich für diese Jahreszeit. Schau mal, die Hose ist total dünn, das Hemd auch. Und eine Jacke hatte er auch nicht."

„Na ja, aber wenn der irgendwo drinnen gestorben ist und man ihn da nur abgelegt hat, wie du schon am Freitag vermutet hast? Dann ist es nicht verwunderlich, dass er keine Jacke anhatte."

„Ja, schon, aber hier das Hemd und auch die Hose, das sind Sommersachen. Und bei den Temperaturen friert man doch schon im Haus."

„Du vielleicht. Frauen frieren doch immer."

„Ach so, du trägst also im Moment auch noch deine Sommersachen?"

„Nein, also das nun gerade nicht."

„Eben."

~

Am späten Nachmittag saß Handerson mit einer dick geschwollenen Backe am Schreibtisch. Er hatte den halben Tag beim Zahnarzt verbracht. Nachdem dieser ihn unmenschlich lange hatte warten lassen, hatte er festgestellt, dass einer der Backenzähne ein dickes Loch hatte und

Handerson daraufhin stundenlang im Mund herumgewerkelt. So langsam ließ die Wirkung der Betäubungsspritze nach, aber die Backe war immer noch dick und seine Laune hob sich nicht wirklich. Das Telefon klingelte.

„Handerson."

„Weidmann hier. Ich kann euch zwar keinen Namen geben, aber sagen, wen ihr fragen könnt."

„So?"

„Zhaopeng hat Fingerabdrücke genommen und sie durch sämtliche Datenbanken gejagt. Es gab einen Treffer bei EURODAC."

„Da sieh an."

EURODAC war eine der Datenbanken, mit denen Handerson und sein Team relativ wenig zu tun hatten. Die europäische Datenbank war im Jahr 2000 ins Leben gerufen worden, um die Anwendung des Dubliner Übereinkommens zu erleichtern und schnell und effizient zu klären, welcher Mitgliedstaat der Europäischen Union für das Asylverfahren zuständig ist. Die Datenbank beinhaltete Fingerabdrücke von Personen über vierzehn Jahren, die entweder einen Asylantrag gestellt hatten oder bei deren Aufgreifen festgestellt wurde, dass sie sich illegaler Weise im Land aufhielten. Bis Mitte dieses Jahres waren es nur die Asylbehörden eines Landes, die Zugriff auf das System hatten. Eine neue EU-Verordnung weitete nun die Zugriffsrechte auch auf die Sicherheitsbehörden aus. Die Entscheidung hatte europaweit für Entrüstung gesorgt, da sie Asylsuchende und Flüchtlinge automatisch kriminalisierte. Datenschützer fürchteten zudem, dass eine Aushöhlung der Persönlichkeitsrechte folgen würde. Vielleicht würden dann ja demnächst auch die Fingerabdrücke, die im Pass gespeichert waren, in einer zentralen Datenbank abgelegt und allen möglichen Behörden zugänglich gemacht, wer konnte das schon so genau sagen? Die Datenschützer jedenfalls waren wenig begeistert und äußerten lautstark Protest.

„Der Mann hat hier in Carlshaven am zwölften November einen Asylantrag gestellt. Mehr bekomme ich aus diesem blöden System nicht heraus", erklärte Weidmann genervt.

„Kein Name?"

„Nein, den spuckt die Datenbank nicht aus. Zumindest uns nicht. Ist anonymisiert. Hier ist nur eine Nummer, mit der du zum Bundesamt für Asylfragen gehen kannst. Die müssten dir sagen können, wer der Mann war. Hast du was zu schreiben?"

„Ja, schieß' los."

Handerson notierte sich die Nummer und das Datum, an dem der Antrag gestellt worden war, auf einem Zettel.

„Das ist auf jeden Fall schon einmal eine ganze Menge. Danke dir. Weißt du schon, woran er gestorben ist?"

„Ich bin weder Hellseher noch Hexer. Sei froh, dass Zhaopeng heute überhaupt Zeit hatte, die Fingerabdrücke zu nehmen", antwortete Weidmann gereizt und knallte den Hörer auf die Gabel.

Handerson sah den Telefonhörer an und schüttelte den Kopf. Dann legte er wieder auf. Es war, wie in allen anderen Ländern auch. Die Polizei und auch die Gerichtsmedizin waren chronisch unterfinanziert. Wer Ergebnisse haben wollte, musste Wochen, Monate oder gar Jahre darauf warten. Weidmann hatte recht. Dass die Identität des Toten möglicherweise so schnell geklärt werden konnte, grenzte an ein Wunder. Eine abgeschlossene Autopsie konnte Handerson nun nicht auch noch erwarten.

„War das Weidmann?", fragte Peter.

„Ja. Zhaopeng hat heute die Fingerabdrücke genommen und sämtliche Datenbanken damit gefüttert. Unser Toter hatte seine Papillen in EURODAC gespeichert. Er hat vor knapp vier Wochen hier in Carlshaven einen Asylantrag gestellt."

„Aber wie der hieß und wo der wohnte, stand da nicht rein zufällig?", fragte Peter.

„Ich glaube, solche Daten speichert das System gar nicht oder sie sind nicht jedem zugänglich. Auf jeden Fall wusste Weidmann nicht mehr. Hat eigentlich einer von euch eine Ahnung, wie das mit den Asylbewerbern hier so funktioniert? Ich habe da zwar mal ein Seminar gemacht, aber das ist schon ewig her und da hat sich bestimmt auch schon viel geändert. Wir von der Mordkommission haben damit ja auch normalerweise relativ wenig zu tun."

„Nö", antwortete Peter.

„Ich zwar auch nicht, aber von David weiß ich, dass die Asylgruppe von Amnesty International hier in Carlshaven alle zwei Wochen montags eine Sprechstunde für Flüchtlinge abhält. Ich könnte ja heute Abend einmal mit ihm hingehen und mich erkundigen," sagte Anna.

Davids Mitgliedschaft in einer speziellen Länderkoordinationsgruppe von Amnesty International hatte dazu geführt, dass die Mordkommission ihn damals zu dem Fall, der zunächst ein simpler Selbstmord zu sein schien, als

Experten hinzugezogen hatte. Da Anna jetzt mit ihm zusammen war, bekam sie immer am Rande mit, was im Amnesty-Bezirk Carlshaven so vor sich ging.

„Das ist eine sehr gute Idee. Lass dir mal erklären, wie das hier mit den Flüchtlingen funktioniert", sagte Handerson und guckte auf die Uhr. „Mann, ist das schon spät. Beim Bundesamt für Asylfragen ist jetzt bestimmt keiner mehr. Da fahren wir dann morgen Vormittag direkt als erstes hin. Vielleicht finden wir ja dann heraus, wer unser Toter ist. Kommt, lasst uns Feierabend machen. Heute erreichen wir eh nichts mehr."

Carlshaven,
Bezirksbüro von Amnesty International,
07. Dezember 2015

„Hallo, Anna, was machst du denn hier?", begrüßte Kemi ihre Freundin überrascht, als diese das Bezirksbüro betrat. Kemi und Anna waren seit der Schulzeit miteinander befreundet, hatten sich aber nun schon länger nicht mehr gesehen, da beide beruflich sehr eingespannt gewesen waren. Kemi war es auch gewesen, die Anna im letzten Jahr an David verwiesen hatte.

„Hallo, Kemi, ich will mich über Asylfragen informieren. Aber was machst du hier?"

Sie begrüßte ihre Freundin mit Küsschen rechts und Küsschen links.

„Ach, weißt du, ich hatte mich doch damals mit David unterhalten und es hat mich so beeindruckt, was man als einzelner Mensch alles machen kann, um anderen zu helfen. Ich habe mir dann alle Gruppen hier im Bezirk angeschaut und, na ja, da ich ja selber vor Jahren als Flüchtling hier nach Amberland kam, war die Asylgruppe das Naheliegende. Ich kann mich eben selber sehr gut in die Lage der Flüchtlinge hineinversetzen und weiß, mit welchen Schwierigkeiten man dann so zu kämpfen hat."

„Finde ich toll, dass du das machst." Sie drehte sich zu David um. „Aber du hättest ruhig mal erwähnen können, dass Kemi hier in der Gruppe ist."

Er grinste. „Du hast ja nicht gefragt."

„Lasst uns ins Nebenzimmer gehen, da ist es ruhiger und wir stören die Kollegen nicht bei der Asylberatung."

Das kleine Nebenzimmer war gemütlich eingerichtet und bestens für persönliche Gespräche geeignet. Kemi ließ sich auf einem der Sessel nieder und machte eine Handbewegung in Annas Richtung.

„Setz dich doch", sagte Kemi. „Was willst du wissen?"

„Wie geht das eigentlich mit dem Asylbeantragen?"

„Also, wenn ein Flüchtling aus politischen Gründen nach Amberland kommt, kann er eigentlich bei jeder Behörde, also auch bei der Polizei, sagen, dass er einen Asylantrag stellen möchte. Die Behörde schickt ihn dann weiter zur sogenannten ‚Erstaufnahmeeinrichtung'. Dort kann er seinen Asylantrag stellen, der dann an das Bundesamt für Asylfragen weitergeleitet wird, das für die Bearbeitung des Asylantrags zuständig ist. Der Hauptsitz des Bundesamts ist hier in Carlshaven, aber es gibt Außenstellen in diesen sogenannten ‚Erstaufnahmeeinrichtungen' in mehreren Städten. Die Erstaufnahmeeinrichtung hier in Carlshaven liegt übrigens hinten am Stadtrand, in der alten Keller-Kaserne. Wenn die Erstaufnahmeeinrichtungen nicht überlastet sind, wohnt derjenige dort dann in der Regel für die ersten drei Monate. Anschließend wird man nach einem bestimmten Verteilungsschlüssel auf verschiedene Städte oder Landkreise verteilt, die dann für die Unterbringung zuständig sind. Meist sind das Gemeinschaftsunterkünfte. Na ja, und da bleibt man dann, bis das Asylverfahren abgeschlossen ist."

„Und wie lange dauert so ein Verfahren insgesamt? Was du da erzählst hört sich schon ziemlich lange an."

„Nach Angaben des Bundesamtes dauert so ein Verfahren im Schnitt fast acht Monate. Es gibt aber auch Fälle, da ist es schon nach wenigen Tagen abgeschlossen oder die Leute warten Jahre lang auf den Bescheid."

„Fast acht Monate? Das ist aber ziemlich lange."

„Ja. Im Juli 2013 gab es eine neue EU-Richtlinie, nach der die Verfahren künftig innerhalb von höchsten sechs Monaten abgeschlossen sein müssen. In besonderen Fällen innerhalb von neun. Die Mitgliedstaaten haben jetzt bis 2018 Zeit, diese Richtlinie umzusetzen."

„Und wie lange darf man dann bleiben, wenn das Verfahren abgeschlossen ist und man als Flüchtling anerkannt wurde? Für immer?"

„Nein. Zunächst erst mal für drei Jahre. Dann wird geprüft, ob sich die Verhältnisse im Herkunftsland geändert haben und derjenige zurückkehren könnte. Es kann ja schließlich sein, dass der Asylgrund inzwischen weggefallen ist. Wenn das der Fall ist, musst du zurück."

„Kann man so einen Asylantrag eigentlich auch aus dem Ausland stellen?"

„Nein, das geht nur persönlich im Aufnahmeland."

„Du hast gesagt, dass diese Erstaufnahmeeinrichtung hier in Carlshaven in der alten Keller-Kaserne am Stadtrand untergebracht ist. Wenn jetzt jemand vor knapp einem Monat hier in Carlshaven einen Asylantrag gestellt hat, dann müsste der also da wohnen, richtig?"

„Ja, genau. Aber sag mal, wieso interessierst du dich eigentlich plötzlich so brennend für Flüchtlinge?"

„Och, das ist Ermittlungssache. Da kann ich nicht so richtig drüber sprechen."

„Jetzt machst du mich aber neugierig. Komm, sag schon."

„Na ja, gut. Also, wir haben da eine unbekannte Leiche und die Fingerabdrücke waren in EURODAC gespeichert. Vermutlich war er ein Flüchtling. Mehr kann ich nicht sagen."

Kemi verzog angewidert das Gesicht. Annas Aussage gefiel ihr ganz und gar nicht.

„Ich finde es zum kotzen, dass die Polizei jetzt auf EURODAC zugreifen darf. Mal ehrlich, das kriminalisiert jeden Flüchtling. Und überhaupt, was geht das die Polizei an, ob einer hier einen Asylantrag gestellt hat oder nicht?"

„Na ja, wir dürfen ja auch nur unter ganz bestimmten Voraussetzungen darauf zugreifen", versuchte Anna ihre Freundin zu beschwichtigen.

„Alles andere wäre ja auch noch schöner. Schon mal was von ‚informationeller Selbstbestimmung' gehört? Wie würdest du das finden, wenn jeder Hinz und Kunz auf deine Daten zugreifen könnte?"

„Aber wenn wir den Zugriff darauf nicht hätten, hätten wir jetzt gar keinen Anhaltspunkt, wer unser Toter eigentlich ist."

Kemi schnaubte. „Das hattet ihr letztes Jahr bei der unbekannten Selbstmörderin auch nicht und deren Identität konntet ihr auch anders klären."

Anna musste zugeben, dass ihre Freundin recht hatte. Bislang war es ihnen bei den wenigen Mordfällen, die es in Carlshaven zu bearbeiten gab, immer gelungen, die Identität eines Toten irgendwie zu klären, ohne dabei auf spezielle Fingerabdruckdatenbanken zuzugreifen.

Da Annas Fragen vorerst beantwortet waren und sie sich nicht mit ihrer Freundin streiten wollte, verabschiedeten sie und David sich von Kemi und den anderen und fuhren nach Hause. Was Kemi über „informationelle Selbstbestimmung" gesagt hatte, hatte Anna nachdenklich gemacht.

Carlshaven,
Bundesamt für Asylfragen,
08. Dezember 2015

„Einen schönen guten Morgen, meine Herrschaften, was kann ich für Sie tun?"

Der Stellvertretende Leiter des Bundesamtes für Asylfragen, Carl Bernhard, gab sich professionell freundlich.

„Guten Tag. Mein Name ist Kommissar Handerson und das ist meine Kollegin, Sergeantin Carenin. Wir hätten ein paar Fragen bezüglich eines Flüchtlings, der hier am zwölften November einen Asylantrag gestellt hat."

„Ihnen ist hoffentlich klar, dass Asylangelegenheiten vertraulich sind. Vermutlich haben Sie die Fingerabdrücke irgendwo in EURODAC gefunden und meinen, dass der Flüchtling, um den es geht, deshalb ein Krimineller sei. Alle Flüchtlinge müssen ihre Fingerabdrücke abgeben. Das heißt nicht, dass sie etwas verbrochen haben!" Bernhard wurde krebsrot im Gesicht. Die professionelle Freundlichkeit, mit der er die Polizisten vor einer Minute noch begrüßt hatte, war verflogen. Auch ihm war es eindeutig nicht recht, dass andere Behörden mittlerweile ebenfalls Zugriff auf die Datenbank hatten.

„Nein, darum geht es nicht", versuchte Handerson ihn zu beschwichtigen. „Wir haben die Fingerabdrücke zwar in der Tat bei EURODAC gefunden, aber derjenige, um den es geht, ist verstorben. Wir konnten seine Identität bislang nicht klären. Dank EURODAC haben wir aber zumindest eine Nummer und wissen, dass dieser Mann vor knapp vier Wochen hier bei Ihnen einen Asylantrag gestellt hat."

„Ach so", Bernhards Wut milderte sich etwas, er blieb aber misstrauisch. „Also, Sie verdächtigen ihn nicht einer Straftat?"

„Nein. Wie gesagt, er ist verstorben und wir möchten lediglich wissen, wer dieser Mann ist, damit wir die genauen Todesumstände klären können. Hier ist ein Foto. So haben wir ihn gefunden."

„Ugh, das sieht ja furchtbar aus. Also, dann sagen Sie mir mal die Nummer, damit wir die Identität dieses Mannes klären können."

Handerson reichte ihm den Zettel, auf dem er die Nummer notiert hatte, und Bernhard gab sie in seinen Computer ein. Es dauerte einen Moment, bis das System den richtigen Datensatz gefunden hatte.

„Der Mann heißt – oder vielmehr hieß – Maziar Rezai. Er kam aus Afghanistan und hat hier, wie Sie bereits sagten, am zwölften November einen Asylantrag gestellt."

„Und er hat dann vermutlich noch in der Erstaufnahmeeinrichtung gewohnt, die in der alten Kaserne am Stadtrand untergebracht ist, ja?", fragte Anna.

Bernhard sah sie verwundert an. „Ja, das stimmt. Kennen Sie sich mit Asylangelegenheiten aus?"

„Nicht wirklich. Ich habe nur gehört, dass man da die ersten paar Monate wohnen muss, wenn man hier einen Antrag stellt", gab Anna bescheiden zurück.

„Können Sie uns noch mehr über den Mann sagen?", fragte Handerson.

„Also, jetzt ist aber Schluss. Auch wenn der Mann tot sein sollte, sind das hier immer noch vertrauliche Daten. Wenn

Sie wissen möchten, was wir über den Mann wussten, dann kommen Sie gefälligst mit einem Durchsuchungsbefehl oder wie das heißt wieder."

Handerson erkannte, dass er hier nicht mehr viel würde erreichen können. Der Mann hatte recht. Asylangelegenheiten waren immer eine sehr persönliche Sache und es gab gute Gründe dafür, warum die Datenbank ihnen nur eine Nummer, aber keinen Namen ausgespuckt hatte. Er und Anna verabschiedeten sich.

Als sie wieder am Auto angelangt waren, fragte Anna: „Und jetzt?"

„Wir könnten zu diesem Asylbewerberheim am Stadtrand fahren und da nachfragen. Vielleicht bekommen wir ja etwas heraus."

„Gute Idee."

~

Eine Dreiviertelstunde später waren sie an der alten Keller-Kaserne angekommen. Anna war schon ein bisschen geschockt, wie es hier aussah. Das Gebäude war ziemlich heruntergekommen und an einigen Fenstern waren die Fensterläden entweder gar nicht mehr vorhanden oder hingen nur noch halb in den Angeln. Die Farbe am Gebäude blätterte ab und das Dach sah auch nicht mehr wirklich vertrauenerweckend aus.

Als sie gerade das Gebäude betreten wollten, kam ein Glatzkopf um die Ecke gebogen, der die Uniform eines privaten Sicherheitsdienstes trug und aussah wie ein Kleiderschrank auf Beinen.

„Halt! Wer sind Sie und was wollen Sie hier?"

„Kommissar Handerson, Mordkommission Carlshaven. Das ist meine Kollegin, Sergeantin Carenin." Er hielt dem Glatzkopf seinen Dienstausweis unter die Nase. Dabei warf er einen Blick auf den Aufnäher an der Uniform seines Gegenübers. Darauf stand „Carlsson".

„Was wollen Sie hier?", fragte der Wachmann abermals mürrisch.

„Wir ermitteln in einem Mordfall. Gibt es hier jemanden, der für diese Einrichtung verantwortlich ist?"

„Hilger Bengtson. Aber der ist gerade nicht da."

„Kennen Sie einen Maziar Rezai, Herr Carlsson?"

„Nö. Und woher zum Teufel wissen Sie meinen Namen?"

„Er steht auf Ihrer Jacke. Herr Rezai soll hier die letzten vier Wochen gewohnt haben."

„Keine Ahnung. Hier wohnen so viele, da kennt man nicht jeden."

Handerson hielt ihm das Foto unter die Nase. „Das ist er. Schon mal gesehen?"

Carlsson warf einen flüchtigen Blick auf das Foto.

„Nö. Aber die sehen für mich eh alle gleich aus."

„Wir würden gerne einmal mit den Bewohnern sprechen."

Carlsson zuckte gleichgültig mit den Achseln. „Wenn's Ihnen Spaß macht. Ich hoffen nur, Sie können genug Ausländisch. Die Typen sprechen nämlich alle kein Deutsch." Damit drehte er sich um und verschwand wieder um die Ecke, aus der er gekommen war. Die beiden Polizisten sahen ihm nach.

„Na, wer den zum Wachmann hat, der braucht auch keine Feinde mehr", meinte Anna kopfschüttelnd. „Der scheint ja auch ein absoluter Ausländer-Freund zu sein."

„Augen auf bei der Berufswahl."

Sie gingen hinein. Am Ende des Ganges, auf dem sie sich befanden, stand eine Tür offen. Sie gingen darauf zu. Es schien so etwas wie ein Aufenthaltsraum zu sein. Anna war erschüttert. Das Gebäude sah nicht nur von außen so heruntergekommen aus, sondern auch von innen. Von den Wänden blätterte die Farbe ab und der Putz löste sich von der Decke. In einigen Türen waren Löcher, andere hingen schief in den Angeln. Sie fand, dass es wenig mit einer menschenwürdigen Existenz zu tun hatte.

In dem Aufenthaltsraum saßen fünf Männer, die sie wie Autos anguckten, als sie den Raum betraten. Besuch war hier offensichtlich etwas seltenes.

„Guten Tag. Ich bin Kommissar Handerson von der Polizei und das ist meine Kollegin, Sergeantin Carenin."

Die fünf Männer sahen sie fragend an. Handerson versuchte es auf Englisch und Französisch, aber keiner der Männer reagierte. Anscheinend sprachen sie wirklich alle nur sonderbare Fremdsprachen.

„Kennen Sie einen Maziar Rezai?", startete Handerson einen neuen Versuch, aus den Männern etwas herauszubekommen.

Einer der Männer nickte, sagte etwas, gestikulierte und deutete auf die Wand, aber sie verstanden beide nicht, was er ihnen mitteilen wollte. Alles, was sie der Körpersprache entnehmen konnten, war, dass der Mann Maziar tatsächlich gekannt hatte.

„Björn, ich glaube, das hat keinen Zweck. Wir brauchen einen Dolmetscher, wenn wir hier weiterkommen wollen."

„Ich glaube, du hast recht. Komm, wir gehen."

Sie winkten den Männern zum Abschied freundlich zu und lächelten. Als sie wieder draußen waren, kam der Wachmann erneut auf sie zu. Er grinste dämlich.

„Und, haben Sie was rausgefunden?"

„Nein, die Herren im Aufenthaltsraum beherrschen leider keine gängige Fremdsprache."

„Sag' ich doch. Hätten Sie sich gleich sparen können."

Sie gingen zum Wagen und fuhren zurück zum Büro.

~

„Und, habt ihr was herausgefunden?", begrüßte Peter seine beiden Kollegen, als diese das Büro betraten.

„Nicht wirklich. Nur, dass er Maziar Rezai hieß und aus Afghanistan kam. Wir waren in diesem Asylbewerberheim am Stadtrand und haben versucht, uns dort umzuhören, aber ohne Dolmetscher kommen wir da nicht weiter".

„Mehr konnten die euch im Bundesamt nicht sagen?", fragte Peter erstaunt.

„Mehr wollten die uns nicht sagen", verbesserte Anna ihren Kollegen. „Vertrauliche Daten, Persönlichkeitsrechte und so."

„Ach so. Übrigens: Weidmann hat angerufen. Er führt gerade die Obduktion durch und wir können den Bericht morgen Nachmittag abholen. Er hat uns wie üblich eingeladen, am Schlachtfest teilzunehmen. Ich habe dankend abgelehnt. Oder möchtet ihr ihm zur Abwechslung beim Ausweiden zuschauen?"

„Danke, nein. Mir wird davon immer schlecht. Aber das ging ja doch schneller, als wir dachten. Ich werde jetzt mal zur Staatsanwältin gehen und versuchen, sie davon zu überzeugen, dass sie uns einen Beschluss besorgen muss, damit die Leute vom Bundesamt uns die Akte über Maziar herausgeben."

„Ist dir irgendetwas auf den Magen geschlagen, Anna?", fragte Peter. „Du siehst so nachdenklich aus."

„Ich muss heute Abend dringend noch einmal mit Kemi reden. Das, was ich heute gesehen habe, hat viele Fragen aufgeworfen."

„Es kann auf jeden Fall nicht schaden, wenn wir mehr über die Umstände von Asylbewerbern hier in Amberland wissen", meinte Björn. „So, jetzt aber wieder an die Arbeit."

Stadtrand von Carlshaven, Kemis Wohnung, 08. Dezember 2015, abends

„Erst sehe ich dich ein Jahr lang fast gar nicht und dann gleich zweimal in einer Woche", Kemi war erstaunt, freute sich aber dennoch über den überraschenden Besuch ihrer alten Freundin.

„Ich war heute in dieser Erstaufnahmeeinrichtung in der alten Keller-Kaserne. Warst du da schon mal?"

„Ja. Da haben meine Familie und ich damals auch gewohnt, als wir nach Amberland kamen. Das war damals schon nicht besonders schön dort, aber mittlerweile ist das da richtig heruntergekommen."

Anna war wie vor den Kopf geschlagen. Als Kemi damals in ihre Klasse kam, konnte sie sich noch nicht richtig verständigen. Erst etwa ein Jahr später, als sie genug Deutsch gelernt hatte, um sich halbwegs vernünftig mit Leuten zu unterhalten, hatte sie ihre Freundinnen auch zu sich nach Hause eingeladen. Anna erinnerte sich, dass Kemi mit ihrer Familie in einer bescheidenen, kleinen Wohnung gewohnt hatte. Dass Kemi damals zunächst auch in dieser furchtbaren Kaserne hatte leben müssen, war ihr nie in den Sinn gekommen und schockierte sie doch sehr.

„Aber wieso lässt man Flüchtlinge so wohnen?", brach es empört aus ihr heraus.

„Die Politiker meinen, dass das abschreckend wirkt, damit nicht so viele Leute hierher kommen, um Asyl zu beantragen. Es gibt wohl so etwas wie eine latente Angst vor Überfremdung und davor, dass die Menschen nur hierher kommen könnten, um Sozialleistungen zu schmarotzen und einem die Arbeitsplätze wegzunehmen", antwortete Kemi achselzuckend.

„Aber so lernt man die Leute doch auch gar nicht kennen und schürt nur noch diese unbegründeten Ängste!"

„Die soll man auch gar nicht kennenlernen. Und einleben sollen die sich hier auch nicht richtig. Es wäre ja grausam und unmenschlich, wenn sie hier Freunde gefunden und sich integriert hätten und man sie dann doch wieder abschieben muss". Der Sarkasmus in Kemis Stimme war Anna nicht entgangen.

„Aber du bist doch damals zur Schule gegangen."

„Ja, weil es in Amberland eine allgemeine Schulpflicht gibt und die auch für Kinder von Asylbewerbern gilt. Wer hier lebt und unter sechzehn ist, der muss zur Schule gehen. Aber arbeiten gehen darfst du in den ersten neun Monaten nicht. Und wenn die Sperrfrist vorbei ist, bekommst du nur einen Job, wenn der Arbeitgeber nachweisen kann, dass er keinen Amberländer oder sonstigen EU-Bürger findet, der für die Arbeit geeignet ist. Soviel zum Thema ‚Arbeit wegnehmen'. Und du hast Residenzpflicht. Hier bei uns in der Region ist die sehr eng gefasst. Also mal eben in die nächste Stadt oder das nächste Dorf zum Einkaufen fahren, ist nicht, weil du dann deinen Wohnort verlässt."

„Kann sich das denn negativ auf das Asylverfahren auswirken, wenn man mal von hier nach Kaiserbad fährt?"

Kemi lachte bitter auf. „Nicht direkt, aber wenn du gegen die Auflage verstoßen hast, dich nur hier vor Ort aufzuhalten und trotzdem woanders hinfährst, machst du dich strafbar. Das ist genauso, wie wenn du einem Mordverdächtigen sagst, er darf die Stadt nicht verlassen und er fährt trotzdem in Urlaub. Na ja, und wenn du dich strafbar gemacht hast und ein Gericht dich verurteilt, kann es dir passieren, dass du ausgewiesen wirst."

„Und arbeiten gehen darf man auch nicht, sagst du?"

„Nein. Dafür bekommst du so eine Art Sozialgeld". Kemi lachte bitter. „Alleinstehende ohne Kinder, die noch im Wohnheim wohnen bekommen derzeit eine Art Taschengeld von 140 Euro im Monat. Wer nicht mehr da wohnen muss, erhält circa 360 Euro. Ein Arbeitsloser Amberländer bekommt übrigens gut dreißig Euro mehr an Sozialhilfe. Und der bekommt ja angeblich schon das, was man minimal zum Leben braucht. Und man darf sich da glücklich schätzen, dass man nur dreißig Euro weniger bekommt. Früher hast du nämlich nur etwa die Hälfte bekommen. Das wurde mittlerweile etwas angeglichen."

„Aber wie kauft man denn dann ein, wenn man nur 140 Euro Taschengeld bekommt?"

„Na ja, in den Wohnheimen hast du Sachleistungen wie Essen und Körperpflegeprodukte umsonst. Teilweise bekommst du Gutscheine, die du aber nur in bestimmten Geschäften einlösen kannst und für die du auch nur bestimmte Dinge bekommst. Aber wenn du da nicht mehr wohnst, dann musst du mit dem Geld auskommen. Krank zu werden ist auch nicht besonders lustig. Anders als ein Sozialhilfeempfänger bist du als Asylbewerber nicht gesetzlich krankenversichert. Wenn du zum Arzt willst, musst du zum Gesundheitsamt, da erklären, wieso du überhaupt einen Arzt brauchst und wenn du Glück hast, bekommst du eine Überweisung. Die ist aber nur einen Tag gültig. Wenn du es nicht schaffst, dahin zu gehen oder nicht dran kommst, weil es beim Arzt zu voll ist, beginnt das ganze Spiel von vorne."

Anna war fassungslos. Es hieß immer, man lebe hier in Europa in einer zivilisierten Gesellschaft, aber was sie heute gesehen hatte und was Kemi ihr hier erzählte, klang völlig anders. Dass man Flüchtlingen unterstellte, sie kämen nur, um einem die Arbeit wegzunehmen, fand sie völlig absurd. Kein Mensch flüchtete schließlich freiwillig aus seinem Heimatland. Und wenn die Regelungen wirklich so waren, wie Kemi es ihr gerade erklärt hatte – woran sie nicht den geringsten Zweifel hegte – dann war diese Unterstellung einfach nur grotesk.

„Wieso seid ihr damals eigentlich nach Amberland geflüchtet?", fragte Anna. Sie wusste zwar, dass Kemi als Flüchtling gekommen war, aber nach ihrer Fluchtgeschichte hatte sie ihre Freundin nie gefragt und Kemi hatte auch nie darüber gesprochen. Kemi trank einen Schluck Tee und ließ sich mit der Antwort Zeit. Dann seufzte sie und begann zu erzählen.

„In meinem Land brach damals ein Bürgerkrieg aus. Mein Vater war Journalist und hatte wohl zu oft zu kritisch über die falschen Leute berichtet. Wir erhielten Drohbriefe, die mein Vater zunächst nicht ernst nahm. Dann lag eines Morgens unsere Katze mit aufgeschlitztem Bauch vor der Haustür mit dem Hinweis, unserer Familie würde es genauso ergehen. Ein paar Tage später wurde mein Onkel, der Bruder meines Vaters, erschossen. Mein Vater hielt an seinen Überzeugungen fest und schrieb weiter seine kritischen Artikel. Als man dann noch mal ein paar Wochen später nachts mit Gewehren auf unsere Fenster zielte und das Haus der Nachbarn in Flammen aufging, haben wir ein paar Sachen gepackt und sind geflüchtet. Wir sind in das Nachbarland und von dort aus haben wir ein Flugzeug nach Amberland genommen. Es hat meinen Vater sein letztes Geld gekostet, diese Flugtickets zu kaufen."

„Und dann musstet ihr in dieser furchtbaren Kaserne wohnen? Da kann man doch gar nicht zur Ruhe kommen, wenn man gerade so etwas erlebt hat!"

„Sag das unseren Politikern."

Als Anna später nach Hause fuhr, war sie immer noch geschockt von den Eindrücken dieses Tages und von dem, was Kemi ihr am Abend erzählt hatte. Das alles hatte ihre Sichtweise von Amberland als zivilisierter Nation in ihren Grundfesten erschüttert.

Carlshaven, Büro der Mordkommission, 09. Dezember 2015

Es erstaunte Handerson immer wieder, dass in diesem Land anscheinend eine Art Zweiklassengesellschaft herrschte. Wollte man normalerweise einen Durchsuchungsbefehl oder irgendeine andere Art von Beschluss haben, so dauerte es Tage. Der Antrag wurde erst sorgfältig geprüft und wenn man Pech hatte, hielt die Staatsanwältin einem einen ihrer endlos langen Vorträge über Persönlichkeitsrechte, die Unverletzlichkeit der Wohnung, die informationelle Selbstbestimmung und noch vieles andere. Dann brauchte es viel Überzeugungsarbeit, damit sie zum zuständigen Richter ging und das begehrte Papier besorgte. Ging es allerdings um Ausländer, so war die Bereitschaft, das begehrte Dokument zu besorgen, ungleich größer. Als sie im vergangenem Jahr die Durchsuchungsbefehle für das afrikanische Unternehmen am Hafen, den afrikanischen Kunsthändler in der Innenstadt und den dubiosen Puff am Containerhafen benötigt hatten, war alles ganz schnell gegangen. Auch jetzt, wo er den Beschluss zur Herausgabe der Asylverfahrensakte von Maziar Rezai gebraucht hatte, hatte das Papier im Handumdrehen zu seiner Verfügung gestanden.

In diesen Gedanken versunken blätterte er in der Asylverfahrensakte, als das Telefon auf seinem Schreibtisch schellte.

„Handerson."

„Weidmann hier. Ihr könnt den Obduktionsbericht abholen kommen."

„Wieso schickst du den eigentlich nie mit der Post?"

„Weil ich mich zur Abwechslung gerne mal mit lebenden Menschen unterhalten möchte. Außerdem quengelt ihr doch sonst auch immer rum, dass euch alles nicht schnell genug geht."

Ein deutliches Knacken im Telefonhörer signalisierte, dass Weidmann wieder aufgelegt hatte. Handerson sah den Hörer an und seufzte. Es war eine von Weidmanns Eigenarten, jedes Mal, wenn er eine Obduktion für die Mordkommission abgeschlossen hatte, anzurufen und zu fordern, dass der Bericht bitte persönlich abgeholt werde. Handerson dachte, es sei ihr Glück, dass die Mordrate in Carlshaven so niedrig war, da sie sonst die Mordkommission gleich in die Gerichtsmedizin hätten verlegen können. Er legte auf und wandte sich an seine Kollegen.

„Das war Weidmann. Er hat den Bericht fertig und besteht wie üblich auf persönlicher Abholung. Wer hat Lust mitzufahren?"

„Ich komme mit", sagte Anna kurzentschlossen. „Oder hast du etwas dagegen, Peter?"

„Nein, fahr du nur. Ich muss eh gleich mit Hektor zum Training."

~

Das gerichtsmedizinische Institut, das in einer großen, weißen Villa aus dem neunzehnten Jahrhundert untergebracht war und sonst sehr imposant wirkte, fiel an diesem Tag fast gar nicht ins Auge. Wahrscheinlich lag es daran, dass der große Park, der es normalerweise umschloss, eine einzige, glitzernde Schneedecke war und dass das Weiß des Gebäudes sich darin verlor. Handerson und Anna betraten das Institut und steuerten zielstrebig auf das Büro des meistens schlechtgelaunten Gerichtsmediziners zu. Handerson fragte sich immer wieder, ob es die Arbeit mit den Toten war, die ihn zu einem solchen Griesgram hatte werden lassen. Schön war sie wahrlich nicht. Auf dem Weg zu Weidmanns Büro im Erdgeschoss begegneten sie Zhaopeng.

„Hallo, Herr Kommissar. Hallo, Frau Anna", grüßte der Chinese sie mit seinem singenden Akzent freundlich. „Wie geht heute?"

„Sehr gut, danke, Zhaopeng. Und dir?", fragte Anna.

„Mir sehr gut, danke, Frau Anna."

„Das war sehr gut von dir, dass du die Fingerabdrücke schon am Montag genommen hast. Du hast uns damit sehr geholfen", sagte Anna.

Zhaopeng strahlte sie über das ganze Gesicht an. Er mochte die junge, rothaarige Polizistin sehr. Sie war immer nett zu ihm und schien auch keine Vorurteile gegen Chinesen und andere Ausländer zu haben, was er von vielen seiner Kollegen nicht gerade behaupten konnte. Er kämpfte ständig um Anerkennung, was wohl auch ein Grund für seinen schier unermüdlichen Arbeitseifer war.

„Sag mal, ist dein Chef heute auch wieder mit dem falschen Fuß aufgestanden?", fragte Handerson ihn.

Der Chinese sah ihn fragend an und schüttelte dann verlegen lächelnd den Kopf. „Ich nicht wissen. Welcher ist falscher Fuß in Amberland? Rechts oder links?"

Anna lachte. „Nein, Zhaopeng, das ist nur eine Redewendung. Man sagt das, wenn man wissen möchte, ob jemand schlechte Laune hat."

Der Chinese lachte nun auch. „Ach so. Deutsch manchmal komische Sprache. Nein, Chef gelaunt wie immer. ‚Falscher Fuß' ich muss merken. So, muss wieder Arbeit. Schönen Tag noch, Frau Anna, Herr Kommissar."

Zhaopeng verneigte sich leicht. Die beiden Polizisten verabschiedeten sich von ihm und machte sich dann auf den Weg zu Weidmann.

„Sag mal, was meint Zhaopeng eigentlich mit ‚gelaunt wie immer'?", fragte Handerson.

„Vermutlich arbeitet er schon so lange mit ihm zusammen, dass ihm die schlechte Laune seines Chefs schon gar nicht mehr auffällt", antwortete Anna achselzuckend und klopfte an die Tür zu Weidmanns Büro.

„Herein", klang es missmutig von drinnen.

Sie betraten das geräumige Büro, das äußerst geschmackvoll und gemütlich eingerichtet war.

„Ach ihr seid das. Setzen", er deutete auf die mit rotem Leder bezogene Sitzgruppe. Die beiden Polizisten folgten der Aufforderung ohne Widerworte. Wenn man etwas von Weidmann wollte, sollte man sich besser nicht über seinen Tonfall beschweren. Der kleine, untersetzte Gerichtsmediziner konnte leicht cholerisch werden und brachte es dann unter Umständen fertig, einen aus seinem Büro zu werfen.

Weidmann ergriff die Akte mit dem Obduktionsbefund und setzte sich zu ihnen.

„Der Mann starb am Dienstagabend irgendwann zwischen zwanzig und vierundzwanzig Uhr."

Er zog einige Fotos heraus und gab sie den beiden Polizisten.

„Hämatome auf dem Oberkörper, den Extremitäten und am Kopf."

„Ist das da ein Schuhabdruck?", fragte Handerson und deutete auf eines der Fotos.

„Ja. Sieht aus wie von einem Springerstiefel, wenn du mich fragst. Und das da", er deutete auf einen blauen Fleck auf einem anderen Foto, „könnte so etwas wie ein Schlagstock oder ein schmaler Baseballschläger gewesen sein. Auf jeden Fall war es ein länglicher, abgerundeter Gegenstand, der diesen Fleck da verursacht hat. Den Mann hat einer ordentlich vermöbelt. Die Hämatome am Oberkörper und an den Extremitäten stammen von Tritten, die am Kopf von Faustschlägen. Mehrere Rippen sind gebrochen, ein paar innere Organe haben auch etwas abbekommen."

„Ist er daran gestorben?", fragte Anna.

„Nicht direkt. Er ist an Erbrochenem erstickt. Wahrscheinlich ist er durch die Tritte ohnmächtig geworden. Ansonsten hat er eine Schürfwunde am Bein und ein paar Kratzer an den Handballen. Vermutlich ist er hingefallen."

„Fremdgewebe?", fragte Handerson.

„Nein. Zumindest nicht unter den Fingernägeln. Aber wir haben ein Haar gefunden, das nicht seines ist."

„Menschlich?"

„Ja. Blond."

„Verwertbare Fasern?"

„Nein."

„Sonst noch etwas, was du uns sagen kannst?", fragte Handerson.

„Nein. Der Rest steht im Bericht. Und jetzt raus, ich habe zu tun."

Die beiden ließen sich das nicht zweimal sagen, bedankten sich beim König der Gerichtsmedizin und zogen mit der Akte von dannen.

Carlshaven, Handersons Wohnung, 09. Dezember 2015, abends

Handerson saß auf seiner Couch und kraulte Morse gedankenverloren hinter den Ohren, während er in Maziars Asylverfahrensakte las. Der Norwegische Waldkater schaute angestrengt auf die Blätter, als wolle er mitlesen. Sein Bruder Poirot war weniger intellektuell veranlagt und vergnügte sich damit, mit den Schneeflocken an der Fensterscheibe fangen zu spielen. Morse sah seinen Dosenöffner an und maunzte.

„Ja, du hast recht. Das ist wirklich nicht schön, was dieser junge Mann durchgemacht hat."

Maziar kam aus Kabul. Der Sohn einer mittelständischen Familie hatte eine gute Schulbildung besessen und hatte auch fließend Englisch und Französisch gesprochen. Er hatte studiert und war auch einmal im Ausland gewesen. Als die internationalen Truppen in Kunduz nach Dolmetschern suchten, hatte er sich gemeldet, da er gehört hatte, dass diese Jobs außerordentlich gut bezahlt waren. Seine Bewerbung war erfolgreich gewesen und so zog er nach Kunduz, wo er dann sprachlich zwischen der Bevölkerung und den amberländischen Truppen vermittelte. Deutsch konnte er zwar nicht, aber dafür fließend Englisch und Französisch.

Zunächst war alles ganz in Ordnung. Er verdiente gut und konnte sich ein vergleichsweise luxuriöses Leben leisten. Doch das gefiel nicht allen. Eines Tages kamen einige Taliban auf ihn zu. Sie versuchten, ihn zu bestechen und wollten, dass er ihnen Informationen über die ausländischen Truppen gebe. Er säße an der Quelle und es sei doch für ihn ein Leichtes, den Taliban die Informationen zukommen zu lassen, die sie gerne hätten. Sie würden ihn auch dafür bezahlen. Maziar lehnte ab. Es war für ihn Ehrensache, dass er seinem Arbeitgeber gegenüber loyal war. Den Taliban passte das nicht. Zunächst versuchten sie noch einige Male, ihn auf ihre Seite zu ziehen, doch als er standhaft blieb, fingen sie an, ihn zu bedrohen.

Zuerst waren es nur verbale Drohungen auf der Straße, dann kamen Briefe. Irgendwann fingen die Anrufe an. Zunächst nur auf seinem Festnetzanschluss, dann auf seinem Mobiltelefon. Zu jeder Tages- und Nachtzeit. Als er eines morgens zur Arbeit gehen wollte, lagen auf seiner Türschwelle Innereien mit einem Zettel, auf dem stand: „Das ist alles, was von dir übrig bleiben wird."

Er erstattete Anzeige, doch die Polizei interessierte das nicht wirklich. Ein paar Tage später stellte er fest, dass jemand die Radmuttern an seinem Motorrad gelockert hatte. Wäre er gefahren, hätte er leicht tödlich verunglücken können. Noch ein paar Tage später waren die Bremsschläuche durchgeschnitten. Langsam bekam er wirklich Angst. Er wandte sich an das amberländische Heer, für das er arbeitete, bekam aber nichts weiter als freundliche Worte zu hören. Die Bedrohungen hörten indes nicht auf, sondern nahmen in ihrer Intensität nur zu. Daraufhin wandte er sich an die amberländische Botschaft. Auch hier hatte er das Gefühl, nicht ernst genommen zu werden. Irgendwie hatte er sich das anders vorgestellt. Er arbeitete doch für die Amberländer. Warum halfen sie ihm nicht? Sie waren es doch, durch die er in diese prekäre Lage geraten war.

Eines Morgens wurde er auf dem Weg zur Arbeit verprügelt. Die Männer hatten ihm aufgelauert und ihn brutal geschlagen. Das sei nur ein Vorgeschmack dessen, was ihm blühe, wenn er nicht aufhöre, für den Feind zu arbeiten. Noch ein paar Wochen später wurde abends auf dem Nachhauseweg aus einem Auto heraus auf ihn geschossen. Kurz darauf bekam er eine Kurznachricht, bald würde man richtig zielen. Nun fürchtete er wirklich um sein Leben. Er packte ein paar Sachen zusammen und machte sich auf den Weg.

Mit der Hilfe von Schleppern flüchtete er im Sommer aus Afghanistan und kam nach mehreren Monaten endlich in Amberland an. Es war ein Glück gewesen, dass er in der Vergangenheit so viel verdient und immer sparsam gelebt hatte, denn die Flucht war nicht nur gefährlich gewesen, sondern auch nicht billig. Sie hatte ihn einen Großteil seines Vermögens gekostet.

Eigentlich hatte er gehofft, dass man ihn hier freundlich aufnehmen würde, hatte er doch für die amberländische Armee gearbeitet. Das Gegenteil war jedoch der Fall. Handerson war entsetzt über die Protokolle der Anhörung beim Bundesamt für Asylfragen. Der Sachbearbeiter schien sein Urteil schon gefällt zu haben, bevor er Maziar überhaupt angehört hatte. Die Art und Weise, wie er die Fragen stellte, ließen durchblicken, dass er in jedem Flüchtling einen potenziellen Sozialschmarotzer sah. Ein Menschenfreund war dieser spezielle Sachbearbeiter ganz sicher nicht, und ob er sich für diese Art Arbeit eignete, war äußerst fraglich, denn Neutralität sah wahrlich anders aus. Handerson merkte, wie der Ärger in ihm hochstieg. Was dieser junge Mann durchgemacht hatte, war schlimm. Aber wie die Amberländer mit ihm umgegangen waren, war noch viel schlimmer. Und jetzt war er tot.

„Was meinst du, Morse? Ob die Taliban ihn hier gefunden und ermordet haben?"

Der Kater sah ihn durchdringend an und schüttelte dann den Kopf.

Carlshaven, Annas Wohnung, 10. Dezember 2015

Anna stocherte lustlos in dem Essen auf ihrem Teller herum.

„Was hast du? Schmeckt es dir nicht?", fragte David. Er hatte an diesem Tag frei gehabt und stundenlang in der Küche verbracht, um Anna mit einem Gericht aus seiner Heimat zu überraschen, das zwar äußerst lecker, aber auch recht aufwändig in der Zubereitung war.

„Nein, nein, es schmeckt wunderbar. Das ist es nicht."

„Was ist es dann? Willst du darüber reden?"

„Wir fahren morgen wieder in diese furchtbare Erstaufnahmeeinrichtung am Waldrand. Das ist mir das letzte Mal schon auf den Magen geschlagen. Für die Menschen da muss es schrecklich sein, so zu leben. Es ist da nicht wirklich schön, du kannst nicht wirklich irgendwo hin, du hast nicht wirklich irgendetwas zu tun und machst eigentlich den ganzen Tag nichts anderes, als darauf zu warten, dass irgendeine höhere Macht über deine Zukunft entscheidet."

David nickte. Er wusste, was sie meinte. Mit Asylarbeit hatte er zwar nicht viel zu tun, aber seine Amnesty-Kollegen riefen ihn gelegentlich mal dazu, wenn sie Afrikaner in der Asylsprechstunde hatten, da er zwei afrikanische Sprachen beherrschte. Er kannte auch ein paar Leute, die im Gegensatz zu ihm als Flüchtlinge nach Amberland gekommen waren. Mittlerweile durften sie in Amberland bleiben und hatten zum Teil sogar die amberländische Staatsangehörigkeit angenommen, aber er kannte ihre Fluchtgeschichte und wusste, unter welchen Umständen sie hierhergekommen waren und wie es ihnen hier zunächst ergangen war. Auch er war damals geschockt gewesen, wie man im zivilisierten Europa mit Flüchtlingen umging.

„Habt ihr Dolmetscher gefunden? Euer letzter Versuch, da etwas herauszufinden, war ja gründlich in die Hose gegangen."

„Ja, einen für Arabisch und einen für Persisch. Der Stellvertretende Leiter des Bundesamtes meinte, das seien die Sprachen, die in der Einrichtung am häufigsten gesprochen würden."

„Du weißt schon, dass die Erstaufnahmeeinrichtung 400 Plätze hat, die andauernd belegt sind? Mittlerweile haben die da richtig Probleme, weil immer mehr Flüchtlinge kommen und die langsam nicht mehr wissen, wo sie die alle unterbringen sollen."

„Ja, das hat der Mann vom Bundesamt auch gesagt. Wir wissen auch noch nicht so ganz genau, wie wir das machen sollen. So viele mögliche Zeugen hatten wir noch nie und dass die vermutlich alle kein Deutsch können, hilft uns auch nicht wirklich weiter, da uns erst mal nur zwei Dolmetscher zur Verfügung stehen."

„Hoffentlich findet ihr etwas heraus."

„Ja, hoffentlich. Ich möchte diesen Fall nach Möglichkeit noch vor Weihnachten lösen."

„Dann musst du aber auch etwas essen. Ausgehungerte Sergeantinnen können nicht wirklich gut denken."

Er wedelte ihr mit einer vollen Gabel vor der Nase herum. Sie lächelte und öffnete brav den Mund.

Carlshaven, Keller-Kaserne, 11. Dezember 2015, vormittags

Handersons Wagen rollte zeitgleich mit dem des stellvertretenden Leiters des Bundesamtes auf den Hof der Keller-Kaserne und spuckte kurz darauf die dreiköpfige Mordkommission sowie die beiden Dolmetscher aus. Während sie sich noch reckten, weil es im Inneren des Wagens doch etwas eng gewesen war, kamen zwei Wachmänner um die Ecke gebogen. Carlsson, der unfreundliche, glatzköpfige Kleiderschrank, war zwar nicht zu sehen, aber diese beiden Typen sahen auch nicht wirklich vertrauenerweckend aus. Ähnlich kleiderschrankförmig und stiernackig bewegten sie sich wie zwei große Bulldozer auf das Quintett zu.

„Was wollen Sie hier?", fragte einer der beiden Sicherheitsmitarbeiter patzig.

„Kommissar Handerson, Mordkommission Carlshaven. Meine Kollegen, Sergeant Peter Müller und Sergeantin Anna Carenin. Wir würden die Bewohner gerne zum Tod von Maziar Rezai befragen, Herr...?"

Anders als bei Carlsson, konnte er bei diesem Gesprächspartner nicht am Aufnäher erkennen, mit wem er sich unterhielt, da der Wachmann selbst bei diesen Temperaturen die Jacke offen trug und sie durch die vor der Brust verschränkten Arme auch offen hielt.

„Mayer. Mit A-Y, also nicht die scheiß Judenschreibweise."

„Und wie wäre die?", fragte Peter scharf.

„Na, mit E-I natürlich. So, und über wen wollen Sie hier was fragen?"

„Maziar Rezai. Der Mann ist vor etwa vier Wochen hier eingezogen, wenn man das so nennen kann. Kam aus Afghanistan. Haben Sie ihn gekannt?", fragte Handerson.

„Nee. Außerdem kann ich mir die Namen von den Kanaken eh nicht merken. Was ist mit dir, Ruud?"

Der andere Wachmann, auf dessen Namensschild „Klaasen" stand und der offensichtlich den Vornamen Ruud trug, schüttelte mit dem Kopf.

„Nee. Aber die Idioten wollen ja auch immer nur Ausländisch mit einem reden. Was soll ich mich damit abgeben? Wenn die hier bleiben wollen, sollen die gefälligst Deutsch lernen."

„Wo ist eigentlich Herr Bengtson? Er soll doch hier die Leitung der Einrichtung haben", wollte Anna wissen.

„Hilger ist mit einem von denen beim Gesundheitsamt. Der Typ hat bestimmt die Krätze oder Pest oder so was. Gut, dass ich da nicht mit dem hin muss", antwortete Mayer.

„Vielen Dank, meine Herren, wir werden dann jetzt mal die Bewohner dieser Institution befragen", versuchte Handerson das Gespräch zu beenden.

Mayer mit A-Y zuckte die Achseln. „Wenn's Ihnen Spaß macht. Aber da müssen wir mit bei sein. Order von oben. Komm, Ruud."

Die beiden gingen vorne weg und das sechsköpfige Team schickte sich an, ihnen zu folgen.

„Und solche Leute lassen Sie hier arbeiten?", raunte Handerson Bernhard ins Ohr, der sich mittlerweile aus seinem Wagen geschält und zu ihnen gesellt hatte.

„Nicht ich. Für die Einstellung des Wachpersonals ist das jeweilige Bundesland zuständig. Glauben Sie mir bitte, Herr Kommissar, ich bin genauso geschockt wie Sie, dass man solche Leute hier arbeiten lässt."

„Prüft man die nicht vorher auf ihre Gesinnung und verlangt ein polizeiliches Führungszeugnis?"

„Anscheinend nicht. Aber das muss sich ändern. Ich werde dem nachgehen, darauf können Sie sich verlassen, Herr Kommissar."

~

Mehrere Stunden später begaben sich die sechs zu ihren Fahrzeugen zurück. Wirklich etwas erreicht, hatten sie nicht. Der Mann, der bei Annas und Handersons letztem Besuch auf den Namen Maziar Rezai reagiert hatte, wollte dieses Mal nichts sagen. Anna hatte den Eindruck, dass die Wachmänner ihn eingeschüchtert hatten, die darauf bestanden, bei jedem „Verhör", wie sie es nannten, anwesend zu sein. Auch bei anderen Heimbewohnern hatte sie diesen Eindruck. Irgendjemand hatte davon gesprochen, dass afghanisch sprechende Männer in der Nacht von Maziars Tod um die Einrichtung herum geschlichen waren. Eine nähere Beschreibung konnte derjenige aber nicht geben. Die beiden Wachmänner standen neben der Tür und grinsten breit und selbstzufrieden, als sie die Geschichte hörten. Anna sprach das Problem auf der Rückfahrt an. Handerson und Peter teilten ihre Einschätzung. Aber wie sollten sie an die Informationen kommen, wenn die potenziellen Zeugen zu eingeschüchtert waren, um zu sagen, was sie wussten?

Carlshaven, Annas Wohnung, 11. Dezember 2015

„Und, wie war es? Habt ihr etwas herausgefunden?", wollte David von seiner Freundin wissen.

„Nein. Und diese Wachleute von der Keller-Kaserne sind das absolut Letzte", regte Anna sich auf.

„Wieso?"

„So etwas von ausländerfeindlich habe ich echt noch nicht erlebt. Dagegen war der Typ von neulich ja noch harmlos. Sag mal, guckt da eigentlich keiner nach, wen man da als Personal einsetzt?"

„Soviel ich weiß, nein. In Deutschland war es auch so, dass die Bundesländer private Sicherheitsfirmen beauftragt hatten, ohne die Angestellten vorher mal gründlich zu durchleuchten. Dann sind im letzten Jahr plötzlich Videos aufgetaucht, auf denen eben solche Sicherheitsleute von privaten Sicherheitsfirmen zu sehen waren, wie sie Asylbewerber misshandelten. Das war ein Riesenskandal."

„Ja, da erinnere ich mich dran. Da haben die hier auch etwas drüber in den Medien gebracht. Die Bilder waren ja schrecklich. Was ist daraus eigentlich geworden?"

„Da wurde reagiert. Seitdem gelten da strengere Regeln in Bezug darauf, wer in einer solchen Einrichtung arbeiten darf und wer nicht. Aber hier in Amberland hat man daraus anscheinend nichts gelernt."

„Man muss hier kein Führungszeugnis vorlegen, wenn man in einem Flüchtlingsheim arbeitet?"

„Nein."

„Das ist doch überhaupt nicht zu fassen! Du musst doch hier sonst für jeden Pups ein Führungszeugnis vorlegen!"

„Yepp, aber nicht, wenn es um Ausländer geht. Da kannst du dann auch deinen Wachmann mit rechter Gesinnung in sein persönliches Spieleparadies schicken."

„Das ist genau das richtige Stichwort – ‚Wachmann mit rechter Gesinnung'. So einem super Exemplar bin ich heute auch begegnet. Bestand darauf, dass er ‚Mayer mit A-Y' sei, also nicht mit der ‚Judenschreibweise'."

„Du weißt doch, damit sich so etwas ändert, muss immer erst etwas passieren."

„Ja, leider. Aber der vom Bundesamt war auch ganz schön geschockt, dass solche Leute in seiner Erstaufnahmeeinrichtung arbeiten."

„Wie sagt man? ‚Einsicht ist der erste Weg zur Besserung'. Vielleicht ändert sich das ja doch bald."

„Ja, wollen wir es hoffen. Aber mal was anderes. Dieser Maziar kam aus Afghanistan, hat dort als Ortskraft gearbeitet, ist vor den Taliban geflohen und jetzt ist er tot. Kann es sein, dass die ihn bis hierher verfolgt haben?"

„Möglich wäre das schon, aber doch recht ungewöhnlich. Die viel größere Gefahr besteht, wenn Menschen wie Maziar wieder nach Afghanistan zurück müssen, weil sie dort bekannt sind und von den Taliban wie Volksverräter behandelt werden. Wieso fragst du? Haben die Asylbewerber so etwas angedeutet?"

„Na ja, einer hat gesagt, da seien afghanisch sprechende Männer um die Einrichtung geschlichen. Aber ich habe das Gefühl, dass an dieser Aussage irgendetwas faul war."

„Mh, wenn einer die Wahrheit herausfindet, dann du. Und jetzt lass uns endlich das Thema wechseln. Was hältst du davon, wenn wir heute Abend essen gehen? Am Hafen hat ein neues Restaurant aufgemacht, und mein Kollege sagt, dass die da richtig gut kochen können."

Carlshaven, Innenstadt, 12. Dezember 2015

Peter und Helga waren in der Stadt unterwegs. Helga wollte in Ruhe etwas Neues zum Anziehen für Weihnachten kaufen, da die Schwiegereltern zu Besuch kamen und die Schwiegermutter jedes Jahr etwas an ihrer Garderobe auszusetzen fand.

Peter hatte Hektor mitgenommen. Zum einen wollte er den Hund nicht stundenlang alleine zu Hause lassen, zum anderen gab Hektor ihm eine Entschuldigung, Helga nicht die ganze Zeit beim Einkaufen zuschauen zu müssen.

Helga war gerade in einem Schuhgeschäft verschwunden und Peter wusste aus Erfahrung, dass dies dauern könnte. Seine geliebte Ehefrau besaß einen Schuhtick und obendrein ein Paar Füße von einer Form und Größe, die den Schuhkauf nicht gerade erleichterten. Er beschloss, die Zeit mit Hektor im Stadtpark zu verbringen, der zwei Straßen weiter lag. Auf dem Weg dorthin kamen sie an einer Filiale der Amberland Goldbank vorbei, vor deren Tür diverse Fahrzeuge geparkt waren. Auf einmal begann der an sich so gut erzogene Hektor an der Leine zu zerren und schleifte Herrchen zu einem Transporter auf dem groß und breit „Carlshaven Secure" geschrieben stand.

„Pfui, Hektor. Schluss. Bei Fuß!"

Eine pelzbemantelte Dame mit einem manierlich bei-Fuß-gehenden Königspudel beobachtete die Szene von der anderen Straßenseite, zog ein Gesicht, als sei sie in etwas hineingetreten, und ging kopfschüttelnd weiter. Peter, der dies aus dem Augenwinkel beobachtet hatte und immer noch versuchte, den wie bescheuert an der Leine zu dem

Fahrzeug zerrenden Hektor wieder unter Kontrolle zu bekommen, kam sich ziemlich dämlich vor. Die Frau musste auch denken, dass er zu diesen Idioten gehörte, die sich regelmäßig von ihrem Hund Gassi führen ließen.

„Also, Hektor, jetzt ist es aber gut. Ich sehe ja aus wie der letzte Idiot! Komm jetzt!"

Genau in diesem Moment hatte Hektor das Heck des Transporters erreicht, schnüffelte angestrengt, fiepte laut, legte sich hin und hielt die Nase an die Hecktür. Peter hörte auf, mit dem Hund zu diskutieren und starrte ihn stattdessen mit großen Augen an. Das konnte jetzt nicht sein, oder?

Carlshaven, Büro der Mordkommission, 14. Dezember 2015

Hektor lief schwanzwedelnd ins Büro und begrüßte die Kollegen. Peter folgte kurz darauf.

„Morgen. Also am Samstag ist mir etwas ganz komisches passiert."

„Was denn?", fragte Anna.

„Also, ich war mit Hektor in der Stadt unterwegs und vor der Amberland Goldbank stand so ein Lieferwagen von dieser Sicherheitsfirma, die auch für dieses Asylbewerberheim am Stadtrand zuständig ist. Wie hießen die noch gleich?"

„Ich glaube auf den Jacken stand ‚Carlshaven Secure'. Aber das ist nichts wirklich ungewöhnliches. Solche Firmen machen doch auch Geldtransporte und so", antwortete Björn.

„Nein, das meine ich auch nicht. Also, da stand dieser Transporter von Carlshaven Secure und ich wollte mit Hektor daran vorbei. Da fing der plötzlich wie wild an, zu schnüffeln. Der Schwanz drehte sich hinten wie ein Propeller. Er zog mich einmal um den Lieferwagen herum, und dann fing er an, zu fiepen und legte sich vor die Hecktüren."

„Und was willst du uns mit dieser faszinierenden Geschichte nun sagen? Dass du dich von deinem Hund Gassi führen lässt, statt umgekehrt?", fragte Handerson sarkastisch.

„Haha, sehr witzig. Nein, das Verhalten habe ich bei ihm bisher nur im Training gesehen, wenn er den Leichengeruch wittert und die Quelle zu lokalisieren versucht. Das Fiepen und Hinlegen ist seine Art, anzuzeigen, dass er etwas gefunden hat."

„Glaubst du wirklich, dass die da Leichen drin transportiert haben? Die sind schließlich eine Sicherheitsfirma und kein Bestattungsinstitut", schaltete sich Anna ein.

„Kann doch sein."

„Ja, aber ohne jetzt gemein sein zu wollen, Hektor ist noch mitten in der Ausbildung. Vielleicht hat er ja irgendein totes Tier gewittert."

„Nein, dann verhält er sich anders."

„Und was sollen wir jetzt deiner Ansicht nach machen?", mischte Handerson sich ein.

„Na ja, wir könnten doch einen Durchsuchungsbefehl beantragen und einen geprüften Leichenspürhund an die Transporter lassen."

„Und was soll ich der Staatsanwältin sagen, wenn sie mich fragt, warum? Dass der Diensthundeführer eines Leichenspürhunds in Ausbildung glaubt, sein Hund habe etwas gewittert? Nein, das funktioniert nicht. Die zeigt mir dann einen Vogel und fragt mich, ob ich schon mal etwas von ‚begründetem Verdacht' gehört habe. Wenn Hektor einsatzbereit und entsprechend geprüft wäre, wäre das eventuell etwas anderes, aber so wird das nichts", antwortete Handerson.

Peter war beleidigt. Er vertraute seinem treuen Partner Hektor. Aber viel Zeit zum Schmollen blieb ihm nicht, da das Telefon auf seinem Schreibtisch schellte. Er warf einen Blick auf das Display und sah, dass es der Empfang im Erdgeschoss war, nahm ab, meldete sich und lauschte einen Moment. Björn und Anna sahen ihn gespannt an.

„Ja, danke, ich komme gleich runter", sagte Peter und legte auf.

„Wer war das?", wollte Anna wissen.

„Die nette Kollegin vom Empfang. Unten stehen zwei ausländische Männer, von denen der eine ein bisschen Englisch spricht und immer wieder sagt, sie möchten uns sprechen. Ich gehe mal runter und schaue, wer es ist."

~

Kurz darauf stand Peter mit zwei südländisch aussehenden Männern wieder im Büro. Beide erkannten Anna und Björn wieder. Einer war der Mann, der bei ihrem ersten Besuch in der Keller-Kaserne bei dem Namen „Maziar Rezai" angefangen hatte, wie ein Wasserfall zu reden, bei ihrer zweiten Befragung mit dem Dolmetscher aber angeblich nicht wusste, um wen es ging. Der andere war der Mann, der ihnen die fadenscheinige Geschichte mit den afghanisch sprechenden Männern aufgetischt hatte. Sie waren neugierig, was die beiden wohl von ihnen wollten.

„Das sind Mahmoud Pourmohzen und Mohamed Alirezai. Sie kommen beide aus Afghanistan und wohnen derzeit in der Keller-Kaserne. Mahmoud sagt, sie wissen etwas über Maziar Rezai. Leider spricht Mahmoud nur sehr schlecht Englisch und Mohamed gar nicht. Wir werden wohl einen Dolmetscher brauchen. Was spricht man noch mal gleich in Afghanistan?"

„Dari", antwortete Anna. „Das ist ein persischer Dialekt. Ich kümmere mich um einen Dolmetscher." Damit drehte sie sich um und ging zu ihrem Schreibtisch, um einen Sprachmittler zu besorgen.

Peter bedeutete den Männern, sich zu setzten. Mit etwas Englisch und vielen Handbewegungen versuchte er ihnen verständlich zu machen, dass es noch etwas dauern würde und ob sie einen Kaffee wollten. Irgendwie schafften sie es, einen Konsens zu finden, und Handerson besorgte Kaffee und Kekse, während Peter sich zu den Männern setzte und versuchte, sie bei Laune zu halten.

Eine Stunde später war der Dolmetscher da, den Anna besorgt hatte. Er hieß Ahmadine Mohammadzadeh, bestand aber sofort darauf, man möge ihn „Adi" nennen, da seinen Namen eh niemand aussprechen könne. Das Team der Mordkommission war gespannt, was die beiden Männer zu sagen hatten.

„Also, was führt Sie beide zu uns?", wollte Handerson wissen.

„Wir wissen, was mit Maziar passiert ist", übersetzte Adi Mohameds Antwort.

„Wieso haben Sie uns das nicht schon am Freitag gesagt?", fragte Handerson.

„Wir hatten Angst", sagte Mahmoud.

„Wovor?", fragte Anna.

„Vor den beiden Wachleuten", antwortete Mohamed.

Also doch. Es war so, wie sie es sich gedacht hatten. Mayer mit A-Y und Klaasen hatten die beiden eingeschüchtert. Die interessante Frage war allerdings, warum sie das getan hatten.

„Und jetzt haben Sie keine Angst mehr?", fragte Handerson.

„Jetzt sind die ja nicht dabei", antwortete Mahmoud.

„Die kriegen bestimmt nicht raus, dass wir selber zur Polizei gegangen sind", ergänzte Mohamed. „So klug sind die nicht."

„Also, was haben Sie gesehen?"

Die beiden erzählten mit der Hilfe des Dolmetschers ihre Geschichte. Klaasen und Mayer hielten es für einen Spaß, regelmäßig einen der vielen Ausländer in der Unterkunft zu verprügeln. Gelegentlich luden sie auch ein paar „Freunde" dazu ein. Auf die Frage, ob der Leiter der Erstaufnahmeeinrichtung, Hilger Bengtson, nicht einschritte, erklärten sie, Bengtson sei nur tagsüber da. Die Übergriffe geschähen aber hauptsächlich nachts. Gemeldet hätten sie die Vorfälle an Bengtson schon, aber der habe ihnen nicht geglaubt. Hinzu komme, dass die Wachleute ihnen anschließend noch härter zugesetzt hätten. Am ersten Dezember hätten Klaasen, Mayer und einer ihrer Freunde wieder einmal Lust darauf gehabt, jemanden zu verprügeln. Sie hätten sich dieses Mal Maziar ausgesucht und ihn durch das Wohnheim gehetzt. Als Maziar plötzlich hingefallen war, hatten sie ihn an den Füßen in einen Sanitätsraum gezogen, wo sie ihn dann verprügelten. Mahmoud und Mohamed hatten Maziars Schreie gehört, aber nichts gesehen. Irgendwann war er verstummt. Die Männer hätten dann zu streiten angefangen, zumindest glaubten die beiden, dass es ein Streit gewesen sei. Deutsch verstanden sie nicht, aber es hatte sich wie ein Streit angehört. Danach war Maziar im Wohnheim nicht mehr gesehen worden.

„Wieso haben Sie bei der Befragung am Freitag gesagt, in der Nacht von Maziars Tod seien afghanisch sprechende Männer um die Erstaufnahmeeinrichtung geschlichen?", wollte Handerson von Mahmoud wissen.

„Mayer hat mich bedroht. Er sagte, wenn ich das nicht sage, bin ich tot."

„Wie hat er das zu Ihnen gesagt? Ich denke, Sie können kein Deutsch? Und Mayer kann mit Sicherheit kein Dari."

„Er hat auf Englisch gesagt: ‚You say you saw Afghan men here when Maziar died. If not, you die.'"

„Mayer weiß, dass Sie etwas Englisch sprechen?"

„Ja, ich habe ihn mal nach einer Zigarette gefragt."

„Hat er Ihnen eine gegeben?"

„Nein. Er hat mir dafür mit der Faust ins Gesicht geschlagen."

Die Mordkommission nahm das Protokoll auf, bedankte sich bei den Männern und ihrem Dolmetscher und geleitete sie nach draußen. Als sie wieder im Büro waren, sagte Peter: „Siehst du, Hektor hatte doch recht. Wahrscheinlich haben die die Leiche mit dem Transporter weggebracht. Wir sollten einen Durchsuchungsbeschluss beantragen."

„Wenn mich die Staatsanwältin fragt, worauf sich mein begründeter Verdacht stützt und ich ihr sage, dass zwei Asylbewerber hier waren, die bei unserer ersten Befragung nichts gesagt beziehungsweise etwas völlig anderes erzählt und jetzt erklärt haben, ihr Wachpersonal verprügele regelmäßig Ausländer und habe dabei jemanden umgebracht, bekomme ich von der bestimmt keinen Beschluss. Die antwortet mir dann, dass sie begründete

Zweifel an der Aussage der beiden Männer habe, weil die beim ersten Mal ja nichts gesagt beziehungsweise gelogen haben", antworte Handerson.

„Tja, dann kann uns jetzt wohl nur noch eine Prise investigativer Journalismus weiterhelfen", sagte Peter achselzuckend.

Handerson warf ihm einen äußerst giftigen Blick zu, griff aber nach einem kurzen Zögern dennoch schwer seufzend zum Telefon.

Carlshaven, Büro der Mordkommission, 15. Dezember 2015

„Guten Tag, mein Name ist Bengtson. Ich suche nach einem Herrn Handerson".

„Das bin ich. Kommen Sie doch bitte herein und setzen Sie sich."

Der hochgewachsene, dunkelhaarige Mann nahm auf dem Besucherstuhl bei Handersons Schreibtisch platz.

„Es tut mir sehr leid, dass ich am Freitag nicht dabei sein konnte, aber einer der Flüchtlinge war krank geworden und ich musste mit ihm zunächst zum Gesundheitsamt und dann weiter zum Arzt. Wie kann ich Ihnen behilflich sein?"

„Herr Bengtson, kennen Sie diesen Mann?" Handerson legte ihm das Foto von Maziar vor.

„Ja, das ist Maziar Rezai. Er war vor einigen Wochen bei uns im Flüchtlingsheim."

„War Ihnen gar nicht aufgefallen, dass er auf einmal weg war?"

„Doch, ich habe schon gemerkt, dass er nicht mehr da war."

„Und es hat Sie nicht gewundert?"

„Na ja, das kommt gelegentlich schon einmal vor. Wissen Sie, die meisten wollen ja gar nicht hier nach Amberland und ergreifen dann die erstbeste Gelegenheit, um weiterzuziehen. Ich warte dann meist ein paar Tage, ob derjenige nicht vielleicht doch zurückkommt und melde ihn dann der Polizei."

„Und Sie haben es nicht für nötig gehalten, Maziar als vermisst zu melden?"

„Na ja, um ehrlich zu sein, wollte ich das schon, aber dann waren da so viele andere Sachen, die ich zu erledigen hatte. In den Tagen seit Maziars Verschwinden sind sehr viele neue Asylbewerber angekommen und es waren auch ein paar krank. Ich muss die dann jedes Mal zum Amt begleiten, weil die das alleine nicht hinbekommen. Na ja und dann hatte ich auch noch andauernd irgendwelche Sitzungen, weil das Land die Fördergelder für unsere Einrichtung zusammenstreichen wollte. Ich habe das wohl einfach vergessen."

Handerson warf ihm einen schrägen Blick zu. Er glaubte dem Mann kein Wort.

„Herr Rezai ist in der Nacht vom ersten auf den zweiten verschwunden. Ist Ihnen an dem Tag etwas aufgefallen?"

„Nein, nicht wirklich. Und nachts bin ich sowieso nicht in der Einrichtung zugegen."

„Was können Sie mir über Ihr Wachpersonal sagen? Insbesondere über die Herren Carlsson, Klaasen und Mayer?"

„Die sind zwar manchmal etwas ruppig, machen ihren Job ansonsten aber ganz anständig. Wieso?"

„Es hat also nie Klagen über die drei gegeben?"

„Nein. Wer sollte sich denn über die beschweren?"

„Mussten die Ihnen eigentlich ein Führungszeugnis vorlegen, als die bei Ihnen angefangen haben?"

„Natürlich. Die drei haben sich nichts vorzuwerfen. Wieso fragen Sie?"

„Reines Interesse. Wir müssten uns einmal Herrn Rezais Zimmer ansehen. Leider konnten wir bislang nicht herausfinden, welches seines war, da die Herren Klaasen und Mayer uns dabei nicht behilflich sein konnten."

Den Sanitätsraum im Erdgeschoss, von dem die beiden Asylbewerber gesprochen hatten und in dem Maziar vermutlich zu Tode gekommen war, würden sie wohl nicht zu Gesicht bekommen. Dafür fehlte ihnen die rechtliche Voraussetzung und wenn er den Heimleiter fragte, würde der ihn wohl ziemlich seltsam ansehen oder am Ende gar Lunte riechen. Fürs Erste würden sie sich also mit Maziars Zimmer zufrieden geben müssen.

„Das ist kein Problem. Kommen Sie doch später vorbei. Heute bin ich bis achtzehn Uhr in der Einrichtung zugegen. Ich zeige Ihnen dann, wo Herr Rezai untergebracht war."

„Danke, Herr Bengtson. Dann bis später."

~

Nachdem Bengtson gegangen war, schaute Handerson im Computer nach. Bengtson hatte Recht. Die drei Wachmänner waren tatsächlich noch nicht strafrechtlich in Erscheinung getreten und hatten einwandfreie Führungszeugnisse. Aber dass sie so unschuldig waren, wie Bengtson behauptete, glaubte er nicht. Er wunderte sich auch, dass Bengtson sagte, es habe sich nie jemand über die drei bei ihm beschwert. Irgendwer log hier und sein Gefühl sagte ihm, dass es nicht die beiden afghanischen Asylbewerber waren.

Carlshaven, Erstaufnahmeeinrichtung, 15. Dezember 2015

Anna und Björn gingen geradewegs auf den Eingang der Erstaufnahmeeinrichtung zu. Vom sonst so überfreundlichen Wachpersonal fehlte dieses Mal jede Spur. Dafür kam ihnen Bengtson entgegen.

„Ah, da sind Sie ja. Kommen Sie doch mit."

Die beiden folgten ihm zu einem kleinen Zimmer im ersten Stock. Er klopfte und lauschte.

„Mh, scheint keiner da zu sein."

Er wartete noch einen kurzen Moment und öffnete dann die Tür. Es war schlimmer, als Anna es sich vorgestellt hatte. Das Zimmer war sehr klein. Auf engstem Raum standen zwei Doppelstockbetten und zwei Kleiderschränke. Am Kopfende eines jeden Bettes war ein kleines Regalbrett angebracht. In der Ecke gab es einen kleinen Tisch mit vier Stühlen, von denen aber mindestens einer so aussah, als ob er zusammenbräche, wenn man sich auf ihn setzte. Die Wände waren schon lange nicht mehr gestrichen worden und an einigen Stellen blätterte der Putz ab. Alles in allem wirkte dieses Zimmer noch heruntergekommener, als der Rest der Erstaufnahmeeinrichtung, den sie bislang gesehen hatte. Anna wurde schlecht, als sie sich hier umsah.

„So, da wären wir. Das Bett links oben war das von Maziar und die rechte Hälfte von diesem Kleiderschrank da war seine."

Anna und Björn begannen, sich in dem Zimmer umzusehen. Finden konnten sie allerdings nichts. Maziar hatte nur einige wenige Anziehsachen besessen. In der Jacke, die im Schrank auf einem Bügel hing, befand sich sein Portemonnaie mit seinem Pass. Auf dem Regalbrett am Kopfende seines Bettes stand ein Koran. Persönliche Gegenstände waren keine zu finden. Auch kein Mobiltelefon. Anna fand das merkwürdig. Hatte heute nicht jeder junge Mensch ein Mobiltelefon?

Die Tür ging auf und ein junger Afrikaner kam herein, der die kleine Menschenansammlung in seinem Zimmer erstaunt ansah.

„What are you doing in here?"

Anna lächelte ihn freundlich an und erklärte auf Englisch, wer sie waren und was sie in seinem Zimmer wollten. Er nickte.

„I heard about this, but I didn't know him. I arrived yesterday."

Bengtson erklärte, der junge Mann hieße John und sei am Vortag erst eingetroffen. Er habe also Maziar gar nicht kennen können.

„Do you have a mobile phone, John?", wollte Anna wissen.

„Yes." Er zog ein etwas älteres Mobiltelefon aus seiner Hosentasche und zeigte es ihr. „Everyone has one nowadays. Or don't they?"

Königsdorf,
15. Dezember 2015

Hans Schreiber hatte nicht lange recherchieren müssen, um herauszufinden, dass Mayer mit A-Y ein geachtetes Mitglied der „Kameradschaft Carlshavener Land" war. Diese operierte allerdings im Geheimen, seit der Verfassungsschutz Ermittlungen gegen sie aufgenommen hatte. Mayer und Klaasen waren allerdings auch Mitglieder in einem Verein und wo dieser sein Vereinsheim hatte, war nicht besonders schwer herauszufinden gewesen. Dass dieser Verein sich ausgerechnet in Königsdorf angesiedelt hatte, wunderte ihn nicht wirklich. Das Dorf an sich war schon tief dunkelbraun. Irgendwann hatte der Bürgermeister dies nicht mehr hinnehmen wollen, weil er um den Ruf des Ortes fürchtete. Er hatte daher demonstrativ Schilder am Ortsein- und -ausgang aufstellen lassen, auf denen zu lesen war: „Königsdorf hat keinen Platz für Rassismus". Das hatte zwar kein Umdenken in den zumeist kackbraunen Köpfen der Bevölkerung herbeigeführt, aber zumindest sein eigenes Gewissen beruhigt.

Das Vereinsheim lag neben der Dorfkneipe. Draußen stand groß und breit ein Schild, auf dem „Heimat-und Kulturverein Königsdorf" geschrieben stand. Schreiber beobachtete aus einiger Entfernung, wie einige Jugendliche in entsprechender „Vereinstracht" eintrafen. Er selber hatte sich auch der Situation angemessen aufgehübscht. Eine Glatze hatte er eh und die alten Springerstiefel, die er sich einmal für eine Wanderung in einem Spezialgeschäft für Outdoor- und Armeekleidung gekauft hatte, passten noch gut. Der Rest war einfach zu bekommen gewesen. Gut, er war nicht gerade ein breitschultriger Muskelprotz und versank mehr in der Bomberjacke, als dass er furchteinflößend aussah, aber daran konnte er jetzt auch nichts ändern. Als er die jungen Männer sah, fürchtete er allerdings, dass er etwas alt sein könnte, um hineingelassen zu werden.

Er sah auf die Uhr: neunzehn Uhr dreißig. Er nahm seinen Mut zusammen und ging rüber zum Vereinsheim. Einer der beiden Gorillas am Eingang trat ihm mit verschränkten Armen entgegen.

„Was willst du denn?"

„Ich hab' schon viel von euch gehört und wollte mir mal anschauen, was ihr so macht."

„So, so. Und du meinst, du kannst hier einfach so herkommen und mal ein bisschen glotzen oder was?"

„Wieso nicht? Ist doch ehrenwert, wenn man sich dafür einsetzt, dass amberländische Kultur erhalten bleibt. Traditionen muss man schließlich pflegen."

„Wo kommst du denn her?"

„Carlshaven. Ich bin extra hergefahren, weil ich so super Sachen von euch gehört habe. 'N Kumpel von mir hat in den Höchsten Tönen von euch gesprochen."

„So, so. Du weißt aber schon, dass du hier in Königsdorf und nicht in Carlshaven bist, oder?"

„Klar, sonst wäre ich ja nicht extra hergefahren. Außerdem haben wir so was in der Stadt nicht. Man, komm schon, ich will mich doch nur ein bisschen für unsere amberländische Kultur engagieren. Erst gestern ist mir wieder so ein Muselmane aus dem Asylantenheim vor die Nase gelaufen. Kann kein Deutsch und will hier wohnen.

Vor so Leuten muss man sich doch schützen. Nachher müssen wir hier in ein paar Jahren auch noch Kopftuch tragen und in Frauenkleidern rumlaufen."

„So, so, meinst du?"

Schreiber fragte sich gerade, ob der Türsteher wirklich so unterbelichtet war, dass sein Vokabular sich lediglich auf „so, so" beschränkte, als ein blonder Muskelprotz um die Vierzig aus dem Vereinsheim kam, um eine zu rauchen.

„Ist was, Åke?", fragte der Neuankömmling.

„Der Typ hier faselt was von ‚mitmachen wollen'", antwortete der breitschultrige Türsteher, der wohl auf den Namen Åke hörte.

„Peer Gustafsson", stellte sich der andere vor. „Ich bin der Vorsitzende des Heimat- und Kulturvereins Königsdorf. Und du bist?"

„Ulrich-Otto Schmitz. Kannst mich Uli nennen", antwortete Schreiber.

„Und was genau willst du hier, Uli?", fragte Gustafsson.

„Na, mir mal euren Verein angucken. Hab schon viel von euch gehört. Ich wohne in der Nähe von diesem Asylantenheim in Carlshaven. Kennst du das? Das ist doch echt eine Schande, dieser Dreckshaufen. Was die aus der alten Keller-Kaserne gemacht haben, ist echt traurig."

Gustafsson drehte die Zigarette, die er sich in der Zwischenzeit angesteckt hatte, zwischen den Fingern und blies ein paar Rauchringe aus.

„Ja, schrecklich. Ich hab damals in der Keller-Kaserne meinen Wehrdienst abgeleistet. Die war wirklich schön. Aber was diese Drecksausländer daraus gemacht haben, ist richtig schlimm. Warst du auch da stationiert?"

„Ja. Ich habe damals auch meinen Wehrdienst da abgeleistet", log Schreiber. Er hatte sich damals zwar erfolgreich gedrückt, aber wenn es half, hier in den Laden reinzukommen, dann log er gerne, dass sich die Balken bogen. Und der Gedanke, einen ehemaligen Kameraden gefunden zu haben, schien Gustafsson zu gefallen.

„Scheinst ja kein schlechter Kerl zu sein. Komm rein."

Der Abend an sich verlief recht unspektakulär. Es wurde hauptsächlich gegen Ausländer gehetzt, die einen zu überfremden versuchten und den armen Amberländern die Arbeitsplätze wegnähmen. Irgendjemand wies darauf hin, dass in der darauf folgenden Woche eine Demo in Carlshaven angesetzt sei. Schreiber fragte vorsichtig nach, worum es bei dieser Demo denn ginge. Na, um die Kanaken und deren Vorhaben ganz Amberland in einen Gottesstaat zu verwandeln natürlich, bekam er zur Antwort. Natürlich, schoss es Schreiber durch den Kopf, das hätte er sich auch denken können.

Am Ende des Abends wollte Gustafsson von Schreiber wissen, ob es ihm gefallen habe und ob er denn nun öfter kommen wolle. Schreiber tat, als sei das der beste Abend seines Lebens gewesen und als ob er unbedingt Mitglied im Verein werden wolle. Er heuchelte auch Enthusiasmus, als Gustafsson ihn fragte, ob er denn an der Demonstration teilnehmen wolle. Sie tauschten Telefonnummern aus und verabschiedeten sich. Gustafsson wollte ihn noch wegen einiger organisatorischer Dinge in Bezug auf die Demo anrufen.

Carlshaven, Bundesamt für Asylfragen, 16. Dezember 2015

„Guten Morgen, was kann ich für Sie tun?"

Janosz Koszynski hatte sich hinter seinem Schreibtisch erhoben und begrüßte Handerson und Anna mit einem festen Händedruck.

„Kommissar Handerson von der Mordkommission in Carlshaven. Das ist meine Kollegin, Sergeantin Carenin."

„Mordkommission? Geht es um den toten Asylbewerber?"

„Ja. Wir haben mittlerweile Zugang zu seiner Asylverfahrensakte erhalten und wie es scheint, waren Sie der zuständige Sachbearbeiter."

„Wie hieß er denn?"

„Maziar Rezai. Ein afghanischer Staatsbürger."

„Ah, ja. Ich erinnere mich."

„Ich habe die Niederschrift Ihrer Befragung gelesen", sagte Björn. „Kann es sein, dass Sie dem Mann seine Geschichte nicht so ganz geglaubt haben?"

„Na ja, wissen Sie, ich höre jeden Tag so viele Geschichten, von denen achtzig Prozent gelogen sind. Es ist immer dasselbe. Da wird man mit der Zeit vorsichtig. Man kann und darf den Leuten nicht alles glauben. Das verstehen Sie sicherlich."

„Vorsichtig" war jetzt nicht gerade das Wort, das Handerson benutzt hätte, um die Art der Gesprächsführung während der Befragung zu beschreiben.

„Hat Herr Rezai einmal erwähnt, dass er hier Feinde habe?"

„Nein. Wieso?"

„Nun ja, Herr Rezai ist offensichtlich ermordet worden. Irgendwer wird ihn wohl nicht gemocht haben."

„Ermordet? Das ist ja schrecklich. Also, davon, dass er hier Feinde habe, hat er nichts gesagt. Er hat mir nur so eine unglaubwürdige Geschichte über die Taliban aufgetischt, die ihn angeblich bedroht hätten, weil er für die amberländische Armee in Afghanistan gearbeitet hat."

„Was ist denn an der Geschichte unglaubwürdig?", mischte Anna sich ein. „Man hört doch immer wieder, dass die Ortskräfte in Afghanistan von den Taliban bedroht werden."

Koszynski ging auf ihren Einwand nicht ein. „Also, wie gesagt, von irgendwelchen Feinden hat der Mann nichts gesagt, nur dass ihn die Taliban in Afghanistan verfolgt hätten und er dahin nicht zurück könne, weil die ihn sonst umbringen würden. Aber die Geschichte war ziemlich fadenscheinig und voller Widersprüche."

Björn fragte sich, ob er das richtige Befragungsprotokoll gelesen hatte. Die Geschichte hatte für ihn recht glaubwürdig geklungen. Ungereimtheiten hatte er dort keine erkennen können.

„Wäre Herrn Rezais Asylgesuch abgelehnt worden?", wollte er wissen.

„Oh, wahrscheinlich. Sehen Sie, ich konnte da nun wirklich keine Schutzbedürftigkeit erkennen. Kann ich sonst noch irgendetwas für Sie tun?"

„Nein, ich glaube, das war alles." Handerson erhob sich. „Falls noch irgendetwas sein sollte, werden wir wieder auf Sie zukommen".

~

„Der Typ ist doch nicht ganz richtig im Kopf", regte Anna sich auf. Sie saßen im Auto und waren wieder auf dem Weg ins Büro. „Also, du hast die Akte doch auch gelesen. Der hatte Maziar doch schon verurteilt, bevor er ihn überhaupt richtig angehört hatte. Und dass er ihm seine Fluchtgeschichte nicht geglaubt hat – also, das ist doch wohl das Letzte. Solche Fälle gibt es doch haufenweise. Ich war erst letzte Woche mit David auf einem Vortrag, der von Amnesty organisiert war und bei dem ein junger Mann, der etwas ganz Ähnliches erlebt hatte, seine Geschichte erzählt hat. Das war richtig erschütternd, wenn man hört, wie Amberland mit den Ortskräften in Afghanistan umgeht, wenn sie in Schwierigkeiten geraten, nur weil sie für uns arbeiten. Also, mir ist egal, was dieser Koszynski sagt, aber ich kann beim besten Willen keine Widersprüche in Maziars Aussage entdecken und ich würde jetzt nicht behaupten, dass ich keine Erfahrung darin hätte, solche Widersprüche zu erkennen. Schon von Berufs wegen nicht."

„Ja, ich weiß, was du meinst. Mir ging es genauso. Ich hatte beim Lesen der Akte auch das Gefühl, dass er ihn am liebsten sofort nach Afghanistan zurück geschickt hätte. Und das wollte er ja anscheinend auch. Aber wir sind immer noch keinen einzigen Schritt weiter."

„Apropos ‚keinen Schritt weiter kommen' – was macht eigentlich unser Fall von investigativem Journalismus?"

Björn verzog angewidert das Gesicht, als ob er in eine saure Zitrone gebissen hätte. Er hätte immer noch kotzen können, dass er erneut auf Hans Schreibers Hilfe angewiesen war. „Ich warte darauf, dass er sich wieder mal bei mir meldet."

Carlshaven, Polizeikommissariat, 18. Dezember 2015

„Darf ich reinkommen oder hat der Herr Kommissar heute schlechte Laune?"

Handerson war wie immer wenig begeistert, Hans Schreiber zu sehen, aber den Geist, den er gerufen hatte, wurde er nun nicht wieder los. Also musste er notgedrungen in den sauren Apfel beißen und sich mit dem Schreiberling abgeben.

„Kommen Sie schon rein."

Schreiber griff sich einen Stuhl und setzte sich mitten im Büro rittlings darauf, sodass er sich gut mit allen drei Polizisten auf einmal unterhalten konnte.

„Also, was ist?", fragte Handerson ungeduldig.

„Mayer ist Mitglied in der ‚Kameradschaft Carlshavener Land'."

„Stehen die nicht unter Beobachtung des Verfassungsschutzes?", fragte Anna.

„Yepp. Und seitdem operieren die nur noch im Untergrund. In die Kameradschaft selber bin ich daher noch nicht vorgedrungen, aber Mayer mit A-Y und Klaasen sind auch Mitglieder im ‚Heimat- und Kulturverein Königsdorf'."

„Aha, und in wie weit hilft uns das jetzt weiter, wenn die in Königsdorf Volkstänze üben?", fragte Peter.

„Das hilft insoweit weiter, als dass die dort eben keine Volkstänze üben. Der ‚Heimat- und Kulturverein Königsdorf' hat sich zum Ziel gesetzt, die amberländische Kultur und Sprache zu bewahren, zu fördern und gegen ausländische Einflüsse zu schützen. Wobei man sich fragt, was unter ‚amberländischer Sprache' eigentlich genau zu verstehen ist, da wir heute Deutsch sprechen und ich kaum glaube, dass überhaupt irgendwer in diesem Verein in der Lage wäre, sich aktiv in Altamberländisch zu artikulieren."

Peter stand auf dem Schlauch. „Und was ist daran schlecht? Ich finde ja auch, dass wir in der deutschen Sprache viel zu viele Anglizismen haben."

„Mensch, Peter, das sind Nazis", half Anna ihm mit einem Augenrollen auf die Sprünge.

„Oh", Peter war es sichtlich peinlich, dass er so langsam gedacht hatte.

„Und was treibt der ‚Kulturverein' gerade so?", steuerte Handerson die Konversation dezent zum Ausgangsthema zurück.

„Abgesehen davon, dass die Mitglieder sich ordentlich darüber aufregen, dass die Ausländer hier immer mehr werden und ihnen die Arbeit wegnehmen, finden sie, dass alle Muslime Islamisten sind und Amberland dringend vor diesen geschützt werden muss, weil wir hier sonst demnächst einen Gottesstaat haben und alle Frauen mit Kopftuch und alle Kerle in Weiberklamotten durch die Gegend laufen müssen. Nächste Woche veranstalten sie daher eine Demo gegen die Islamisierung des Abendlandes in der Innenstadt hier in Carlshaven."

„Ja, jetzt erinnere ich mich", sagte Handerson. „Da war letzte Woche so ein Rundschreiben, dass nächste Woche eine Demo ist und alle Abteilungen antreten müssen, um die Demonstranten vor Übergriffen etwaiger Gegendemonstranten zu schützen und Ausschreitungen zu verhindern. Das wird dann wohl die Demo des Heimatvereins sein."

Anna schnaubte. „Wir müssen diese Nazis vor der Bevölkerung schützen? Na toll."

„Wieso machen die das denn nicht in Königsdorf?", wollte Peter wissen. „Ich meine, es ist doch der Heimatverein von Königsdorf. Was wollen die dann hier in Carlshaven?"

„Aufmerksamkeit erregen", antwortete Schreiber achselzuckend. „Wen kratzt das schon, wenn in Königsdorf ein paar Deppen mit ausgestrecktem Arm durch die Hauptstraße ziehen und ‚Amberland den Amberländern' rufen? Guckt ja keiner sonst zu. Außerdem sind die da ja eh alle schon der gleichen Meinung. Der Vorsitzende des Heimatvereins ist übrigens ein gewisser Peer Gustafsson. Ich habe da bei deren Vereinssitzung am Dienstag einen auf interessiert gemacht und Gustafsson hat mir gestern Abend Flugblätter vorbeigebracht, die ich während der Demo verteilen soll. Hier ist so ein Exemplar."

Er gab es Peter und stand auf. „So, dann werde ich jetzt mal wieder gehen und etwas arbeiten. Für die Nazis heiße ich übrigens Ulrich-Otto Schmitz. Es wäre also nett, wenn Sie mir meine Tarnung bei der Demo nicht kaputt machen würden. Man sieht sich."

Bevor einer der Polizisten etwas erwidern konnte, war Schreiber auch schon zur Tür hinaus. Anna nahm Peter das Flugblatt aus der Hand. Was sie dort las, ließ die Wut in ihr aufsteigen. Vor allem der Teil, dass die Asylanten nur her kämen, um guten Amberländern die Arbeit wegzunehmen, ärgerte sie maßlos. Sie erzählte ihren Kollegen, was sie von Kemi über die Arbeitserlaubnis im Asylverfahren erfahren hatte und dass es selbst nach Ablauf der Sperrfrist für Asylbewerber noch schwierig war, eine Stelle zu finden und wie wenig so ein Asylbewerber eigentlich zum Leben hatte, während sein Verfahren noch lief.

„Und solche blöden Idioten müssen wir dann auch noch vor der Bevölkerung schützen", sagte sie angewidert.

Carlshaven, Innenstadt, 22. Dezember 2015

Die Mordkommission war, wie alle anderen Mitglieder der Carlshavener Polizei auch, dazu geholt worden, um den Demonstranten Polizeischutz zu gewähren. Peter hatte Hektor dabei, da dieser seine Schutzhundausbildung bereits erfolgreich absolviert hatte und somit ein zumindest in dieser Hinsicht einsatzreifer Polizeihund war. Anna war sichtlich angesäuert, dass sie diesen als Heimatverein getarnten Haufen von Nazis beschützen sollte.

„Kannst du Hektor nicht sagen, er soll diesem Mayer mal ordentlich in den Hintern beißen?"

„Nicht so ohne weiteres. Du weißt doch: Vorschriften über den Einsatz von Dienstwaffen und so. Außerdem hätte ich dann Angst, dass mein wertvoller Hund sich den Magen an so einem verdirbt."

„Da hinten kommen die Demonstranten", sagte Handerson, der sich zu ihnen gesellt hatte.

Die Anzahl der Demonstranten war überschaubar und schien sich im Wesentlichen auf die Mitglieder des Heimatvereins zu beschränken. Sie konnten Schreiber in vorderster Reihe entdecken. Er war mit einer Bomberjacke und Springerstiefeln bekleidet und lief immer ein paar Meter voraus. Wenn jemanden zu den Demonstranten hinübersah, ging er auf denjenigen zu und drückte ihm ein Flugblatt in die Hand, das der Empfänger meistens zwar augenscheinlich nicht wollte, aber in der Regel aus Höflichkeit dennoch annahm. Als die Demonstranten die drei Polizisten fast erreicht hatten, lief Schreiber auf einen jungen Mann mit Rastazöpfen zu, der in der Nähe des Trios stand, und versuchte ihm eines der Flugblätter aufzuzwängen.

„Steck' dir deinen scheiß Nazi-Kack sonst wo hin, du Idiot", lautete die wenig verwunderliche Antwort des Rastabezopften.

„Was heißt denn da ‚Nazi'? Wir sind keine Nazis, sondern gute Amberländer Bürger. Du hast ja gar keine Ahnung, wie diese Ausländer uns schaden. Die kommen nur her, um uns die Arbeitsplätze wegzunehmen. Hier ließ das mal, vielleicht lernst du dann ja noch mal was", gab Schreiber zurück und versuchte dem jungen Mann das Flugblatt in die Hemdtasche zu stecken. Dieser war davon allerdings gar nicht begeistert und ehe es sich die drei Polizisten versahen, waren die beiden Männer in eine handfeste Prügelei verwickelt. Die drei griffen sofort ein.

„Auseinander! Auseinander, sage ich." Handerson hatte den Fäuste schwingenden Schreiber am Schlafittchen gepackt und zog ihn von dem jungen Mann weg, während Anna den Rastazopf in eine andere Richtung wegführte und dessen Personalien aufnahm. Beide Männer hatten eine blutige Nase. Schreiber machte ein riesiges Theater und führte sich auf wie eine Wildsau mit Tollwut. Hektor fand die ganze Sache total spannend, warf sich in die Leine und bellte, was das Zeug hielt. Handerson hatte es mittlerweile geschafft, Schreiber irgendwie Handfesseln anzulegen und bugsierte ihn zum Einsatzfahrzeug, während Peter ihnen mit dem laut kläffenden Hektor an der Leine folgte und Schreiber wissen ließ: „Wenn du versuchst wegzulaufen, dann hetze ich den Hund auf dich. Und der hat verdammt scharfe Zähne, also überlege dir das gut!"

Sie waren auf dem Weg zurück ins Revier. Handerson fuhr das Einsatzfahrzeug, Peter saß auf dem Beifahrersitz und Anna hinten bei Schreiber, den man mittlerweile von seinen Handschellen befreit hatte. Er hatte den Kopf in den Nacken gelegt und hielt sich ein Taschentuch unter die blutige Nase.

„Sie haben aber ein verdammtes Glück, dass der junge Mann keine Anzeige wegen Körperverletzung gegen Sie erstatten möchte", klärte Anna den Journalisten auf.

„Ach, was. Von wegen Glück. Bartho ist mein Volontär. Das war abgesprochen."

„Sie haben sich absichtlich mit Ihrem Volontär in der Öffentlichkeit geprügelt?" Anna machte große Augen. „Wieso das denn?"

„Na, wenn Sie mich vor aller Augen verhaften, während ich für diese Nazis Werbung mache, dann bin ich doch für die Typen der absolute Held. Wie gesagt, ich hatte mit Bartho abgesprochen, dass wir uns ein wenig zoffen, damit Sie mich dann abführen. Allerdings habe ich mit dem noch ein Hühnchen zu rupfen. Der sollte mir schließlich nicht gleich die Nase brechen. Autsch." Er hatte mit dem Finger an der Nase herumgedrückt, die mittlerweile dick geschwollen war. Peter hatte wenig Mitleid mit ihm.

„Na ja, Sie haben ja selber auch ganz schön ausgeteilt. Aber eines muss ich Ihnen lassen. Es sah richtig glaubhaft aus."

„Das war ja auch der Sinn der Sache. Aua, können Sie mich am Krankenhaus absetzen? Ich muss das hier definitiv röntgen lassen."

„Sieht das hier aus wie ein Taxi?", brummte Handerson missmutig.

„He, ich versuche hier, Ihnen bei Ihren Ermittlungen zu helfen! Da könnten Sie ruhig ein bisschen netter zu mir sein."

Handerson murmelte etwas unverständliches und bog an der nächsten Ampel statt nach rechts in Richtung Revier nach links zum Krankenhaus ab.

Carlshaven, Schreibers Wohnung, 27. Dezember 2015, abends

Die vergangene Woche war, von der gebrochenen Nase bei der Demonstration abgesehen, für Schreiber wenig ereignisreich verlaufen. Die Recherche im Heimat- und Kulturverein war zäh. Allerdings schien Gustafsson einen Narren an ihm gefressen zu haben. Er betonte jedes Mal wieder, wie schön es doch sei, einen alten Militärkameraden wiedergetroffen zu haben, obwohl sie gar nicht zusammen gedient hatten. Aber die alte Keller-Kaserne verbinde, so Gustafsson. Außerdem waren er und Mayer mit A-Y tief beeindruckt, dass er sich bei der Demo erst zur Verteidigung Amberländischer Werte geprügelt und dann auch noch hatte verhaften lassen. Der mehr als bescheuert aussehende Nasengips wurde als eine Art Trophäe betrachtet und Gustafsson hatte Schreiber sofort zum Ehrenmitglied des Heimatvereins erklärt, woraufhin man ihn für sein beinahe heldenhaftes Betragen bei der Demo zu den Weihnachtsfeierlichkeiten im Heimatverein eingeladen hatte. So war er in den zweifelhaften Genuss eines „echt amberländischen" Weihnachtsfestes mit entsprechend „echt amberländischem" Festessen gekommen. Was daran nun „echt amberländisch" war, konnte er allerdings immer noch nicht nachvollziehen. Vielleicht war damit der mit verbotenen, weil verfassungsfeindlichen, Symbolen geschmückte Weihnachtsbaum gemeint gewesen oder die Tatsache, dass nur deutschsprachige Musik gespielt wurde oder dass an der Wand ein mit Christbaumschmuck umkränztes Bild eines gewissen Schnurrbartträgers hing. Nun ja, immerhin hatte er nicht kochen brauchen und die Weihnachtsgans mit „echten amberländischen Äpfeln" war gar nicht einmal so schlecht gewesen. Mayer mit A-Y und Klaasen hatte er an dem Abend auch gesehen.

Schreiber saß gerade auf seinem Sofa und schaute eine der immer gleichen Wiederholungen an, die jedes Jahr im Fernsehprogramm liefen und auch dadurch nicht besser wurden, dass man sie jedes Jahr aufs Neue bewundern durfte, als ein Mobiltelefon klingelte. Er schaltete den Ton des Fernsehers ab und lauschte kurz. Es war das Mobiltelefon, das er sich extra für diese Recherche zugelegt hatte. Irgend so ein billiges Ding mit einer Prepaidkarte aus einem der vielen Supermärkte. Sein normales Mobiltelefon mit seiner regulären Nummer war ihm zu heiß gewesen. Schreiber machte sich auf die Suche nach dem Telefon, doch als er es endlich im Regal gefunden hatte, hörte das Klingeln auf. Kurz darauf erhielt er eine SMS seiner Mailbox. Er wählte die Nummer und hörte die Nachricht ab. Es war Gustafsson, der ihn zu einem besonderen „Sylvesterspaß" ins Asylantenheim einlud.

Carlshaven, Büro der Mordkommission, 28. Dezember 2015

„Hallo, meine Lieben", begrüßte Anna ihre beiden Kollegen und Hektor, der wie immer schwanzwedelnd auf sie zugelaufen kam. „Hattet ihr auch schöne Feiertage?"

„Ja", antwortete Peter. „Helga war allerdings etwas genervt von meiner Mutter. Irgendwo kann ich es aber auch verstehen. Mama findet immer etwas zum Nörgeln und meistens braucht sie dafür keine zehn Minuten. Braver und treuer Hund, der er ist, hat Hektor sein Frauchen aber gerächt. Meine Mutter hatte ihm unter dem Tisch etwas von der Ente gegeben, obwohl ich ihr das ausdrücklich verboten hatte. Na ja, die Ente war wohl zu fettig gewesen oder zu scharf gewürzt. Wie dem auch sei, Hektorchen hat meiner Mutter zwei Stunden später in die sündhaft teuren, nagelneuen Stiefel gekotzt. Strafe muss nun einmal sein. Und wie war es bei dir?"

„Oh, sehr schön. Davids Eltern waren aus Mabunte gekommen. Sie waren beide das erste Mal in Europa und haben auch zum ersten Mal in ihrem Leben Schnee gesehen. Wir haben uns von den Nachbarn den alten Kinderschlitten ausgeliehen und Davids Vater war hellauf begeistert. Ich habe noch nie einen sechzigjährigen so im Schnee herumtollen sehen. Es war einfach nur schön. Und du, Björn?"

„Meine Brieffreundin hat mir wieder das alljährliche Weihnachtspaket mit dem vielen Süßkram für mich und dem furchtbar teuren Katzenfutter für Morse und Poirot geschickt. Ich fühle mich ja jedes Jahr wie ein totales Arschloch, dass ich mich nie dafür revanchiere, aber lecker war es trotzdem. Und die beiden Kater haben wie jedes Jahr Handstand im Napf gemacht und alles bis auf den letzten Krümel aufgeschleckt."

Anna schaute ein bisschen betroffen. Sie hatte völlig vergessen, dass Handerson schon seit einigen Jahren geschieden war und keine lebenden Verwandten mehr hatte. Er lebte alleine mit Morse und Poirot und behauptete zwar immer, ihm mache das nichts aus, aber insgeheim hatte Anna das Gefühl, dass er doch recht einsam war. Sie schalt sich innerlich dafür, so einen wunden Punkt bei ihm angekratzt zu haben und versuchte schnell, das Thema zu wechseln.

„Gibt es eigentlich irgendetwas Neues in unserem Fall?"

Björn und Peter schüttelten den Kopf. In diesem Moment schellte das Telefon auf Handersons Schreibtisch. Er nahm ab, meldete sich und lauschte, stellte einige Zwischenfragen, machte sich ein paar Notizen und legte wieder auf.

„OK, es gibt doch etwas Neues."

Carlshaven, alte Keller-Kaserne, 31. Dezember 2015, 22 Uhr

Die Autos rollten langsam auf den Parkplatz der alten Keller-Kaserne. Bengtson kam aus dem Gebäude und ging auf den schwarzen Golf zu, der Gustafsson gehörte. Gustafsson stieg aus, ging zum Kofferraum und holte einen Baseballschläger heraus. Auch die anderen Fahrer schickten sich nun an, auszusteigen. Schreiber tat es ihnen nach. Mayer und Klaasen waren auch plötzlich da. Wo genau sie hergekommen waren, hatte Schreiber nicht gesehen. Gustafsson winkte Schreiber zu sich heran. Als er bei ihm war, sagte Gustafsson zu Bengtson: „Das ist Uli. Guter Mann. War hier früher stationiert. Hat sich die letzten Wochen ordentlich im Verein engagiert und sollte mal etwas zur Entschädigung bekommen."

„Sehr schön", sagte Bengtson, sah aber alles andere als erfreut aus. „Entschuldige uns bitte einen Augenblick, Uli."

Bengtson packte Gustafsson am Arm und schleifte ihn hinter sich her in den nächtlichen Schatten der Bäume, die an der Umzäunung des Grundstücks standen.

„Sag mal, hast du sie noch alle?", fragte der Heimleiter.

„Wieso? Der Typ ist echt fleißig. Der hat neulich bei der Demo sogar ein paar von unseren Flyern verteilt und sich dann mit so einem Negerknutscher geprügelt. Hat sich da auch die gebrochene Nase geholt. Die Bullen haben ihn einkassiert, mussten ihn aber wieder laufen lassen, weil der andere mit dem Prügeln angefangen und Uli sich nur gewehrt hatte."

„Was weißt du über den Typen?"

„Der heißt Ulrich-Otto Schmitz, kurz Uli, wohnt hier in der Nähe, arbeitet bei der Müllabfuhr und war hier mal in der Kaserne stationiert, so wie ich auch. Hier waren nur die Besten drin. Der kann also kein schlechter Kerl sein. Und der hat sich die letzten Wochen voll ins Zeug gelegt."

~

Handerson und sein Team beobachteten die kleine Versammlung, die sich auf dem Parkplatz vor der Erstaufnahmeeinrichtung gebildet hatte, aus einigen hundert Metern Entfernung. Die Kollegen vom SEK waren nicht zu sehen, aber mit Sicherheit irgendwo in der Nähe. Auch die Mordkommission hatte sich gut versteckt und getarnt. Anna saß auf dem untersten Ast einer alten Eiche, ihre beiden Kollegen hockten in einem Busch davor. Bengtson schien nicht mitbekommen zu haben, dass das Gebäude umstellt war und die Polizei jeden seiner Schritte beobachtete.

Anna hielt ein Richtmikrofon in der Hand und hatte Kopfhörer auf. Peter und Handerson schauten durch die Nachtsichtgeräte zu dem kleinen Auflauf an Neonazis hinüber. Die drei saßen schon eine Weile dort und wurden langsam ungeduldig.

„Was bequatschen die beiden denn da?", fragte Peter.

„Unser Heimleiter scheint nicht besonders glücklich darüber zu sein, dass Gustafsson seinen neuen Kumpel zum Ausländerklatschen mitgenommen hat", flüsterte Anna vom Baum herunter.

„Hoffentlich blasen die die Aktion nicht ab", sagt Peter.

„Ach was, dafür sind die doch viel zu blöd", konterte Handerson.

Bengtson war in der Tat nicht besonders begeistert, dass Gustafsson jemanden mitgebracht hatte, den er nicht kannte. Immerhin hatte die Polizei schon herausgefunden, dass der tote Afghane hier in der Aufnahmeeinrichtung gewohnt hatte und das, obwohl der noch nicht einmal irgendwelche Papiere bei sich getragen hatte. Wahrscheinlich war er schon einmal straffällig geworden und die Polizei hatte daher seine Fingerabdrücke irgendwo gespeichert. Das musste es sein. Anders konnte Bengtson sich das nicht erklären.

„Die Polizei hat hier neulich wegen des toten Afghanen rumgeschnüffelt. Irgendwie haben die herausgefunden, dass der hier gewohnt hat. Die Bullen sind hier mit Dolmetschern aufgekreuzt, haben aber nicht wirklich was herausgefunden, weil die hier alle viel zu viel Schiss haben, das Maul aufzumachen. Dafür haben Mayer und Klaasen gesorgt. Aber dann hat der Typ vom Bundesamt hier am nächsten Tag einen riesigen Terz gemacht, weil er fand, Mayer und Klaasen sollten hier nicht arbeiten. Sie hätten nicht die richtige innere Einstellung für so eine Tätigkeit. Er wollte dann auch noch wissen, ob die eigentlich ein Führungszeugnis besitzen. Ich habe dem Typen erklärt, dass wir ein Führungszeugnis von den beiden vorliegen hätten und sie sich nie irgendetwas haben zu Schulden kommen lassen. Zum Glück haben die sich auch nie bei irgendetwas von der Polizei erwischen lassen, sodass das tatsächlich stimmt. Ich musste dem Bundesamtstypen versprechen, dass die beiden ab Januar hier in der Einrichtung nicht mehr eingesetzt werden. Ich will hier keinen Ärger, verstehst du das? Momentan ist die Sache zu heiß, vor allem, wenn du auch noch irgendwelche dahergelaufenen Typen anschleppst. Wir blasen das Ganze heute ab."

„He, und was sollen wir dann machen?", wollte Gustafsson wissen.

„Geht irgendwo ein Bier trinken. Hier passiert auf jeden Fall heute Abend nichts."

Gustafsson sah aus wie ein kleines Kind, dem man den Lutscher geklaut hatte.

„Das ist aber blöd. Ich wollte Uli für seinen Einsatz neulich belohnen und ihn so in unseren inneren Kreis einweihen", maulte er.

„Pass auf, wen du in die Kameradschaft reinlässt. Nicht jeder ist ein würdiges Mitglied und jeder, der etwas weiß, kann sich verquatschen. Und jetzt haut ihr hier ab."

Gustafsson verzog das Gesicht, ging aber wieder zu seinen Kumpeln hinüber und erklärte ihnen, dass sie sich eine andere Beschäftigung für den Abend suchen müssten. Die Antwort bestand aus Murren und Flüchen.

„Und was machen wir jetzt?", fragte schließlich einer.

Gustafsson überlegte.

„Sag mal, Uli, du wohnst doch hier in der Nähe. Können wir nicht zu dir gehen und ein paar Bierchen trinken?"

Schreiber sackte das Herz in die Hose. Damit hatte er nun so überhaupt nicht gerechnet und wenn er die Nazis zu sich nach Hause einlud, dann würde seine Tarnung mit Sicherheit auffliegen.

„Nee, das geht nicht. Meine Wohnung ist zu klein. Ich habe nur ein Einzimmerappartement, weißt du. Aber da am Hafen gibt das eine Kneipe, wo man ein gutes Bier und auch anständiges amberländisches Essen bekommt. Wie wäre es, wenn wir da hinfahren?"

Der Vorschlag fiel auf fruchtbaren Boden und die Gruppe zog ab.

~

„Was ist denn nun los? Wieso fahren die wieder?", wollte Peter wissen.

„Wenn ich das richtig mitbekommen habe, ist Bengtson die Sache zu heiß geworden", antwortete Anna aus dem Baum heraus. „Er hat die weggeschickt. Bengtson scheint auch Mitglied der Kameradschaft Carlshavener Land zu sein. Zumindest hat er Gustafsson gewarnt, er solle nicht jeden Hinz und Kunz anschleppen."

„Da sieh an. Und wo wollen die jetzt hin?", fragte Peter.

„Zu irgendeiner Kneipe am Hafen mit Bier und ‚gutem aberländischen Essen'. Gustafsson wollte zu Schreiber fahren, aber der hat abgewiegelt und stattdessen die Kneipe vorgeschlagen."

„Verdammt," meldete sich Handerson zu Wort. „Der Chef vom SEK reißt mir nachher bestimmt den Arsch auf und hält mir vor, ob ich eigentlich wüsste, was so ein Einsatz kostet. Wird bestimmt noch richtig lustig heute Nacht."

Handerson gab über Funk durch, dass der Einsatz beendet werden könne. Wie er vermutet hatte, war der Chef der Sondereinheit wenig begeistert.

Carlshaven, Schreibers Wohnung, 01. Januar 2016, nachmittags

Schreiber sah sich verwirrt um. Irgendetwas hatte ihn geweckt. Es dauerte einen Moment, bis er verstand, dass es das Mobiltelefon war, das er sich für die Nazibrut besorgt hatte. Wo hatte er es noch gleich hingelegt? Ach, ja, jetzt fiel es ihm wieder ein. Er krabbelte aus dem Bett und fischte es aus seiner Hosentasche.

„Ja?"

„Hallo, Uli, wie geht's?" Es war Gustafsson. Wer auch sonst.

„Oh, man, hör' bloß auf. Ich bin das einfach nicht mehr gewohnt, die Nächte so durchzumachen. Bin halt keine zwanzig mehr."

„War aber nett gestern. Die Kneipe kannte ich noch gar nicht. Und das Essen war wirklich gut."

„Schön, dass es dir gefallen hat. Aber deswegen rufst du doch nicht an, oder?"

„Erwischt. Nee, natürlich nicht. Was machst du heute Abend?"

„Noch nicht viel, wieso?"

„Na ja, gestern bist du ja nicht so richtig auf deine Kosten gekommen, da haben wir uns etwas neues überlegt. Kennst du den alten Friedhof in der Sterngasse?"

„Ja, wieso?"

„Perfekt. Dann treffen wir uns gegen zehn vor acht dort. Bis später."

Bevor Schreiber irgendetwas erwidern oder fragen konnte, hatte Gustafsson auch schon wieder aufgelegt. Er sah das Telefon an und war irritiert. Was hatte diese nichtsnutzige Nazibrut bloß vor? Hakenkreuze auf die Grabsteine malen?

Carlshaven, Sterngasse, 01. Januar 2016, abends

Der alte jüdische Friedhof in der Sterngasse war schon lange nicht mehr in Betrieb. Der neue lag ein paar Straßen weiter. Anders als bei anderen Friedhöfen waren die Gräber aber nicht aufgelöst und die Toten umgebettet worden, da dies mit den jüdischen Riten nicht vereinbar war. Irgendein Stadtrat hatte es mal vorgeschlagen, da auch in Carlshaven regelmäßig Wohnraum knapp war und das Gelände ausgezeichnetes Bauland in bester Lage abgegeben hätte. Daraufhin war die jüdische Gemeinde Sturm gelaufen und hatte viel Unterstützung aus der Bevölkerung erhalten. So war der alte Friedhof geblieben und wurde von den Gemeindemitgliedern regelmäßig gehegt und gepflegt.

Gustafsson und drei weitere Männer, von denen Schreiber aber nicht alle kannte, lungerten vor dem Haupteingang herum. Also stand wohl tatsächlich eine Form von künstlerischer Betätigung auf dem Friedhof an.

„Hi, Uli, alles klar?", begrüßte Gustafsson ihn.

„Ja, sicher. Und bei dir, Peer?"

„Alles super. Weil du gestern nicht wirklich auf deine Kosten gekommen bist, wollten wir dir heute mal was gönnen."

„Aha, was denn? Grabsteine verschönern?"

Die Gruppe brach in schallendes Gelächter aus.

„Uli, du bist echt komisch. ‚Grabsteine verschönern'. Der war wirklich gut."

Schreiber war etwas verwirrt. Die waren doch nicht hergekommen, weil die Landschaft so schön war. Aber warum dann?

„Wieso treffen wir uns denn dann hier?"

„Da hinten ist die Synagoge", sagte einer der Männer, die zu der kleinen Versammlung gehörten. Schreiber meinte sich zu erinnern, dass er Sergej Petrowitsch hieß.

„Und?"

„Du hast in letzter Zeit so viel für uns gemacht, dass wir beschlossen haben, dich in den inneren Kreis unserer Kameradschaft aufzunehmen, Uli", sagte Gustafsson feierlich. „Das heute wird dein Einstand."

„Und was hat das jetzt mit der Synagoge zu tun?" Schreiber verstand es immer noch nicht.

„Die Juden haben heute Messe oder wie das heißt. Da ist so ein Alter mit Rauschebart, der hat mich neulich mal blöd angemacht und der kommt nach dem Gottesdienst immer hier her um seine toten Verwandten zu besuchen. Der bekommt heute mal 'ne tüchtige Abreibung", erklärte Petrowitsch und zog einen Schlagring aus der Hosentasche. „Hier, Uli, fang."

Schreiber fing den Schlagring auf. Gustafsson öffnete das Haupttor, das laut in seinen alten, rostigen Angeln quietschte. Er machte eine einladende Handbewegung. „Dann wollen wir mal."

~

„Woher wisst ihr eigentlich, wo wir hin müssen?", wollte Schreiber wissen.

„Oh, wir haben so unsere Quellen", antwortete Sergej ausweichend. „Da hinten in der letzten Reihe ist das Grab, wo der Alte immer hingeht. Es liegt ganz am Ende."

„Geht ihr schon mal vor", sagte Schreiber. „Ich muss mal für kleine Ex-Soldaten und komm' dann gleich nach."

Einer der beiden Schreiber unbekannten Männer grinste und wies mit der Taschenlampe nach rechts. „Da vorn ist das Grab von irgendeinem Rabbi. Die Blumen darauf müssen dringend mal gewässert werden."

Schreiber ging in die Richtung, die der Unbekannte ihm gewiesen hatte und nestelte vor dem Grabstein an seinen Hosenstall herum. Die anderen lachten von weitem.

~

Sie versteckten sich am Ende des Gottesackers in einer dunklen Ecke zwischen zwei großen Büschen und begannen, sich angeregt über ein paar rechte Musikgruppen zu unterhalten. Zwanzig Minuten später hörten die Männer das Quietschen des Haupttores.

„Da ist er. Gleich geht es los", jauchzte einer von denen, von dem Schreiber immer noch nicht genau wusste, wie er eigentlich hieß, da sie einander nicht anständig vorgestellt worden waren.

„Pssst, leise. Also, wenn der hier ankommt, dann alle Mann nix wie drauf", flüsterte Sergej.

Sie hörten langsame Schritte auf dem Kiesweg und kurz darauf wurde auch der Strahl einer Taschenlampe im Dunkeln sichtbar. Als der alte Mann sie erreicht hatte, sprangen sie aus der dunklen Ecke hervor. Gustafsson und seine Kumpel stürzten sich auf ihn. Schreiber stürzte Richtung Haupttor.

~

Kurz bevor er den Eingang zum Friedhof erreichte, stolperte Schreiber und fiel der Länge nach hin – genau vor ein Paar beschuhter Füße.

„Wo sind die Typen?", wollte Handerson wissen.

„Letzte Reihe, ganz am Ende."

In diesem Moment ertönten laute Schreie aus der angegebenen Richtung.

„Los, Leute", schrie Handerson und nahm die Beine in die Hand. Vier Streifenpolizisten, Anna und Peter stürzten hinter ihm her.

Carlshaven, Polizeirevier, 01. Januar 2016, 22 Uhr

„Ich hätte nicht erwartet, Sie so schnell wiederzusehen", sagte Handerson zu dem Mann, der mit Handschellen gefesselt vor ihm saß. „Und vor allem nicht unter diesen Umständen."

Janosz Koszynski fluchte.

„Sagen Sie mal, kann es sein, dass Sie etwas gegen Ausländer haben?", fragte Handerson.

„Diese Scheißjuden brauchen wir hier nicht."

„Galt das auch für Maziar Rezai? Der war zwar kein Jude, aber Asylbewerber im Allgemeinen scheinen Sie auch nicht besonders zu mögen."

„Dieser dumme Drecksasylant hatte es ja nicht anders verdient."

„Wie meinen?"

„Der hatte irgendwie erfahren, dass ich seinen Asylantrag ablehnen wollte. Und dann stand der letzten Monat plötzlich bei mir im Büro und wollte mich erpressen."

„Womit wollte Herr Rezai Sie erpressen?"

„Er hatte mich mit Mayer und Klaasen bei unseren Wochenendaktivitäten gesehen und hat mir gedroht, alles meinem Chef zu erzählen."

„Welche Wochenendaktivitäten? Asylbewerbervermöbeln?"

„Ja. Mayer, Klaasen, Petrowitsch, ein paar andere und ich haben öfters mal am Wochenende so ein bisschen die Sau rausgelassen. Haben Sie eigentlich eine Ahnung, wie stressig mein Job ist?"

„Nein. Aber egal wie viel Stress man auf der Arbeit hat, so finde ich nicht, dass das eine Entschuldigung ist, um Menschen zusammenzuschlagen oder gar umzubringen. Wieso arbeiten Sie eigentlich beim Bundesamt, wenn Sie sowieso keine Ausländer mögen?"

„Na, mit irgendwas muss man ja sein Geld verdienen und die zahlen gut. Aber das ist verdammt anstrengend, sich immer so verstellen zu müssen."

„Welche Rolle spielt Hilger Bengtson in dieser ganzen Sache?"

„Der ist der zweite Vorsitzende der Kameradschaft Carlshavener Land und wenn wir mal ein bisschen Spaß haben wollten, dann hat der ein fettes Auge zugedrückt."

„Selber dabei war der aber nie?"

„Nein, er hat mal gesagt, an so etwas mache er sich nicht die Hände schmutzig. Er ginge lieber in die Boxbude."

„Lassen Sie uns nochmal zu Maziar Rezai zurückkehren. Wie war das am ersten Dezember?"

„Also, dieser Rezai war am Morgen bei mir im Büro aufgekreuzt und hat versucht, mich zu erpressen. Ich war die Woche vorher schon mal mit Mayer, Klaasen, Petrowitsch und Åke Groenberg im Asylantenheim gewesen, um ein bisschen Stress abzubauen. Angeblich hatte er mich und die anderen mit seinem Mobiltelefon dabei gefilmt, wie wir so einen Neger verprügelt haben. Er wollte das Video meinem Chef zeigen, wenn ich seinen Asylantrag ablehnen sollte. Er wusste ganz genau, dass ich dann gefeuert werden würde, Beamtenstatus hin oder her. Das konnte ich ja nicht auf mir sitzen lassen."

„Und dann haben Sie Ihre vier Kumpel angerufen, damit die das für Sie regeln."

„Nee, nur Mayer und Klaasen. Wir haben dem 'ne Abreibung verpasst. Als er still war, sind wir in den Personalraum um 'ne Tasse Kaffee zu trinken. Wir dachten, der ist nur bewusstlos. Eigentlich wollten wir ihm dann später sagen, dass er jetzt hoffentlich weiß, was Sache ist, aber als wir in den Abstellraum im Erdgeschoss zurückkamen, war der Idiot tot."

„Und was haben Sie dann gemacht?"

„Wir haben Bengtson angerufen. Der ist ja schließlich für die Asylanten zuständig."

„Und dann?"

„Dann hat der uns erst mal einen Einlauf verpasst. So von wegen ob wir eigentlich noch alle Pfannen auf dem Dach hätten und seinen Job gefährden wollten und ob wir uns nicht mal zur Abwechslung nach einem anderen Spielplatz umsehen könnten. Ja, und dann hat er uns geholfen, die Leiche in den Transporter von der Sicherheitsfirma zu laden. Wir sind dann zum Waldrand rausgefahren und haben den Asylanten da im Schnee abgelegt. Das war vielleicht ein Scheißwetter. Hat die ganze Zeit geschneit. Wir haben ewig bis da gebraucht und sind mehrmals stecken geblieben."

„Was haben Sie mit dem Mobiltelefon gemacht, auf dem angeblich das Video war? Wir haben in seinen Sachen keines gefunden."

„Das habe ich mit dem Baseballschläger kaputt geschlagen und die Reste im Hafenbecken versenkt, damit es keiner findet. Sonst wäre ich dran gewesen."

Carlshaven, Polizeirevier, 04. Januar 2016

„Alle Achtung, das war mal wieder eine schnelle Aufklärung des Falles. Wie sind Sie eigentlich auf den Herrn vom Bundesamt gekommen?" Die Staatsanwältin war sichtlich beeindruckt.

„Herr Schreiber vom *Carlshavener Kurier* hat für eine Story im rechten Milieu recherchiert und uns einen Hinweis gegeben. So konnten wir die Männer direkt auf frischer Tat bei einer schweren Körperverletzung erwischen", erklärte Handerson. Besser er verriet der Staatsanwältin nicht, wieso der Journalist überhaupt in der Szene recherchiert hatte und wie er auf die Idee gekommen war, Ihnen Informationen zuzuspielen. Schlafende Hunde sollte man bekanntlich nicht wecken.

„Ach ja, die Sache auf dem alten Friedhof. Das war ja eine entsetzliche Tat. Wie geht es dem alten Mann denn eigentlich?"

„Den Umständen entsprechend gut. Er ist mit zwei gebrochenen Rippen und mehreren unschönen Prellungen davongekommen", gab Anna zur Antwort. „Gut, dass Herr Schreiber uns sofort informiert hat, als er von dem Plan erfuhr. Sonst wäre dem Herrn vermutlich noch mehr passiert. Petrowitsch wollte gerade mit einem Schlagring auf seinen Kopf eindreschen, als wir dazu kamen. Peter hat sich genau dazwischen geworfen."

„Sie sind ein wahrer Held, Herr Müller."

Peter verzog das Gesicht zu etwas, das ein stolzes Lächeln darstellen sollte, aber in einer sonderbaren Grimasse endete, da Petrowitschs beschlagringte Faust sein Schlüsselbein zertrümmert hatte.

„Und dieser Koszynski war auf dem Friedhof auch dabei? Was es nicht alles gibt."

„Ja", sagte Anna. „Herr Bernhard vom Bundesamt war mehr als entsetzt. Koszynski konnte sich wohl gut verstellen. Auch seinen Kollegen wäre es nie in den Sinn gekommen, dass er Mitglied einer rechten Vereinigung ist. Es war ihnen zwar aufgefallen, dass die Mehrheit der Asylanträge, die auf Koszynskis Tisch landeten, abgelehnt wurden, aber er hatte wohl immer irgendeine passable Erklärung dafür. Herr Bernhard überlegt, ein Verfahren zu entwickeln, um die Einstellung von Mitarbeitern zu Ausländern besser einschätzen zu können. Zudem soll sich auch am Anhörungsverfahren für die Asylbewerber etwas ändern."

„Wie hat dieser Journalist das eigentlich angestellt, Sie über das Vorhaben dieser Männer in Kenntnis zu setzen. Er konnte ja wohl kaum vor denen telefonieren."

Björn lachte. „Telefonieren konnte er zwar nicht, das Telefon benutzen aber schon. Er hat denen etwas davon erzählt, dass er mal wohin müsste und dann im Dunkeln so getan, als würde er gegen einen der Grabsteine pinkeln, während er in Wirklichkeit eine Kurznachricht an mich abgesetzt hat."

„Gut, dass Sie die gelesen und sofort gehandelt haben. Und was ist mit diesen Wachmännern von der Erstaufnahmeeinrichtung?"

„Nach Koszynskis Aussage haben wir die Wohnungen von Klaasen und Mayer durchsuchen lassen. Wir haben einen

Baseballschläger und ein paar Springerstiefel gefunden, auf denen sich Blut befindet, das zur selben Blutgruppe gehört, wie das von Maziar Rezai. Die DNA-Analyse steht zwar noch aus, aber es ist mit hoher Wahrscheinlichkeit sein Blut. Damit können wir Mayer und Klaasen nachweisen, dass sie am Tatort waren. Wir haben auch Faserproben von der Kleidung der beiden Männer genommen. An Mayers Kleidung fand sich zudem etwas Erbrochenes, das von dem Opfer stammen könnte. Die Ergebnisse liegen allerdings noch nicht vor. Alles in Allem sieht es wohl so aus, dass die für sehr lange Zeit nicht mehr in die Nähe einer Asylbewerberunterkunft kommen werden. Und Groenberg und Petrowitsch sind wegen schwerer Körperverletzung dran. Die haben wir ja auf frischer Tat erwischt."

„Und dieser Heimleiter? Was ist mit dem?"

„Da ist die Sachlage etwas schwieriger", schaltete sich Anna ein. „Der hat sich nie wirklich etwas zu Schulden kommen lassen. An den Prügelattacken auf die Asylbewerber war er nicht beteiligt und in der Regel auch gar nicht zugegen. Das haben uns auch einige der Asylbewerber selbst bestätigt. Das einzige, was man ihm eventuell anlasten könnte, wäre die Vertuschung des Mordes. Aber auch dafür haben wir keine Beweise, da ihn außer den Nazis in der Mordnacht keiner in der Einrichtung gesehen hat."

„Also kann er weiterhin seiner Tätigkeit in dieser Einrichtung nachgehen?"

„Nein, das nicht", sagte Björn. „Dieser dubiose Sicherheitsdienst, der auch ein zweites Standbein im Bereich soziale Dienstleistungen besitzt und deshalb auch den Heimleiter gestellt hat, hat ihn abgezogen. Bengtson besitzt wohl neben seinem Abschluss als Sozialarbeiter auch eine Qualifikation als Sicherheitskraft und darf jetzt nachts auf dem Universitätsgelände Wache schieben."

„Da richtet er wenigstens keinen Schaden mehr an. Wirklich sehr gute Arbeit, meine Herrschaften. Dieser Herr Schreiber vom *Carlshavener Kurier* bekommt wohl wieder ein Exklusivinterview?"

„Natürlich."

Endstation Containerhafen

Carlshaven, Containerhafen, 05. März 2016, 24 Uhr

Sie hockte auf einem der Container und beobachtete das heimliche Treiben im Hafen aus sicherer Entfernung. Monatelang hatte sie recherchiert und nun sah sie das Ergebnis ihrer Nachforschungen mit eigenen Augen. Das sollte die große Story werden, die ihre Karriere nach vorne katapultieren würde. Voller Vorfreude rieb sie sich die Hände.

Plötzlich hörte sie hinter sich ein Knacken. Überrascht drehte sie sich um und sah gerade noch das kleine, gelbe Licht aus dem Pistolenlauf hervorschießen, bevor eine ewig währende Nacht sie in ihre Arme schloss.

Carlshaven,
Büro der Mordkommission,
14. März 2016

Es klopfte und die hagere Gestalt eines glatzköpfigen Mannes mittleren Alters erschien im Türrahmen.

„Hat der Herr Kommissar kurz Zeit für mich?"

Björn Handerson seufzte innerlich. Er mochte Hans Schreiber nicht besonders, was allerdings weniger an Schreibers leicht verschrobener Persönlichkeit lag, als eher an dessen Berufsstand. Journalisten waren Handerson zutiefst zuwider. Und dass er in die Verlegenheit geraten war, diesen speziellen Journalisten in der jüngsten Vergangenheit gleich zwei Mal bei Mordermittlungen um Hilfe bitten zu müssen, machte die Situation für ihn nicht besser. Aber anscheinend wurde er den Geist, den er vor gut eineinhalb Jahren gerufen hatte, nun so schnell nicht mehr los.

„Na, kommen Sie schon rein. Was gibt's?"

Schreiber bewegte sich langsam auf den Besucherstuhl zu, der vor Handersons Schreibtisch stand, ließ sich bedächtig darauf sinken und blickte sich um.

„Ganz alleine heute?", fragte der Journalist, ohne auf die ihm gestellte Frage zu antworten.

„Frau Carenin ist auf Fortbildung und Herr Müller trainiert seinen Hund. Der hat demnächst seine Prüfung. Also, der Hund, nicht der Kollege. Oder beide zusammen, das weiß ich nicht genau. Was kann ich für Sie tun, Herr Schreiber?"

Schreiber seufzte. „Ich vermisse Monique. Das ist sie." Er zog ein Foto aus seiner Brieftasche, das ihn in etwas jüngeren Jahren zeigte, wie er den Arm um eine attraktive, rotblonde Frau Ende Dreißig legte.

„Und wieso kommen Sie damit zu mir? Das hier ist die Mordkommission. Für Liebeskummer sind wir nicht zuständig."

„Das weiß ich, und darum geht es auch nicht. Ich glaube, ihr ist etwas zugestoßen."

„Okay, okay, fangen wir noch mal von vorne an. Wer ist diese Monique und wieso glauben Sie, dass ihr etwas zugestoßen sein könnte?"

„Monique van Leeuwen ist eine Kollegin von mir. Sie hatte für den sechsten März ein Treffen mit mir vereinbart, zu dem sie aber nie erschienen ist."

„Na ja, so etwas soll vorkommen – ist mir auch schon öfter passiert, dass mich eine Frau versetzt hat, auch wenn es mir peinlich ist, das hier zugeben zu müssen."

„Nein, nicht so ein Treffen. Wie gesagt, es geht nicht um Liebesdinge. Monique ist Journalistin und war an irgendeiner Sache dran. Es sollte eine ganz große Story werden. Mehr wollte sie dazu aber am Telefon nicht sagen. Sie hatte mich für vorletzten Sonntag am frühen Abend zu sich nach Hause eingeladen, um mir ihre Rechercheergebnisse zu präsentieren, aber sie hat nicht geöffnet. Ich habe mehrere Stunden gewartet. Auch an den Tagen danach habe ich mehrfach versucht, sie zu erreichen, aber sie war nicht da."

„Vielleicht hat sie es sich einfach anders überlegt und ist in Urlaub gefahren", gab Handerson zu bedenken.

Schreiber schüttelte den Kopf.

„Haben Sie eine Ahnung, was so ein freischaffender Journalist verdient? Reichlich wenig, glauben Sie mir, und bei dem, was man in Amberland als kleiner Freiberufler an Steuern zahlt, kann man sich Urlaub nicht leisten. Ich bin froh, dass ich vor fünf Jahren das Glück hatte, beim *Kurier* angestellt zu werden. Nee, also im Urlaub ist die bestimmt nicht. Und es sieht ihr auch gar nicht ähnlich, sich mit jemandem zu verabreden und dann nicht aufzutauchen. Monique ist der verlässlichste Mensch, den ich jemals getroffen habe. Nein, da muss irgendetwas passiert sein. Ich habe schon die Krankenhäuser abtelefoniert, aber da ist in der letzten Woche keine Frau eingeliefert worden, auf die Moniques Beschreibung passt."

„Sie sagten, dass Ihre Kollegin an irgendeiner Story dran gewesen sei. Kann das etwas mit ihrem Verschwinden zu tun haben?"

„Vielleicht, aber ich habe, wie gesagt, keine Ahnung, worum es bei dieser Sache ging, da Monique sehr geheimnisvoll getan hat und sich über das Telefon nicht äußern wollte."

Handerson sah ihn an. Er schien ernsthaft um seine Kollegin besorgt zu sein. Dass Hans Schreiber sich um irgendwen Sorgen machte, war für Handerson eine neue Seite an dem Journalisten, der sich sonst allerhöchstens darum sorgte, wo er den nächsten Exklusivbericht für den *Carlshavener Kurier* herbekam, um sich seinen Lebenslauf zu verschönern. Er krempelte die Ärmel hoch, rückte die Tastatur näher zu sich heran und sagte: „Gut, dann lassen Sie uns einmal eine Vermisstenanzeige aufnehmen. Dafür bin ich zwar nicht wirklich zuständig, aber machen kann ich das auch. Wie sagten Sie, war noch gleich der Name? Monique van Leeuwen?"

Kaiserbad, altes Militärgelände, 14. März 2016

Das ehemalige belgische Militärgelände in Kaiserbad, einem Vorort von Carlshaven, war recht verwahrlost und gab daher ein ideales Trainingsgebiet für die Suchhunde der Carlshavener Polizei und der verschiedenen Rettungshundestaffeln der Region ab. Die Belgier hatten das Camp Marie Louise im Jahr 2000 aufgelöst und das Gelände an Amberland zurückgegeben. Zwar gab es immer wieder Vorschläge und Ideen, was auf dem Landstrich entstehen könnte, einig werden konnten sich die zuständigen Stellen allerdings nicht. So verfielen die ehemaligen Kasernengebäude von Jahr zu Jahr immer mehr. Offiziell war der Zutritt nur mit einer Sondergenehmigung erlaubt, aber gelegentlich zwängten sich auch mal Abenteuer liebende Jugendliche durch den kaputten Zaun oder Gassigeher, die zu faul waren, Fiffi in den Stadtwald auszuführen.

An diesem Tag nutzten Sergeant Peter Müller mit seinem Hund Hektor und Polizeihundetrainer Pjotr Ivanovitsch das Gelände. Hektor hatte seine Grundausbildung als Schutzhund vor einiger Zeit schon erfolgreich absolviert und die entsprechenden Prüfungen mit Bravour bestanden. Weil sein Herrchen bei der Mordkommission arbeitete, erhielt er aber auch eine Spezialausbildung als Leichenspürhund. Üblicherweise führten Polizisten in Peters Position keine Diensthunde, aber es war schon immer sein Traum gewesen, einen Suchhund zu halten, weshalb er eine kleine Ewigkeit auf die Revierleiterin, Britta Hansen, eingeredet hatte, bis diese ihm das Tier schließlich bewilligte. Nun stand die erste Prüfung für Hektor bevor und Peter trainierte hart mit Pjotr, damit sein Hund die Einsatzfähigkeit erlangte. Wirklich zufrieden mit seinem vierbeinigen Partner war Peter in letzter Zeit allerdings nicht. Er hatte das Gefühl, Hektor sei nicht richtig motiviert und würde eher seinen eigenen Interessen nachgehen, statt konzentriert zu suchen.

Gerade angekommen, hatten sie prompt einen verirrten Gassigeher aufgegriffen und diesen schleunigst zum Haupttor hinauskomplimentiert, allerdings nicht, ohne seine Personalien aufzunehmen und ihm eine Anzeige wegen Hausfriedensbruchs anzudrohen. Das Gelände gehörte schließlich offiziell dem Staat, war umzäunt und überall mit Schildern verziert, auf denen stand: „Zutritt für Unbefugte verboten". Nun waren sie alleine und konnten ungestört trainieren.

Pjotr hatte am Vortag einige Geruchsartikel mit dem Geruch von Leichen in verschiedenen Verwesungsstadien ausgelegt. Nun wandte er sich an Peter: „Dein Suchgebiet ist die Fläche dort rechts."

„Die Gebäude da auch?"

„Blöde Frage. Natürlich. Du kannst schließlich nie wissen, wo so ein Verbrecher eine Leiche verschwinden lässt."

Peter holte Hektor aus dem Wagen, führte ihn zu der von Pjotr angewiesenen Stelle, zog ihm die Kenndecke an, leinte ihn ab und gab ihm das Suchkommando. Hektor machte einige Schritte nach vorne, blieb stehen, reckte die Schnauze in die Höhe – und lief nach links.

„Hattest du nicht gesagt, dass wir rechts suchen sollen?"

„Doch."

Peter fluchte, während er seinen Hund beobachtete, der weiter nach links lief, einige Kreise zog und sich dann fiepend neben einer Eisenplatte im Gras niederließ.

„Dämlicher Köter! Kannst du nicht ein einziges Mal vernünftig arbeiten? So bestehst du die Prüfung nie! – Äh, Pjotr, was machst du da?"

Während Peter sich in Flüche und Schimpftiraden hatte ergehen lassen, weil er fand, sein Hund versuche ihn zu ärgern, war Pjotr zu Hektor und der Eisenplatte hinüber gegangen. Nun lag er auf dem Bauch im Gras und schnüffelte an der Platte herum.

„Komm mal her. Riechst du das auch?"

Peter ging zu den beiden und tat es Pjotr gleich. An den Rändern der Platte nahm er einen leicht süßlichen Geruch wahr.

„Weißt du, wozu die Platte hier liegt?", fragte er Pjotr.

„Hier gibt das überall größere Löcher und ehemalige Schächte. Ich glaube, die hat jemand zur Abdeckung hier hingelegt, damit keiner in so ein Loch reinfällt und das Land anschließend auf Schadensersatz verklagt."

Er zog zwei Paar Gummihandschuhe aus der Hosentasche und gab eins davon Peter.

„Hier, hilf mir mal".

Sie zogen die Handschuhe an und rückten die Platte beiseite. Darunter befand sich tatsächlich ein kleiner Schacht, aus dem sie eine rotblonde Frau überrascht anschaute. Allerdings stimmte an dem Gesamtbild etwas nicht, denn auf ihrer Stirn prangte ein kleines, schwarzes Loch, das wie ein drittes Auge wirkte, aus dem sie blutige Tränen geweint hatte.

Pjotr sah Peter an. „Was sagen unsere englischsprachigen Kollegen immer? *Trust your dog.*"

~

Eine Stunde später herrschte reger Betrieb auf dem alten Militärgelände, da die beiden ihre Kollegen umgehend verständigt hatten. Handerson war gerade angekommen und ging auf Peter zu.

„Was haben wir?"

„Eine Frau mittleren Alters mit einem schönen, runden Loch in der Stirn. Du findest sie da drüben", gab Peter zur Antwort.

„Dann wollen wir mal sehen."

Handerson ging in die Richtung, die Peter ihm gezeigt hatte. Der kleine, untersetzte Gerichtsmediziner, Morton Weidmann, saß über ein Loch gebeugt. Handerson ging zu ihm und schaute ihm über die Schulter.

„Die kommt mir irgendwie bekannt vor."

„Wirklich?" Weidmann sah ihn erstaunt an. „Wir wollten sie gerade da rausholen. Vielleicht fällt dir ja dann auch ein, wie sie heißt." Er gab seinen Kollegen ein Zeichen, die sich sofort daran machten, die Frau aus dem Schacht zu bergen. Nach einer kleinen Weile hatten sie es geschafft und die Tote in einen Leichensack gelegt. Jemand wollte gerade den Reißverschluss zuziehen.

„Einen Moment noch", sagte Handerson und ging zu dem Mann hinüber. Er kniete sich hin und betrachtete das Gesicht der Toten genauer. Ja, kein Zweifel, das war sie, wenngleich sie auf dem Foto, das er am Morgen gesehen hatte, noch einige Jahre jünger gewesen war.

„Und? Kennst du sie?", fragte der Gerichtsmediziner interessiert.

„Ja, das muss Monique van Leeuwen sein. Warte mal." Er durchsuchte die Jackentasche der toten Frau und fand ein Portemonnaie. Er öffnete es und holte ihren Ausweis heraus. „Ja, das ist sie. Hier, siehst du?" Er hielt Weidmann den Ausweis hin.

„Stimmt. Woher kanntest du sie?"

„Ich kannte sie gar nicht. Hans Schreiber war vorhin bei mir im Büro und hat sie als vermisst gemeldet. Er hatte befürchtet, dass ihr etwas zugestoßen sei."

„Zu recht, wie wir sehen."

„Kannst du schon irgendetwas sagen? Außer dass sie erschossen wurde, meine ich? Das sehe ich selbst."

„Der Fundort scheint nicht der Tatort zu sein. An den Wänden des Schachts ist kein Blut zu sehen. Und um den Schacht herum auch nicht. Aber sie scheint schon ein paar Tage da drin gewesen zu sein. Wenn hier draußen Blut war, kann es der starke Regen der letzten Tage auch weggewaschen haben. Aber da werden sich die Kollegen von der Technik später noch genauer mit beschäftigen. Kann ich jetzt fahren?"

„Ja, fahr ruhig."

„Sagst du Schreiber Bescheid, damit er die Frau noch offiziell identifiziert?"

„Ja, mache ich."

Damit drehte sich der Gerichtsmediziner um und verließ das Gelände, während Handerson die Tote betrachtete und sich fragte, in welcher Verbindung sie wohl zu Schreiber gestanden hatte. Er hatte das Gefühl, dass sie mehr gewesen waren als einfach nur Kollegen.

Carlshaven, Gerichtsmedizin, 14. März 2016, später Nachmittag

Am späten Nachmittag betraten Handerson und Schreiber die große, weiße Villa aus dem frühen neunzehnten Jahrhundert, in dem die Carlshavener Gerichtsmedizin untergebracht war. Das klassizistische Gebäude lag in einer parkähnlichen Grünanlage und Handerson wunderte sich jedes Mal über den krassen Gegensatz zwischen dem blühenden Leben im Park und dem prunkvollen Bau einerseits und dem Grauen, welches das Gebäude in seinen tiefsten Tiefen beherbergte, andererseits. Sie begaben sich auf direktem Weg zu Weidmanns Büro im Erdgeschoss. Handerson klopfte.

„Herein", klang es von der anderen Seite der Tür. Der kleine, untersetzte Gerichtsmediziner war dafür bekannt, dass er meist schlecht gelaunt war und schnell einen cholerischen Anfall bekam, wenn ihm etwas nicht passte. Dass er am Vormittag eher guter Laune gewesen war, hatte Handerson erstaunt. Er hoffte, dass sich an diesem Gemütszustand in der Zwischenzeit nicht allzu viel geändert hatte. Zwar mochte er Hans Schreiber nicht besonders, aber es schien ihm an seiner Kollegin doch etwas gelegen zu haben. Zumindest hatte er zutiefst erschüttert gewirkt, als Handerson ihm die Nachricht überbracht hatte, dass die Vermisste wahrscheinlich tot sei. Ein miesepetriger Weidmann war vermutlich das Letzte, das der arme Kerl jetzt brauchte. Handerson öffnete die Bürotür und die beiden traten ein.

„Ach, ihr seid das. Dann kommt mal mit."

Sie folgten Weidmann ins Untergeschoss, wo er ein Kühlfach aufzog und die Leiche aufdeckte.

„Und?", fragte er Schreiber.

Der nickte und seufzte. „Ja, das ist Monique van Leeuwen." Ihm rollte eine kleine Träne über das Gesicht, als Weidmann die tote Frau wieder zudeckte und in das Kühlfach zurückschob.

„Äh, Herr Schreiber, wir müssten Frau von Leeuwens Angehörige informieren. Wissen Sie, wie wir sie erreichen?"

Schreiber sah Björn an. „Moniques Eltern sind vor einigen Jahren verstorben und Geschwister hatte sie keine. Die letzten Jahre hat sie auch alleine gelebt."

Handerson nickte stumm und begleitete Schreiber nach draußen. Vor dem Institut stand eine Bank. Schreiber ließ sich darauf sinken, verbarg das Gesicht in seinen Händen und fing an, zu weinen. Handerson wusste nicht genau wieso, aber er konnte dem Impuls nicht widerstehen, dem Journalisten die Schulter zu tätscheln.

Carlshaven,
Büro der Mordkommission,
15. März 2016, 8 Uhr

„Guten Morgen, ihr Lieben, habe ich irgendetwas verpasst?", fragte Anna, die am Vorabend von ihrer Fortbildung zurückgekommen war. Hektor lief schwanzwedelnd auf sie zu, um „hallo" zu sagen. Sie kraulte ihm zur Begrüßung den Kopf.

„Yepp, dank Hektor haben wir einen neuen Fall", antwortete Peter.

„Wie? Was meinst du mit ‚dank Hektor'?"

„Wir waren gestern mit Pjotr auf dem alten Militärgelände in Kaiserbad und Hektor hat da eine Leiche gefunden."

„Nee, komm, du verarscht mich doch. Pjotr hat da Geruchsartikel ausgelegt, das zählt nicht."

„Der Köter hat da tatsächlich eine Leiche gefunden", schaltete sich Handerson ein. „Und Peter dachte wohl zuerst, das Vieh hätte keine Lust zu suchen. Hat Pjotr zumindest erzählt."

Peter warf ihm einen giftigen Blick zu. Er wusste, dass Handerson eher ein Katzen- denn ein Hundeliebhaber war, zumal er zwei riesige Kater zuhause hatte, aber dass sein Vorgesetzter sich so abfällig über seinen treuen Partner äußerte, gefiel ihm gar nicht.

„So, so, du hast also eine echte Leiche gefunden? Braver Hund." Anna streichelte ihm anerkennend über den Kopf. Hektor genoss es sichtlich, gelobt zu werden und im Mittelpunkt zu stehen. Er wedelte selbstgefällig mit dem Schwanz und grinste sie an.

„Aber bevor wir dich auf den neuesten Stand bringen, erzähl doch mal, wie die Fortbildung war. Worum ging es da noch gleich?"

„Um illegale Einwanderung. Das war total interessant", Anna ließ sich auf den Schreibtischstuhl fallen. Ihr letzter Fall hatte die Mordkommission zu einer Erstaufnahmeeinrichtung für Asylbewerber geführt, weshalb Anna begonnen hatte, sich für das Thema zu interessieren. Seit Januar hatte sich die Situation in Amberland zudem dramatisch verändert. Es kamen immer mehr Menschen, um Asyl zu beantragen. Vermutlich hatte sich herumgesprochen, dass Amberland eine Alternative zu Deutschland darstellte, wo die Stimmung in der Bevölkerung in Bezug auf die steigenden Asylbewerberzahlen immer gereizter wurde.

Die Erstaufnahmeeinrichtungen des Landes waren zunehmend überlastet und mussten teilweise zeitweilig geschlossen werden. Seitdem schossen Notunterkünfte für Flüchtlinge wie Pilze aus dem Boden. Vereine, Schulen und Elternverbände begannen, sich gegen die Umwidmung städtischer Turnhallen zu wehren aus Sorge, die Kinder könnten keinen Sport mehr machen und dadurch unangemessen benachteiligt werden. Während in den meisten westeuropäischen Ländern seit einigen Tagen kaum noch Flüchtlinge ankamen, da die Balkanroute von einigen Staaten vor gut einer Woche geschlossen worden war, blieb der Flüchtlingsstrom nach Amberland konstant, da die Menschen sehr schnell einen neuen Weg gefunden hatten, wenn sie nicht sowieso schon auf einer anderen Route unterwegs gewesen waren.

„Wusstet ihr, dass weltweit derzeit fast sechzig Millionen Menschen auf der Flucht sind?"

Peter war beeindruckt. „Sechzig Millionen? Das ist ja fast so viel, wie Amberland an Einwohnern hat!"

„Und gut die Hälfte davon ist unter achtzehn Jahre alt. Von den sechzig Millionen kommen ungefähr 0,3 Prozent nach Deutschland und nach Amberland kommen etwa 0,05 Prozent. Also zumindest war das bis vor Kurzem so; jetzt, wo die Balkanroute dicht ist, könnte sich das Verhältnis umkehren."

„Nullkommairgendwas? Das ist aber wenig. Wo bleibt denn der Rest davon?"

„Die meisten Flüchtlinge beherbergt die Türkei, gefolgt von Pakistan, dem Libanon, dem Iran, Äthiopien und Jordanien. Nach Europa oder in die USA kommen nur ganz wenige. Weltweit werden sechsundachtzig Prozent aller Flüchtlinge von so genannten ‚Entwicklungsländern' aufgenommen. Sollte man ja nicht meinen. Und dann jammern hier einige EU-Staaten herum, wobei doch jeder weiß, dass die Leute dort gar nicht hinwollen, sondern sie nur zur Durchreise nutzen. Einer der Referenten war ein Kollege vom Grenzschutz. Der hat uns in seiner Präsentation unter anderem gezeigt, was die Leute so an die Schleuser bezahlen müssen, wenn die zum Beispiel von Syrien weg wollen. Das ist total faszinierend. Über die Grenze rüber in den Libanon sind das nur zwanzig bis einige hundert Euro, aber wenn die Menschen nach Europa wollen, dann kostet das bis zu zehntausend und mehr. Also, wer hierher kommt, der ist in seinem Heimatland definitiv kein armer Mensch."

Peter pfiff leise durch die Zähne. „Kein Wunder, dass die die Leute auf klapprige Bötchen setzen und im Mittelmeer fast ersaufen lassen, wenn das so gut bezahlt ist."

„Der Kollege sagte, dass die Schleuser mit Drogenschmuggel viel mehr Geld verdienen könnten. Und wenn ich das richtig verstanden habe, wird wohl zumindest ein Teil der Summe auch erst bezahlt, wenn die Leute an der nächsten Station ankommen. Wenn die Kundschaft im Mittelmeer absäuft, ist das also irgendwie schlecht fürs Geschäft. Aber das Ganze ist wohl nicht so risikobehaftet wie Drogenschmuggel."

„Apropos ‚Flüchtlinge' – was ist eigentlich aus dieser komischen Sicherheitsfirma geworden?", fragte Handerson.

„Oh, hast du das nicht gelesen? Da war doch neulich ein ganz großer Bericht in der Zeitung", antwortete Peter. „Die sind pleite. Nach dem Skandal haben die keine Aufträge mehr bekommen."

„Ich frage mich sowieso, wie die Typen eigentlich da arbeiten konnten", schaltete sich Anna ein. „Laut Bewachungsverordnung darfst du den Job gar nicht machen, wenn du Mitglied in einer verfassungsfeindlichen Organisation bist oder warst. Da muss das Ordnungsamt richtig gepennt haben."

„Na ja, ich habe ja selbst im Computer nachgeschaut. Die waren nicht vorbestraft. Hätte das Amt im Führungszeugnis irgendwelche Vorstrafen mit ausländerfeindlichem Hintergrund entdeckt, hätten die vielleicht weiter gebohrt, so aber eben nicht. Und die Wächtermeldung macht ja das Unternehmen und nicht der Mitarbeiter selbst, daher konnten die auch keine Bekanntschaft mit der Einstellung dieser Herren machen."

„Und wieso dieser komische Heimleiter da in der Position gearbeitet hat, ist mir auch schleierhaft", sagte Anna.

„Aber das hat man nun davon, wenn man als Bundesland nur die Finanzen sieht und dann einen Dienstleister einstellt, der Soziales und Sicherheit aus einer Hand anbietet. Da braucht man dann nicht einen Träger und ein Sicherheitsunternehmen zu bezahlen. Nur gut, dass dieser komische Saftladen pleite ist. Dann richten die wenigstens keinen Schaden mehr an. Aber bis zum Prozess dauert es wohl noch. Über den Fall haben wir übrigens auch gesprochen. Da hat die Politik wirklich schnell reagiert. Früher reichte es, wenn man die Basisqualifikation hatte, um in einer solchen Einrichtung zu arbeiten. Die besteht darin, dass man eine Schulung macht und sich vierzig Stunden lang irgendwas erzählen lässt. Ob man das auch verstanden hat, prüft keiner. Du musst nur anwesend sein und brauchst am Ende nicht mal einen Test machen. Seit Februar brauchst du dafür eine höhere Qualifikation. Für die musst du eine Prüfung ablegen, bei der immer sehr viele Leute durchfallen. In einem Teil der Prüfung geht es um ‚Umgang mit Menschen'. Das ist zwar auch keine Garantie dafür, dass so etwas nicht noch einmal passiert, aber wenigstens kann man so sichergehen, dass die Leute zumindest irgendwie mit Menschen umgehen können. So, aber jetzt will ich alles über unseren neuen Fall wissen. Los, erzählt mal."

Carlshaven,
Haus von Monique van Leeuwen,
15. März 2016, 10 Uhr

Nachdem Björn und Peter ihre Kollegin auf den neuesten Stand gebracht hatten, war die Mordkommission zur Wohnung der Toten gefahren. Das Haus stand in einem gutbürgerlichen Stadtteil von Carlshaven. Bis Ostern waren es nur noch zwölf Tage und die Verstorbene hatte ihr Haus dementsprechend dekoriert. Im Vorgarten hingen überall bunte Plastikeier an den Buchsbäumen. Vor der Haustür stand eine Tüte mit Brötchen und eine Flasche Milch. Alles wirkte völlig normal und nichts deutete darauf hin, dass die Bewohnerin hierhin nie mehr zurückkehren würde.

Unter den persönlichen Sachen, die man bei der Leiche gefunden hatte, war auch ein Schlüsselbund gewesen. Handerson probierte die Schlüssel durch. Peter und Anna schauten derweil durch die Fenster im Erdgeschoss. Während Björn noch nach dem richtigen Schlüssel suchte, öffnete sich die Tür des gegenüberliegenden Hauses und eine ältere Dame trat heraus.

„He, Sie, was machen Sie denn da?"

Björn rollte mit den Augen. Wenn es auf eines Verlass gab, dann waren es neugierige Nachbarinnen einer gewissen Altersklasse und die konnten sehr unbequem sein. Er wandte sich der Dame zu und zeigte ihr seinen Dienstausweis.

„Kommissar Handerson, Mordkommission Carlshaven. Das sind meine Kollegen, Sergeant Peter Müller und Sergeantin Anna Carenin. Und Sie sind?"

„Anna-Maria von Hochstedt. Mordkommission? Was ist denn passiert?"

„Frau van Leeuwen wurde gestern tot aufgefunden."

„Oh, das ist aber schrecklich. Ja, wurde sie denn ermordet?"

Handerson fand, dass Frau-von-und-zu nicht gerade einen besonders besorgten Eindruck machte. Die Frage zielte wohl eher darauf ab, beim nächsten Kaffeekränzchen mit den Freundinnen etwas Interessantes und Schauerlichschreckliches erzählen zu können. Mit einer Ermordeten im Bekanntenkreis war sie dann vermutlich fortan die neue Königin der allwöchentlichen Kaffeegesellschaft.

„Das können wir leider noch nicht sagen." Sie mussten der Nachbarin ja nicht gleich alles auf die Nase binden. „Wann haben Sie Frau van Leeuwen denn zuletzt gesehen?"

„Mh, das war vor etwa zwei Wochen. Da ist sie abends um acht hier mit ihrem Auto weggefahren. Sie war ganz dunkel gekleidet. Das war so gar nicht ihre Art."

„Ach, nein? Was war denn ihr bevorzugter Kleidungsstil?"

„Na ja, sehr bunt." Frau von Hochstedt verzog das Gesicht. Ihrer Ansicht nach war der Geschmack der Verstorbenen wohl zu bunt gewesen und hatte nicht in dieses Viertel gepasst.

„Sie sagten, Sie hätten sie vor etwa zwei Wochen zuletzt gesehen. Wissen Sie es noch etwas genauer?"

Die alte Dame überlegte. „Es muss der Samstag gewesen sein. Ich weiß noch, dass ich anschließend einen Krimi im Fernsehen geschaut habe. Der läuft immer samstags."

„Da stehen Brötchen und eine Flasche Milch vor der Tür. Standen die dort die letzten zwei Wochen auch?"

„Ja. Na ja, ich dachte, die ist wieder mal auf einem Auslandseinsatz und hat vergessen die Sachen abzubestellen. Daher habe ich die Sachen nach drei Tagen immer reingenommen."

Handerson rollte innerlich mit den Augen. Das war mal wieder typisch. Auf der einen Seite waren solche Leute überneugierig, aber bei so etwas dachten sie nicht besonders nach. Er war sich sogar ziemlich sicher, dass Frau-von-und-zu auch kein Problem damit gehabt hatte, Brötchen und Milch höchstselbst zu vernichten, damit sie nicht schlecht wurden.

„Ist Ihnen sonst noch etwas aufgefallen?"

„Nein. Was hätte mir denn auffallen sollen?"

„Vielen Dank, Frau von Hochstedt. Wir werden uns jetzt im Haus von Frau van Leeuwen umsehen. Wenn wir noch Fragen haben sollten, dann kommen wir noch einmal auf Sie zu."

An dem Schlüsselbund war genau ein Schlüssel übrig, den Björn noch nicht ausprobiert hatte. Er hoffte inständig, dass es der war, mit dem sich die Haustür öffnen ließ, da er keine Lust hatte, sich weiter mit der Nachbarin zu unterhalten. Er hatte Glück. Während die drei in Windeseile im Haus verschwanden, machte Frau von Hochstedt einen langen Hals und versuchte, einen Blick ins Innere zu erhaschen. Björn schloss schnell die Tür und lehnte sich mit dem Rücken dagegen.

„Puh, warum sind Rentner eigentlich immer so nervig?"

„Na, komm", sagte Anna, „immerhin wissen wir jetzt, dass sie vermutlich Samstagabend das letzte Mal gesehen wurde und eine für sie völlig untypische Kleidung trug."

„Die trug sie auch noch, als Hektor sie in dem Loch gefunden hatte", ergänzte Peter. „Da sie zu ihrer Verabredung mit Schreiber am Tag darauf nicht aufgetaucht ist, muss sie wohl irgendwann in der Nacht zum Sonntag oder am Sonntagvormittag getötet worden sein."

„OK", sagte Björn. „Dann haben wir zumindest jetzt den Tatzeitpunkt etwas eingegrenzt. Bleibt immer noch die Frage, wo sie getötet wurde."

„Sag mal, diese Frau von Hochstedt hat davon gesprochen, dass Monique mit einem Auto weggefahren sei. Aber bei ihren Sachen war doch gar kein Autoschlüssel, oder?", wollte Anna von Björn wissen.

„Nein, da war keiner bei. Aber vielleicht hat die gute Frau sich auch getäuscht und das Auto steht in der Garage. Also los, lasst uns mal auf die Suche nach Hinweisen gehen."

Sie zogen sich Handschuhe an und durchsuchten das Haus. Einen Hinweis darauf, wo Monique an dem Abend hingefahren war, an dem sie zuletzt gesehen wurde, konnten sie allerdings nicht finden. Genauso wenig wie ein Auto. Der Laptop der Verstorbenen war das einzig Interessante. Nach einigen Stunden fuhren sie mehr oder weniger ergebnislos wieder zurück zur Dienststelle.

Carlshaven,
Büro der Mordkommission,
16. März 2016

Das Telefon auf Handersons Schreibtisch schellte.

„Handerson."

„Schreiber hier. Gibt es schon etwas Neues?"

Handerson drehte innerlich mit den Augen. Der Reporter konnte sehr lästig werden. Jetzt, wo es um eine seiner Bekannten ging, würde er Handerson bestimmt noch mehr auf die Nerven gehen als sonst.

„Nein, nicht wirklich. Aber können Sie mir ein Bisschen mehr über Ihre Bekannte erzählen? Was war sie für ein Mensch?"

Schreiber seufzte. „Monique war toll. Sie war ein Kumpeltyp und auf sie konnte man sich immer hundertprozentig verlassen." Er machte eine Pause. Handerson glaubte, ein leises Schluchzen zu hören, dann sprach der Journalist weiter. „Sie liebte es, zu reisen und sprach mehrere Fremdsprachen. Vor ein paar Jahren war sie auch einmal für eine kurze Zeit als Auslandskorrespondentin für das Zweite Amberländische Fernsehen tätig."

„Wo denn?"

„Ich glaube, es war Syrien. Vielleicht war es aber auch der Irak. Aber auf jeden Fall war es irgendein arabisches Land."

„Kann Frau van Leeuwen sich da Feinde gemacht haben?"

„Mh, erfreut waren die über die kritische Berichterstattung aus dieser Region bestimmt nicht, aber wenn sie sich da wirklich Feinde gemacht hätte, hätte man sich ihrer dann nicht direkt entledigt? Ich meine, das waren auch schon vor sieben oder acht Jahren Krisenregionen und es wäre kein Problem gewesen, sie in einer solchen Situation verschwinden oder töten zu lassen, ohne dass jemand Verdacht geschöpft hätte."

„Da haben Sie auch wieder recht. Gibt es sonst vielleicht jemanden, der irgendeinen Grund gehabt hätte, Ihre Bekannte zu ermorden?"

Schreiber überlegte. „Nein, mir fällt da beim besten Willen keiner ein. Wenn überhaupt, dann hatte es etwas mit dieser Recherche zu tun. Aber wie gesagt, ich habe überhaupt keine Ahnung, um was es da ging."

„Trotzdem vielen Dank. So, ich müsste jetzt auch mal weiterarbeiten."

„Ja, natürlich, auf Wiederhören."

Schreiber hatte gerade aufgelegt, als Weidmann mit einer Aktenmappe unter dem Arm zur Tür hereinschlenderte.

„Was machst du denn hier?", fragte Handerson überrascht.

„Och, ich dachte, ich bringe euch mal den Obduktionsbericht vorbei. Aber wenn ihr den nicht wollt..."

Handerson starrte ihn ungläubig an. Normalerweise rief der Gerichtsmediziner nach Wochen übelgelaunt an und verlangte, dass der Bericht bitte persönlich bei ihm im Institut abgeholt werde. Nun stand er lächelnd und fröhlich dreinschauend in der Tür.

„Äh..."

„Was denn?"

„Seit wann bringst du denn die Berichte höchstpersönlich im Präsidium vorbei?"

„Wieso, ist das etwa verboten?"

Handerson machte eine abwehrende Handbewegung. „Nein, nein. Alles gut. Das ist wirklich eine willkommene Abwechslung. Ich bin nur etwas überrascht, das ist alles."

Weidmann legte ihm den Bericht auf den Schreibtisch. „Sie wurde zwischen dem fünften und sechsten März getötet. Kopfschuss in die Stirn aus nächster Nähe. Der Bericht aus der KTU kommt noch, aber der Fundort war definitiv nicht der Tatort."

„OK, aber irgendwelche Hinweise auf den Tatort kannst du mir wohl nicht geben."

„Nein. Aber wo sind eigentlich deine beiden Kollegen?"

„Die beiden befragen die Nachbarn der Toten, ob sie an dem Wochenende, an dem sie vermutlich verschwunden ist, etwas gesehen haben."

„Aha, na dann viel Spaß noch. Tschüss!"

Weidmann schwebte nahezu zur Tür hinaus und winkte Handerson zu. Der Kriminaler schaute ihm verdutzt nach. Er konnte sich immer noch nicht erklären, was in den Gerichtsmediziner gefahren war. Sein Verhalten in letzter Zeit war schon sehr sonderbar.

Carlshaven,
Haus von Monique van Leeuwen,
16. März 2016, 23 Uhr

Hans Schreiber schaute sich nach rechts und links um, bevor er am hinteren Ende des Grundstückes über den Zaun stieg. Im Mondlicht bewegte er sich auf die alte Eiche zu, die im Garten stand und an deren Baumstamm ein Vogelhäuschen befestigt war. Er nahm es ab und löste die Klammern, mit denen das kleine Dach an den Wänden festgemacht war. Er hob das Dächlein hoch und drehte es um. Auf der Innenseite war ein Schlüssel mit Klebeband fixiert. Er nahm ihn heraus, baute das Vogelhäuschen wieder zusammen und hängte es zurück an den Baum. Dann ging er Richtung Kellertür. Es war, wie er es sich gedacht hatte – die Polizei hatte zwar die Haustür versiegelt, aber die Kellertür hatten die Beamten vergessen. Er grinste. Es gab Dinge im Leben, auf die war einfach Verlass.

Kurz darauf hatte Schreiber sich selbst mit dem Schlüssel Einlass in Monique van Leeuwens Haus verschafft. Er verharrte einen kleinen Moment lang im Keller und dachte nach, dann ging er ins Wohnzimmer, ließ den Rollladen herunter und schaltete das Licht an. Der alte Sekretär, der Monique als Schreibtisch gedient hatte und der mit etlichen Schnitzereien verziert war, stand in der Ecke neben dem Bücherregal. Schreiber sah die Papiere auf dem Möbelstück durch. Da war nichts Interessantes bei. Den Laptop hatte die Polizei mitgenommen, aber er war sich sicher, dass Monique nie wirklich wichtige Daten auf der Festplatte belassen hätte. Dafür war sie zu vorsichtig gewesen. Er nahm eine der Schubladen heraus und sah sich das Möbel längere Zeit an. Dann ließ er seine Finger über die

Schnitzereien gleiten. An einer bestimmten Stelle drückte er fest auf eine in das Holz geschnitzte Blume. Es klickte. Ein Geheimfach öffnete sich. Dahinter verbarg sich ein kleines Notizbuch. Er nahm es heraus, steckte es ein, drückte abermals auf die Schnitzerei, um das Geheimfach wieder zu schließen und setzte die Schublade wieder ein. Anschließend schaltete er das Licht wieder aus, zog den Rollladen hoch und verließ das Haus auf demselben Weg, auf dem er auch gekommen war.

Carlshaven, 17. März 2016

Handerson hatte darauf gedrängt, dass die KTU den Laptop sofort unter die Lupe nahm, da er für die Journalistin das wichtigste Arbeitsgerät darstellte und er sich erhoffte, darauf Hinweise auf die von Schreiber erwähnte Recherche zu finden. Der Rechner hatte allerdings nichts Interessantes zu Tage gefördert. Daher war Handerson am Morgen noch einmal zu Monique van Leeuwens Haus gefahren. Er glaubte, etwas übersehen zu haben. Aber auch dieses Mal konnte er nichts entdecken, allerdings hatte er das Gefühl, dass in der Zwischenzeit jemand hier gewesen sein musste. Er meinte, dass einer der Stühle bei seinem letzten Besuch im Haus nicht so da gestanden hatte, wie er es jetzt tat. Er konnte sich aber auch täuschen. Vielleicht war es auch jemand von der KTU gewesen, der ihn beim Spurensammeln verrückt hatte. Die Siegel waren zumindest alle noch in Ordnung gewesen, als er gekommen war und auch sonst konnte er keine Einbruchspuren entdecken. Als er ging, versiegelte er die Haustür von neuem.

Am Nachmittag kam der Bericht aus der Kriminaltechnik zusammen mit den Dingen, die das Opfer bei sich gehabt hatte. Das einzig Interessante war, dass man an der Kleidung des Opfers größere Spuren von Kaffeepulver gefunden hatte. Auch das Notizbuch der Toten stieß auf Interesse. Es enthielt einige kurze Notizen in arabischen Schriftzeichen; diese mussten aber noch übersetzt werden.

Carlshaven, 18. März 2016, kurz nach Mitternacht

Helga stapfte schlechtgelaunt mit Hektor durch den dunklen Wald. Sie hatte sich über Peter geärgert, weil er ihr am Abend vorgeschlagen hatte, dass sie ihren Job als Sekretärin im Revier aufgeben sollte. Als Peter damals bei der Polizei angefangen hatte, war Helga schwanger gewesen. Sie hatten sich auf ihre kleine Familie gefreut und beschlossen, dass es für das Kind besser sei, wenn es in einem Haus mit Garten aufwuchs. Aus der kleinen Familie wurde allerdings nichts, da Helga zwei Jahre später mit dem Kind in einen Autounfall verwickelt wurde. Der kleine Junge wurde dabei so schwer verletzt, dass er nach wenigen Tagen im Krankenhaus starb. Weitere Kinder bekam das Paar nicht, das Haus blieb jedoch. Nun war es abbezahlt und Peter fand, dass sie kein zweites Einkommen mehr bräuchten. Helga war sauer.

Es beruhigte sie allerdings immer, wenn sie spazieren gehen konnte. Die Tageszeit war dabei egal. Sie hatte kein Problem damit, nachts durch den Wald zu gehen, schließlich hatte sie ja einen ausgebildeten Schutzhund dabei. Wer da etwas von ihr wollte, war selber schuld. Eine Taschenlampe hatte sie nicht mitgenommen. Die brauchte sie nicht. Der Mond schien hell und sie fand es immer wieder faszinierend, wie ganz einfache, alltäglich Gegenstände im Mondlicht geheimnisvoll aufblinkten. Zudem kannte sie diesen Wald wie ihre Westentasche. Sie war früher bei einer der Rettungshundestaffeln aktiv gewesen. Die hatte gerade im Winter oft nachts in diesem Wald trainiert. Wie viele Stunden sie irgendwo in einem Versteck gefroren hatte, bis sie endlich von einem der Hunde gefunden worden war, konnte sie gar nicht mehr zählen. Sie hatte diesen Wald auch mehrfach nachts im Realeinsatz abgesucht. Hektor war der erste Hund in ihrem Leben, der nicht diese intensive Bindung zu ihr hatte. Er war schlichtweg Herrchens Hund. Ihr gehorchte er zwar, aber auch mehr weil er musste, während er für Peter schwanzwedelnd Handstand gemacht hätte, wenn er es denn gekonnt hätte.

Sie ging mit dem Hund an der Leine vor sich hin und hing ihren Gedanken nach, als sie plötzlich merkte, dass Hektor sich versteifte. Im Mondschein sah sie, dass er die Ohren aufgestellt hatte und angestrengt lauschte. Sie blieb stehen und konzentrierte sich ebenfalls auf die Umgebungsgeräusche. Da waren Stimmen zu hören. Sie streichelte Hektor über den Kopf.

„Guter Hund. Aber das sind bestimmt nur die Jugendlichen, die wieder mal am Weiher eine Party feiern. Komm, wir gehen weiter."

Dank Hektor war sie nun allerdings etwas aufmerksamer. Plötzlich hörte sie ein Auto. Das war ungewöhnlich, da die Jugendlichen normaler Weise mit dem Fahrrad oder dem Mofa kamen. Sie blieb wieder stehen und lauschte. Die Stimmen klangen aber auch nicht so, als würden sie Deutsch sprechen. Jetzt war sie neugierig geworden.

„Komm, Hektor, ich will wissen, wer das ist." Sie ging noch ein Stück und schlug sich dann seitlich in die Büsche. Dahinter lag ein kleiner Trampelpfad, den sie im Training öfters genutzt hatten. Sie kroch zwischen den Sträuchern Richtung Weiher. Der Pfad endete genau zwischen zwei Büschen und war nur wenigen Menschen bekannt. Wenn man nicht wusste, dass er da war, nahm man ihn nicht wahr. Sie hockte sich so, dass sie zwischen den Büschen durchschauen konnte und eine gute Sicht auf den Weiher hatte. Hektor legte sich neben sie auf den Boden.

Am Weiher waren zwei Autos geparkt. Daneben standen mehrere Männer. Zwei von ihnen sahen aus wie Nordeuropäer. Die anderen, es waren sechs, schienen südländischer Herkunft zu sein. Helga sah, wie die beiden europäisch aussehenden Männer Rucksäcke aus den Autos holten und sie den anderen in die Hand drückten. Sie sagten etwas in einer Sprache zu ihnen, die Helga nicht verstand. Die sechs Männer überreichten den beiden anderen daraufhin einige Umschläge. Die beiden guckten hinein und sagten wieder etwas zu ihnen. Von den Gesten, die sie machten, meinte Helga zu verstehen, dass es sich um Richtungsangaben handelte. Kurz darauf machten sich die sechs in die Richtung auf, in die die beiden anderen Männer vorher gezeigt hatten. Die zwei Amberländer stiegen in ihre Wagen und fuhren davon.

Helga überlegte, was sie tun sollte. Die Szene, die sich vor ihren Augen abgespielt hatte, hatte sie unglaublich neugierig gemacht.

„Was meinst du, Hektor, sollen wir den Männern folgen und nachsehen, wohin sie gehen?"

Hektor sah sie an und wedelte verschwörerisch mit dem Schwanz.

„OK, dann komm."

Sie machte sich auf, um die ausländischen Männer zu verfolgen. Dabei kam es ihr zugute, dass sie diesen Wald so genau kannte. Hektor blieb dicht bei ihr. Auch er spürte ihre Anspannung und war sich darüber im Klaren, dass hier gerade etwas sehr aufregendes geschah.

**Carlshaven, Peters Haus,
18. März 2016, 6 Uhr**

„Du hast was?!"

Peter stellte entsetzt seine Kaffeetasse ab.

„Na, da waren diese Leute am Weiher und das war ganz komisch. Ich sage es dir, das sind Schleuser gewesen, die Flüchtlinge nach hier gebracht haben."

„Aber du kannst doch nicht mitten in der Nacht eine Horde von irgendwelchen wildfremden Typen durch den Wald verfolgen! Wenn die dir nun irgendwas getan hätten?"

„Wieso? Ich hatte doch Hektor. Und außerdem kennen die sich da in dem Wald doch gar nicht aus. Wenn die mich entdeckt hätten, dann wäre ich ganz schnell weg gewesen und die hätten mich nicht mehr gefunden."

„Helga!"

Es passte Peter sichtlich überhaupt nicht, dass Helga nachts Detektiv gespielt und sich selber in Gefahr gebracht hatte.

„Und woher willst du eigentlich wissen, dass das Schleuser waren?"

„Na, die sprachen irgendeine sonderbare Fremdsprache miteinander und die sechs Männer haben den beiden anderen Umschläge gegeben. Da war bestimmt Geld drin. Und außerdem sind die in die Richtung gegangen, in der die alte Keller-Kaserne liegt. Ich bin denen nicht ganz bis da gefolgt, weil mir das zu weit war."

Na, wenigstens das, dachte Peter. Aber Helga hatte recht. Die ganze Geschichte hörte sich wirklich so an, als ob es sich um einen Fall von Menschenschmuggel handeln würde. Das konnte auch gut sein, denn sie waren nicht weit von der polnischen Grenze entfernt. Es war durchaus möglich, dass Leute über die Grüne Grenze von dort aus nach Amberland kamen. Er meinte sich zu erinnern, dass Pjotr neulich irgendetwas in die Richtung gesagt hatte. Peter glaubte, dass sein Trainer ihm erzählt hatte, dass der Zoll nun vermehrt Spürhunde einsetzte, um sicherzustellen, dass sich in den Lastern, die aus Polen herüberkamen, keine Menschen befanden.

„Und du meinst, die beiden waren Amberländer?"

„Na, zumindest hatten sie amberländische Kennzeichen am Auto."

„Und was kann das für eine Sprache gewesen sein, die die mit denen gesprochen haben?"

„Keine Ahnung, ich kenne mich mit so etwas nicht aus. Vielleicht war das Arabisch oder Kurdisch oder so etwas."

~

Peter war zum Dienst gefahren und hatte seinen Kollegen von Helgas Beobachtung erzählt. Auch sie fanden es merkwürdig und stimmten zu, dass es sich tatsächlich um einen Fall von Menschenschmuggel handeln könnte, den Helga dort beobachtet hatte.

Ermittlungstechnisch gab es nichts Neues. Björn hatte das Notizbuch, das bei der Toten gefunden worden war, in die Übersetzung gegeben. Diese würde allerdings noch einige Tage in Anspruch nehmen und da es sonst nichts gab, das sie noch tun konnten, machte die Mordkommission an diesem Nachmittag recht früh Feierabend.

Carlshaven, Annas Wohnung, 18. März 2016, abends

Anna saß mit ihrem Lebensgefährten David und ihrer besten Freundin Kemi im Wohnzimmer auf dem Fußboden. Sowohl David als auch Kemi waren gebürtige Afrikaner und die beiden hatten heute für Anna ein original afrikanisches Abendessen gekocht. Da alle fanden, dass es sich irgendwie richtiger anfühlte, saßen sie nun auf dem Fußboden um eine große Decke herum, auf der die Köstlichkeiten angerichtet waren.

„Und, habt ihr gerade einen neuen Fall?", wollte Kemi wissen.

„Ja, aber so richtig kommen wir da nicht weiter. Wir haben eine tote Journalistin und irgendwie so gar keine Anhaltspunkte, wo und warum man sie umgebracht haben könnte."

„Wenigstens wisst ihr diesmal, wer die Tote ist", schaltete sich David ein.

Anna nickte. Es stimmte. In ihren ersten beiden Fällen hatten sie zunächst Schwierigkeiten gehabt, die Identität der Verstorbenen zu klären. Bei ihrem letzten Fall war sie sogar mit Kemi darüber in Streit geraten, weil sie eine Datenbank genutzt hatten, von der Kemi fand, dass sie die Polizei nichts anginge.

„Aber mal etwas anderes. Peter hat heute Morgen etwas sehr interessantes erzählt. Helga war gestern Nacht mit Hektor im Wald unterwegs und hat beobachtet, wie zwei Männer mit Autos dort am Weiher sechs Männer abgeladen haben. Die sechs müssen denen wohl Geld gegeben haben und anschließend Richtung Keller-Kaserne gelaufen sein."

„Das ist interessant. Ich war nämlich heute Nachmittag da und die haben sechs neue Bewohner, die heute in aller Herrgottsfrühe dort angekommen sind", sagte Kemi.

Anna und ihre Kollegen hatten bei ihrem vorletzten Fall David zu Rate ziehen müssen, da sie Informationen zu seinem Heimatland brauchten und er sich in einer speziellen Länderkoordinationsgruppe von Amnesty International engagierte. Den Kontakt hatte Kemi damals hergestellt und sie war von Davids Arbeit bei Amnesty so fasziniert gewesen, dass sie selbst in die Organisation eingetreten war. Sie hatte sich für die Mitarbeit in der Carlshavener Asylgruppe entschieden, da sie selbst als kleines Mädchen als Flüchtling nach Amberland gekommen war. Sie kannte sich daher bestens mit der Thematik aus und wusste, mit was für Problemen Menschen zu kämpfen hatten, die hier in Amberland Asyl suchten. Relativ schnell hatte sie an den Schulungen teilgenommen, die benötigt wurden, damit ein Mitglied Asylberatung machen durfte. Sie half regelmäßig in der Asylsprechstunde im Amnesty-Büro, ging aber auch selber mit einigen Kolleginnen öfters in der alten Keller-Kaserne vorbei, die als Erstaufnahmeeinrichtung diente, um dort Beratung vor Ort anzubieten.

„Und wo kamen die her?", wollte Anna wissen.

„Aus dem Iran. Jetzt, wo die Balkanroute dicht ist und die Menschen nicht mehr so einfach nach Österreich oder Deutschland kommen, setzen viele nicht mehr über das Mittelmeer nach Griechenland über. Sie kommen über die Länder der ehemaligen Sowjetunion. In der Regel reisen sie dann über die Grüne Grenze zwischen Amberland und

Polen ein. Das, was Helga da beobachtet hat, war wohl die Einschleusung dieser sechs Iraner nach Amberland."

„Wie sieht die Route denn im Moment aus?"

„Die Menschen reisen entweder über die Türkei oder über den Iran nach Armenien oder Aserbaidschan ein. Von da aus geht es weiter über Russland beziehungsweise vorher erst mal über Georgien, wenn man über Armenien kommt. Na und dann über Russland in die Ukraine oder Weißrussland nach Polen und von dort eben über die Grüne Grenze nach Amberland."

„Wo kommen denn momentan die meisten Flüchtlinge her?"

„Hauptsächlich aus dem Iran, Afghanistan und den arabischen Ländern. Aber wir haben auch immer wieder Afrikaner, wobei ich mich frage, wie die es nach hier schaffen. Wenn die über das Mittelmeer nach Griechenland übersetzen, dann geht es da ja momentan nicht weiter und wenn die über Italien oder Portugal einreisen, dann würden die eher nach Frankreich oder Deutschland gehen, statt nach Amberland. Die müssen noch irgendeine andere Möglichkeit haben."

„Wie ist denn momentan die Lage in der alten Keller-Kaserne?"

Ihr letzter Fall hatte sie dorthin geführt. Anna hatte es schrecklich gefunden, wie die Menschen dort lebten und wie menschenverachtend das Personal dort mit ihnen umgegangen war.

„Nicht gut. Zwar hat sich am Umgang mit den Menschen dort einiges geändert, seit dort ein neuer Träger und ein neuer Sicherheitsdienst tätig sind, aber die Einrichtung muss zeitweise immer wieder geschlossen werden, weil die Kapazitäten nicht mehr ausreichen. Die Notunterkünfte sind auch völlig überlastet. In Deutschland werden die Turnhallen gerade wieder umgewidmet und die Erstaufnahmeeinrichtungen sind kaum belegt. Dafür platzen wir hier in Amberland aus allen Nähten und alles nur, weil so ein paar Staaten einen Alleingang gemacht haben. Die Stimmung in der Bevölkerung wandelt sich auch langsam. Wir von der Asylgruppe bekommen immer wieder Hassmails und einer der Mitarbeiter vom Amberländischen Roten Kreuz, das jetzt die Trägerschaft für die Keller-Kaserne übernommen hat, hat mir erzählt, dass es dort nicht besser aussieht."

„Das ist ja furchtbar. Ist den Leuten denn nicht klar, dass diese Menschen nicht aus Spaß aus ihren Heimatländern flüchten?"

„Wohl nicht. Letzte Woche hat jemand Hakenkreuze an unser Amnesty-Büro geschmiert und versucht, die Scheibe einzuwerfen. Wir haben Strafanzeige erstattet, aber ob man denjenigen findet, steht auf einem anderen Blatt. Und ans Büro des Amberländischen Roten Kreuzes in der Innenstadt hat jemand ‚Scheiß Asylantenfreunde' gesprüht."

David sah die beiden an.

„Ich hoffe nur, dass die Stimmung nicht völlig kippt."

Die Frauen nickten.

Carlshaven, Handersons Wohnung, 20. März 2016

Handerson hatte sich zur Abwechslung selber etwas zum Mittagessen gekocht, was er so gut wie nie tat, da er mit seinen beiden Katern alleine lebte und für eine Person zu kochen, als Zeitverschwendung empfand. Normalerweise aß er in der Kantine des Reviers oder schob sich irgendeinen Tiefkühlkram in die Mikrowelle. Heute hatte er sich zur Abwechslung einmal etwas gegönnt und saß nun im Wohnzimmer vor dem Fernseher. Morse und Poirot, seine beiden Norwegischen Waldkater, saßen rechts und links von ihm auf der Couch und hofften, dass sie etwas von dem verführerisch duftenden Geflügel auf seinem Teller abbekommen würden.

„Ihr habt da hinten Katzenfutter stehen."

Er deutete mit der Gabel in Richtung Küche, wo die Katzennäpfe standen. Poirot ging, während Morse die Bemerkung seines Dosenöffners schlichtweg ignorierte und lediglich die Nase rümpfte. Wozu Fertigfutter fressen, wenn etwas Besseres auf dem Tisch stand? Außerdem war der Weg zum Napf viel zu weit. Er stierte auf den Teller. Handerson seufzte. Widerstand war offensichtlich zwecklos. Er schnitt dem Kater etwas von dem Putenschnitzel ab und hielt es ihm hin. Morse schnupperte misstrauisch an dem Bissen herum.

„Jetzt friss schon. Wenn ich davon esse, wird es wohl nicht vergiftet sein."

Morse warf ihm einen schrägen Blick zu, fraß das Stück Fleisch dann aber doch.

Auf einmal erregte ein Bericht im Fernsehen Handersons Aufmerksamkeit. Er schaltete den Ton lauter. Man hatte am Morgen in der Nähe des Hafens einen Kühllaster kontrolliert und dabei festgestellt, dass sich Flüchtlinge darin befanden. Sie wären bei den Temperaturen im Inneren des Lasters fast erfroren. Nun wurden sie vom Amberländischen Roten Kreuz versorgt und ins Krankenhaus gebracht. Gegen den Fahrer wurden Ermittlungen wegen Menschenhandels eingeleitet.

Im Anschluss an den Bericht folgte ein Interview mit Mitgliedern von Amnesty International. Annas Lebensgefährte David und ihre gute Freundin Kemi waren auch mit dabei. Sie erzählten, dass es sich bei den Personen hauptsächlich um Afrikaner handelte. Anschließend stellten sie kurz die Menschenrechtslage in den Herkunftsländern dar und lobten die in diesem Fall wirklich sehr gute Zusammenarbeit mit dem Grenzschutz. Handerson sah Morse an.

„In letzter Zeit höre ich immer wieder Geschichten, die darauf hindeuten, dass es hier in Amberland eine ganz rege Schleuserszene gibt. Erst die Sache, die Helga im Wald beobachtet hat und jetzt das hier. Was meinst du, Morse, ob unser neuer Fall etwas damit zu tun hat?"

Morse sah ihn an und maunzte achselzuckend.

„Ja du hast recht. Ich bin verzweifelt. Wir haben einfach keine Anhaltspunkte, warum diese Journalistin ermordet wurde. Ich fange an, Gespenster zu sehen und Phantasien nachzujagen."

Carlshaven, Annas Wohnung, 20. März 2016, abends

David stocherte in seinem Abendessen herum. Er war sehr nachdenklich; die Begegnung mit den Flüchtlingen im Kühllaster an diesem Morgen hatte ihn sehr mitgenommen.

„Schmeckt es dir nicht?"

„Doch. Es ist sehr lecker, aber mir gehen die jungen Männer nicht aus dem Kopf."

„Woher kamen die noch mal?"

„Hauptsächlich aus Somalia und dem Südsudan. Das waren alles so junge Leute – achtzehn, zwanzig Jahre alt. Noch halbe Kinder. Zunächst waren die ganz eingeschüchtert, als die Männer vom Zoll und vom Grenzschutz die aus dem Wagen geholt haben. Das war gut, dass die uns und das ARK dieses Mal gleich verständigt haben. Erinnerst du dich noch, wie das letztes Jahr war, als die unten im Süden so einen ähnlichen Fall hatten? Da hatte der Grenzschutz die Leute erst erkennungsdienstlich behandelt und dann einfach mit Fahrkarten ausgestattet und in den Zug gesetzt, damit die zur zweihundert Kilometer entfernt gelegenen Erstaufnahmeeinrichtung fahren. Und dann war die Verwunderung groß, als die Leute auf dem Weg dorthin verschwunden waren. Diesmal haben wir die ja auf Bitte des Grenzschutzes noch in die Keller-Kaserne begleitet, nachdem die Ärzte die wieder halbwegs aufgepäppelt hatten und die erkennungsdienstlichen Maßnahmen durch waren. Weil Kemi und ich auch Afrikaner sind, haben sie uns dann ein bisschen was von dem erzählt, was sie in ihren Heimatländern so erlebt haben. Da waren schon richtig krasse Sachen dabei. Der eine hat zugucken müssen, wie Rebellen seine Familie vor seinen Augen hingerichtet haben, weil er sich geweigert hatte, sich ihnen anzuschließen."

Anna schaute betroffen auf ihren Teller und schob ihn von sich weg. Auch ihr war der Appetit irgendwie vergangen.

„Haben die auch erzählt, wie sie nach Amberland gekommen sind?"

„Die sind wohl auf dem Seeweg gekommen. Die Schleuser müssen sie in einem Container auf irgendeinen Frachter geschmuggelt haben. Nachts hat man sie dann hier am Hafen rausgelassen und anschließend in diesen LKW gesetzt, der sie nach England bringen sollte. Genauer konnten sie es nicht sagen. Wenn ich das richtig verstanden habe, dann mussten sie Säcke über den Kopf ziehen, bevor sie in den Container ein- und ausgestiegen sind und auch bevor sie in den LKW mussten. Aber zumindest ein Teil der Frachterbesatzung muss Bescheid gewusst haben, da die sie mit Essen und Trinken versorgt haben. Sie haben gesagt, wenn es etwas zum Essen gab, dann wurde an die Containertür gehämmert und sie mussten die Säcke überziehen. Sie können also auch nicht sagen, wer sie dort verpflegt hat."

„Und was ist mit dem Fahrer von diesem Kühltransporter?"

„Der weiß angeblich von nichts. Schwört Stein und Bein, dass er keine Ahnung hatte, dass die sich in seinem Laderaum befunden haben und dass er sich auch nicht erklären könne, wie sie dort hinein gekommen seien."

„Glaubst du ihm?"

David zuckte mit den Achseln. „Kann sein. Kann aber auch nicht sein. Das zu ermitteln, ist Aufgabe der Polizei. Aber jetzt scheint zumindest klar zu sein, wie die afrikanischen Asylbewerber hier nach Amberland kommen – nämlich über den Seeweg."

Carlshaven, Kaffeekontor, 21. März 2016

Am späten Montagvormittag erhielt Björn die Übersetzung des Notizbuches. Es war tatsächlich Arabisch gewesen. Leider waren die Aufzeichnungen sehr kryptisch. Einige Seiten enthielten nur Datumsangaben, aber keine weiteren Informationen. Irgendwo stand etwas von „Kaffeekontor", aber was genau damit gemeint war, blieb unklar, da es das einzige Wort auf der Seite war. Allerdings war es ihr alleiniger Anhaltspunkt in dieser Sache und besser als nichts, weshalb Björn und Anna dorthin fuhren, auch wenn sie sich nicht allzu viel davon erhofften.

Nachdem sie zunächst der Empfangsdame und dann noch einmal der Assistentin der Geschäftsleitung ihr Anliegen vorgetragen hatten, dauerte es eine Weile, bis sie vorgelassen wurden; dann durften sie endlich mit dem Geschäftsführer sprechen. Cees van Brink war ein großer, muskulöser Mann, dessen markant männliches Gesicht von strahlend blondem Haar eingerahmt wurde. Als die beiden Ermittler eintraten, erhob er sich hinter seinem wuchtigen Schreibtisch und streckte ihnen zur Begrüßung die Hand hin.

„Guten Tag, ich bin Cees van Brink. Was kann ich für Sie tun?"

„Guten Tag, Herr van Brink. Mein Name ist Kommissar Björn Handerson; das ist meine Kollegin, Sergeantin Anna Carenin. Kennen Sie vielleicht diese Frau?"

Handerson hielt ihm das Foto hin, das Schreiber ihm von sich und Monique gezeigt hatte. Der Journalist hatte es ihm überlassen, da es immer etwas netter war, bei Befragungen ein Foto von einer lebenden Person herumzuzeigen, als von einer toten. Er hatte Schreiber aber hoch und heilig versprechen müssen, gut drauf aufzupassen. Van Brink warf einen Blick darauf. Handerson hatte das Gefühl, dass sich in seinem Gesicht so etwas wie ein Wiedererkennen zeigte, aber der Moment war sehr kurz und es konnte auch gut sein, dass er sich getäuscht hatte.

„Nein, tut mir leid. Wer ist das?"

„Ihr Name ist Monique van Leeuwen."

Van Brink schüttelte den Kopf. „Tut mir leid, der Name sagt mir nichts. Was ist mit ihr?"

„Frau van Leeuwen wurde vergangenen Montag tot aufgefunden. Man fand bei ihr ein Notizbuch, in dem sie etwas von ‚Kaffeekontor' notiert hatte. Kann es sein, dass sie vielleicht einen Termin mit Ihnen gehabt hat?"

„Ich glaube nicht, aber ich sehe mal nach."

Van Brink tippte auf der Computertastatur herum.

„Nein, tut mir leid, für mich war kein Termin mit einer Frau van Leeuwen in den letzten Wochen eingetragen. Wie gesagt, bei dem Namen klingelt bei mir auch nichts, genauso wenig wie bei dem Gesicht auf dem Foto."

„Dürfen wir einmal ihre Mitarbeiter befragen?"

„Ja, gerne, wenn ich Ihnen damit weiterhelfen kann."

Van Brink ging mit ihnen durch die Büros und hinunter in die Lager und die Produktion, doch keiner der Mitarbeiter konnte sich an die Frau auf dem Foto erinnern. Einigen kam sie zwar vage bekannt vor, mehr aber auch nicht. Mit dem Namen konnte keiner etwas anfangen. Einen Versuch war es wert gewesen, aber enttäuscht waren Anna und Handerson schon. Als sie das Kaffeekontor verließen, tippte Anna Björn an.

„Sag mal, ist das nicht Weidmann?"

Sie deutete auf das kleine Caféhaus gegenüber dem Kontor. Tatsächlich, hinter der großen Fensterscheibe des Cafés saß der kleine, untersetzte Gerichtsmediziner. Auf dem Tisch vor ihm lag ein großer Strauß Blumen.

„Ja, aber was macht der denn hier? Und dann auch noch mit einem Blumenstrauß?"

„Mh, das wüsste ich auch gerne, aber wenn wir ihn jetzt fragen, dann ist er bestimmt beleidigt oder er rastet völlig aus. Komm, Björn, wir gehen."

Während sie ins Auto stiegen, fragte Handerson sich, was wohl in Morton Weidmann gefahren war. Dass der Gerichtsmediziner überhaupt so etwas wie ein Privatleben kannte, erstaunte ihn. Und so langsam machte es ihn auch äußerst neugierig.

Carlshaven, Schreibers Wohnung, 21. März 2016, abends

Es hatte lange gedauert, bis Schreiber in der Lage gewesen war, das Notizbuch zu öffnen, das er vor fast einer Woche aus Moniques Wohnung geholt hatte. Es war zwar schon lange her, aber er und Monique hatten sich einmal sehr geliebt. Ihr Tod hatte ihn sehr getroffen und es hatte einige Tage gedauert, bis er begriffen hatte, dass die Frau, die vor lauter Leben immer nur so gesprüht hatte, aus eben diesem geschieden war.

Nun saß er auf seinem Sofa mit dem Notizbuch in der Hand. Er streichelte über den Einband und roch daran. Es duftete nach Moniques Parfüm. Einen Moment lang schloss er die Augen und dachte an sie, während eine kleine Träne aus seinem Auge rollte und über seine Wange lief. Dann seufzte er, schlug das Buch auf und begann, zu lesen.

Carlshaven,
Büro der Mordkommission,
22. März 2016

Die Mordkommission war ratlos. Der Besuch im Kaffeekontor hatte nichts gebracht, genauso wenig wie ein erneutes Durchsuchen der Wohnung. Handerson hatte in seiner Verzweiflung eine Analyse des Kaffeepulvers angeordnet, aber auch das erwies sich als eine wenig ergiebige Spur, da es sich um eine absolut gängige Sorte handelte. Es war wie verhext. Sie kamen in diesem Fall einfach nicht weiter.

Handerson rief noch einmal bei Schreiber an, doch am Telefon sagte man ihm, dass der Journalist mit einer Recherche beschäftigt und die nächsten Wochen nicht im Büro sei. Dann fuhr er selber zum *Carlshavener Kurier*, doch auch dort konnte ihm keiner weiterhelfen. Monique hatte man dort schon länger nicht mehr gesehen und von einer Story, an der sie gearbeitet hatte, wusste dort auch niemand etwas, zumal sie nur eine freie Mitarbeiterin gewesen war und vom *Kurier* normalerweise nicht explizit beauftragt wurde. Sie hatte sich ihre Themen selber gesucht und die fertigen Storys dann an das Blatt verkauft. Handerson war kurz vorm Verzweifeln.

Irgendwann fragte Anna ihre Kollegen, ob man Moniques Wagen eigentlich schon gefunden hätte, denn irgendwie war sie am fünften ja von zu Hause weggefahren. Sonderbarer Weise hatten sie alle drei vergessen, dass der Wagen ja noch irgendwo sein musste und möglicher Weise neue Hinweise liefern konnte. Er stellte derzeit ihre einzige Hoffnung auf ein Weiterkommen in diesem Fall dar. Daher gab Björn sofort eine Fahndung nach dem Wagen raus. Jetzt hieß es warten. Vielleicht lieferte der Wagen ja etwas Neues zu Tage, wenn er denn gefunden wurde. So steckten sie zumindest zurzeit fest und wussten nicht, wie sie weitermachen sollten.

Carlshaven, Kaffeekontor, 22. März 2016, nachmittags

„Ah, Herr Bäcker. Schön, dass Sie sich für die Stelle interessieren. Bitte nehmen Sie doch Platz."

Schreiber schüttelte van Brink die Hand und setzte sich auf den Besucherstuhl vor dessen Schreibtisch. Das kleine Notizbuch, das er aus Moniques Wohnung geholt hatte, war ihr Tagebuch gewesen. Die Einträge hatten Ende Februar aufgehört, aber die letzte Spur hatte in das Kaffeekontor geführt. Monique hatte hier ein paar Monate undercover im Büro gearbeitet und wohl kurz vor dem Mord gekündigt. Was sie genau herausgefunden hatte, stand zwar nicht in dem Tagebuch, aber irgendetwas musste sie hier erfahren haben, das großes Potential für eine gute Story bot. Daher traf es sich gut, dass das Kontor einen neuen Sekretär suchte. Schreiber hatte kurzerhand am Morgen dort angerufen und sich als Werner Bäcker ausgegeben. Man hatte ihn auch gleich für den Nachmittag zum Gespräch eingeladen. Er hatte sich mit Hilfe eines Freundes ein paar Bewerbungsunterlagen gefälscht und sich mit einer Perücke, einem falschen Bart und einer Brille maskiert. Eine gute Bekannte, die beim Theater arbeitete, hatte ihm noch eine neue Nase und eine Warze auf der Backe verpasst, um seine Tarnung perfekt zu machen.

„Vielen Dank, dass Sie mich eingeladen haben. Hier, bitte, meine Bewerbungsmappe."

Van Brink blätterte die Unterlagen durch und war sichtlich beeindruckt.

„Ja, das sieht doch alles sehr gut aus. Darf ich fragen, wie Sie auf die Stelle aufmerksam geworden sind?"

„Ich habe die Anzeige in der Tageszeitung gesehen. In so einem Kaffeekontor wollte ich immer schon einmal arbeiten. Ich finde die Thematik einfach unglaublich spannend und mit meinen Fremdsprachenkenntnissen kann ich hier bestimmt auch mehr anfangen, als bei der Stelle, die ich bisher hatte, da hier ja international gearbeitet wird."

„Ja, das stimmt. Wir brauchen auf jeden Fall mehrsprachliche Mitarbeiter im Büro und Ihr Spanisch scheint ja sehr gut zu sein. Spanisch ist neben Englisch eine der Hauptsprachen, die wir hier benötigen."

„Doch, ich glaube, mein Spanisch ist ganz gut. Ich war zumindest mal ein Jahr beruflich in Mexiko. Da lernt man die Sprache schon ganz anders kennen als im Schulunterricht. Ich habe mir dort damals auch Kaffeeplantagen angesehen. Es war sehr faszinierend."

Vor allem die ausbeuterischen Bedingungen auf den Plantagen, zu denen er damals recherchiert und von denen auch das altehrwürdige Kaffeekontor van Brink Bohnen bezogen hatte. Schreiber biss sich auf die Zunge.

„Gut, Herr Bäcker. Ich will ehrlich sein. Wir brauchen sehr dringend jemanden und Sie sind bislang der einzige, der sich auf unsere Stellenanzeige gemeldet hat. Da Ihre Referenzen sehr gut sind und Sie mehrere Fremdsprachen sprechen, würde ich Ihnen die Stelle gerne anbieten."

„Oh, da freue ich mich sehr. Aber sagen Sie, warum ist die Besetzung der Stelle denn so dringlich?"

„Eine Mitarbeiterin hat sehr kurzfristig aufgehört und derzeit liegt viel Arbeit an. Wenn Sie möchten, zeige ich Ihnen jetzt gerne das Kontor."

„Gerne."

Van Brink führte ihn durch das Unternehmen und stellte ihn den zukünftigen Kollegen vor. Da das Osterwochenende anstand und die Kollegen, die normalerweise die Einarbeitung übernahmen Urlaub hatten, sollte Schreiber erst eine Woche später anfangen. Auf der einen Seite hätte er gerne sofort herumgeschnüffelt. Auf der anderen Seite war es ihm aber auch ganz recht, denn so konnte er sich noch ein paar weitergehende Gedanken zu seiner neuen Identität machen. Er wollte auf keinen Fall, dass er aufflog. Das war er Monique schuldig. Auch sie hatte hier undercover gearbeitet und irgendwas musste schief gelaufen sein, sonst wäre sie jetzt nicht tot. Schreiber wollte unbedingt aufklären, was das gewesen war. Für Monique. Und für sich.

Als er ging, meinte er in dem kleinen Caféhaus gegenüber dem Kontor den Gerichtsmediziner in Begleitung einer jungen, gutaussehenden, blonden Frau zu sehen. Es überraschte ihn etwas. Irgendwie konnte er sich Weidmann überhaupt nicht in einer Beziehung vorstellen. Schon gar nicht mit einer solchen Schönheit. Was die wohl an dem fand?

Carlshaven, Büro der Mordkommission, 23. März 2016

Es war zum Mäuse melken. Sie kamen einfach nicht weiter. Ihnen fehlten schlichtweg die Anhaltspunkte. Egal, was sie anstellten, sie endeten immer wieder in einer Sackgasse. Einen solchen Fall hatten sie noch nie und sie hatten das Gefühl, es würde sie in den Wahnsinn treiben. Es dauerte bis zum Nachmittag, bis wieder so etwas wie Hoffnung in ihnen aufkeimte. Das Telefon auf Handersons Schreibtisch schellte. Er meldete sich und lauschte.

„Ja, wo denn?"

Er notierte etwas auf einem Zettel.

„Danke, wir kommen dann gleich vorbei."

Peter sah ihn an.

„Gibt es etwas Neues?"

„Allerdings. Moniques Wagen wurde gefunden. Er steht seit über zwei Wochen auf dem Gelände eines Abschleppdienstes. Kommt, wir fahren hin. Vielleicht haben wir jetzt endlich etwas."

~

Das Gelände des Abschleppdienstes befand sich am Stadtrand von Carlshaven. Es war eines der größten Unternehmen dieser Art in der Region. Die Mordkommission fragte sich bis zum Büro durch. Der Chef des Unternehmens, ein Herr Ottfried Arnolds, nahm sie dort in Empfang.

„Setzen Sie sich doch bitte, meine Herrschaften."

„Sehr freundlich, danke. Sie haben also den Wagen der Monique van Leeuwen am siebten März abgeschleppt?", fragte Handerson.

„Ja. Das heißt, das war nicht ich persönlich, sondern mein Mitarbeiter, Karel Wozniak. Wir hatten uns nur gewundert, dass niemand kam, um nach dem Wagen zu fragen. Wenn wir irgendwo ein Auto abschleppen, das eh schon abgemeldet ist, dann bleiben wir meist darauf sitzen, weil der Halter sich so die Entsorgung sparen möchte. Aber dieser Wagen war noch angemeldet und hatte auch noch TÜV. Das ist eher ungewöhnlich. Gut, wenn wir jetzt am Flughafen oder am Bahnhof so ein Fahrzeug abschleppen, ist das auch eher normal, dass die Leute sich nicht direkt am nächsten oder übernächsten Tag melden. Wir warten dann meist etwa drei Wochen, bevor wir Nachforschungen betreiben, weil wir davon ausgehen, dass die Leute in Urlaub sind. Aber hier war das anders."

„Wieso? Wo wurde das Fahrzeug denn gefunden?", wollte Anna wissen.

„Am Containerhafen. Von dort aus fährt man eher nicht in Urlaub. Und wenn es einem Mitarbeiter gehört hätte, hätte der sich relativ zügig gemeldet."

„Containerhafen? Geht es vielleicht ein bisschen genauer? Für uns wäre der genaue Fundort eventuell ein wichtiger Hinweis."

„Ich glaube, das kann Ihnen Herr Wozniak besser beantworten als ich, da er das Fahrzeug dort abgeholt hat."

„Dürfen wir ihn denn einmal sprechen?", fragte Peter.

„Natürlich. Kommen Sie, ich bringe sie zu ihm."

„Und das Auto würden wir auch gerne sehen", fügte Handerson hinzu.

„Ja, selbstverständlich. Sagen Sie mal, was wird jetzt mit dem Wagen? Ich meine, ich hatte ja Kosten und würde da ungerne drauf sitzen bleiben."

Handerson rollte mit den Augen.

„Nein, nein, die Kosten für das Abschleppen und die Unterbringung wird Ihnen die Staatskasse erstatten. Unsere Kriminaltechnik wird das Fahrzeug heute im Laufe des Tages bei Ihnen abholen und in unsere Räumlichkeiten verbringen."

Bei der Aussicht, die Kasse klingeln zu hören, hob sich Arnolds' Laune sichtlich. Er führte sie in einen Aufenthaltsraum, in dem der Mitarbeiter, der Moniques Wagen abgeschleppt hatte, gerade eine Kaffeepause machte und eine Zigarette rauchte. Karel Wozniak konnte sich noch gut an den Auftrag erinnern, da sie relativ selten in den Containerhafen gerufen wurden. Er beschrieb ihnen die genaue Stelle, an der der Wagen abgeschleppt worden war. Mitarbeiter des Containerhafens hatten das Unternehmen verständigt, da der Wagen am Montagmorgen im absoluten Halteverbot gestanden und eine Zufahrt blockiert hatte. Ansonsten war nichts Ungewöhnliches an diesem Auftrag gewesen. Nur eben, dass so lange niemand nach dem Wagen gefragt hatte.

Nachdem sie mit Wozniak gesprochen hatten, zeigte Arnolds ihnen den Wagen. Da man bei Moniques Leiche keinen Autoschlüssel gefunden hatte, konnten sie das Fahrzeug nur von außen in Augenschein nehmen. Auf dem Rücksitz des dunkelblauen Volvo lag eine schwarze Mütze und im Radio steckte ein USB-Stick. Ansonsten konnten sie nichts Auffälliges oder Ungewöhnliches entdecken. Anschließend fuhren sie zu der Stelle im Containerhafen, an der das Auto gefunden worden war. Aber auch das brachte sie nicht weiter. Es war ihnen völlig schleierhaft, was die Tote hier an dieser Stelle gewollt hatte. Alle drei waren ein wenig enttäuscht. Irgendwie hatten sie sich mehr erhofft.

Carlshaven, Labor der Kriminaltechnik, 24. März 2016, morgens

Da es am Vortag doch recht spät geworden war, hatte die Kriminaltechnik den Volvo nur noch vom Gelände des Abschleppdienstes zum Labor überführt. Die kriminaltechnische Untersuchung sollte am darauf folgenden Tag so früh wie möglich beginnen. Die dreiköpfige Mordkommission war daher schon um acht Uhr im Labor eingetroffen. Die Kollegen nahmen zunächst an der Außenseite des Wagens Fingerabdrücke und andere Spuren ab. Etwas Aufregendes fanden sie dabei allerdings nicht.

Dann wurde es interessant. Ein Kriminaltechniker öffnete die verschlossene Fahrertür des Wagens. Alle waren aufgeregt und wunderten sich, was das Innere des Fahrzeugs wohl an Geheimnissen zu Tage fördern würde, das die Mordkommission vielleicht auf die entscheidende Spur bringen konnte. Aber alles, was sie dort fanden, waren der USB-Stick und die schwarze Mütze. Die Kriminaltechnik zog eine Kopie des Sticks, gab sie dem Dreiergespann mit und behielt das Original für weitere Untersuchungen.

Am frühen Nachmittag saß die Mordkommission wieder in ihrem Büro.

„Peter, schieb' doch mal die Kopie von dem Stick in den Computer. Vielleicht ist da ja etwas Interessantes drauf."

Peter tat, worum Anna ihn gebeten hatte. Die drei guckten sich den Ordner an, der sich auf Peters Computer öffnete. Alles, was er enthielt, war eine ganze Reihe an Musikdateien.

„Na, mein Geschmack ist das ja nicht", meinte Björn.

Bei der Musik handelte es sich um harte Rockmusik. Etwas aus der Kategorie ‚Rechtsrock' war auch dabei.

„Mich wundert nur, dass sie solche Musik gehört hat. Von dem, was Schreiber so über sie erzählt hat, hätte ich da jetzt eher etwas anderes erwartet", sagte Anna.

„Na ja, jedem das seine", meinte Peter achselzuckend.

„Peter, schau doch mal nach, ob da vielleicht Ordner ausgeblendet sind, damit man sie nicht auf den ersten Blick sieht", bat Anna.

Peter klickte in den Einstellungen seines Computers herum und aktualisierte dann die Ordneransicht für den Stick.

„Nein, nichts."

Handerson schüttelte mit dem Kopf.

„Das ist wirklich mysteriös. Die war doch Journalistin und an irgendeiner Story dran. Da müssen doch irgendwo Aufzeichnungen sein. Wir haben aber bei ihr zu Hause, auf ihrem Laptop, bei ihrer Leiche und in ihrem Auto rein gar nichts gefunden. Wo hat sie die gelassen? Ich könnte verrückt werden. Es kann doch nicht wahr sein, dass wir absolut keine Spur haben, die uns weiterbringt! So etwas ist mir in meiner ganzen Laufbahn noch nicht passiert."

Carlshaven,
Pfandleihhaus Löwenstein,
24. März 2016, nachmittags

Schreiber hatte in Moniques Tagebuch einen Pfandleihschein gefunden. Das irritierte ihn etwas, da Monique zwar als freie Journalistin nicht besonders viel verdiente, aber ihre Eltern waren recht wohlhabend gewesen und sie hatte ein kleines Vermögen geerbt. Da sie ein eher bescheidener Mensch gewesen war und nie über ihre Verhältnisse gelebt hatte, war es ungewöhnlich, dass sie Dinge versetzte. Geldnot konnte also nicht das Motiv gewesen sein – glaubte Schreiber zumindest. Er atmete noch ein paar Mal tief durch, bevor er das Pfandleihhaus in der Innenstadt betrat.

„Guten Tag, mein Herr, was kann ich für Sie tun?"

„Meine Freundin hat hier etwas versetzt. Ich möchte ihr eine Freude machen und es gerne wieder auslösen."

„Das ist aber sehr nett von Ihnen. Da wird sich Ihre Freundin bestimmt freuen. Haben Sie den Pfandschein dabei?"

„Ja, sicherlich. Hier, bitte."

Der Pfandleiher nahm den Pfandschein an sich, warf einen Blick darauf und verschwand im Lager. Kurz darauf kam er mit einer Spieluhr aus Meißener Porzellan wieder.

„So, da ist das gute Stück. Das macht dann zweihundertfünfzig Euro."

Schreiber schluckte. Wenn Monique etwas machte, dann aber auch gleich ordentlich. Nur gut, dass er eben noch auf der Bank gewesen war. Er blätterte das Geld auf die Theke.

„Ihre Freundin ist bestimmt glücklich, wenn Sie ihr diese Schönheit wiederbringen."

„Oh, ja, es ist ein altes Familienerbstück, wissen Sie. Es hat ihr sehr, sehr wehgetan, es versetzen zu müssen. Ich konnte sie einfach nicht länger leiden sehen."

„Das glaube ich gerne. Ich wünsche Ihnen ein frohes Osterwochenende."

„Vielen Dank, Ihnen auch."

Schreiber verließ das Gebäude und brachte seinen Schatz nach Hause.

~

Die Spieluhr stand auf dem Küchentisch. Schreiber saß auf einem Stuhl davor und betrachtete sie. Sie zeigte eine Dame im blau-weißen Renaissancekostüm, die auf einem Sockel stand. Schreiber zog sie auf. Die Uhr spielte eine Renaissancemelodie und die Dame drehte sich tanzend auf dem Sockel. Er hob das kleine Kunstwerk hoch. In dem Sockel war ein Schubfach eingelassen. Er zog es auf. Es war anscheinend dafür gedacht, dass man dort kleinere Schmuckstücke aufbewahrte. Das kleine Schubfach war innen mit Samt ausgekleidet. Er nahm es heraus. Auf den ersten Blick war nichts darin. Er fuhr mit dem Finger über den Samt. Irgendetwas fühlte sich uneben an. Er betrachtete die kleine Lade genauer, holte dann ein Messer aus einer Küchenschubladen und begann vorsichtig, den Samt vom Rand zu lösen. Er schüttelte das Schubfächlein ein wenig und steckte dann seinen Finger unter den Samt. Es dauerte etwas, bevor er das, was dort offensichtlich nicht originär hingehörte, herausgeholt hatte. Es war ein kleiner Schlüssel. So wie er aussah, gehörte er wohl zu einem Schließfach. Auf ihm war die Nummer einhundertsechzig eingraviert. Wohl die, des dazugehörigen Faches. Die Frage, war nun, wo es sich befand. In Moniques Tagebuch hatte er dazu bislang keinen Hinweis entdeckt. Er las es zur Sicherheit noch einmal, aber auch beim zweiten Lesen fand er keinen Anhaltspunkt, wo sich das zu dem Schlüssel dazugehörige Schloss befinden könnte. Nun gut, er musste erst am Dienstag im Kaffeekontor anfangen und es stand ein langes Wochenende mit vielen Feiertagen ins Haus. Er würde wohl seine zwei Füße benutzen und jede Stelle in der Stadt ablaufen müssen, von der er wusste, dass es dort Schließfächer gab.

Carlshaven, Innenstadt, 25. März 2016

„Was hast du dir dabei nur gedacht?", seufzte Schreiber. Seine Frage galt der toten Monique. Irgendwie kam er sich gerade dämlich vor. Er war schon seit dem frühen Morgen dabei, sämtliche Stellen in der Stadt abzulaufen, an denen sich öffentlich zugängliche Schließfächer befanden. Na ja, nicht sämtliche. Die Schließfächer in der Bibliothek und im Schwimmbad hatte er im Vorfeld ausgeschlossen, da sie aus Sicherheitsgründen täglich nach dem Ende der Öffnungszeiten geleert wurden. Aber es blieben noch genug übrig. Mittlerweile war er seit vier Stunden unterwegs und immer noch keinen Schritt weiter. Am Bahnhof hatte er angefangen. Dann hatte er sich unter anderem durch die Fahrradstation in der Innenstadt und den zentralen Busbahnhof gearbeitet. Aber alles ohne Ergebnis. Er hatte das Gefühl, dass diese Orte alle zu öffentlich waren, aber ihm gingen langsam die Ideen aus, wo er noch suchen sollte. Er brauchte eine Pause und wollte in eines der Cafés in der Innenstadt. Auf dem Weg dorthin sah er den Gerichtsmediziner, an dessen Arm wieder diese gutaussehende, junge Blondine hing. Er fragte sich, was die wohl an dem untersetzen, kleinen Glatzkopf fand, der ihr Vater hätte sein können. Na ja, sein Problem war es nicht. Er erreichte das kleine Café mit dem französischen Flair, zu dem er gewollt hatte, setzte sich und bestellte eine große Tasse Milchkaffee und einen Crêpe.

Er saß direkt hinter der Scheibe und betrachtete das Treiben auf der Straße. Seine Hand glitt unfreiwillig in seine Hosentasche und spielte mit dem Schließfachschlüssel herum, als draußen ein Mann im Anzug vorbei ging. „Sieht aus, wie einer dieser blasierten Bankiers von der Amberland Goldbank", dachte Schreiber. Da kam ihm eine Idee. Er signalisierte der Kellnerin, dass er zahlen wollte. Kurz darauf machte er sich auf den Weg zur Hauptfiliale der Amberland Goldbank.

Im Vorraum befand sich eine große Wand mit Schließfächern, die für Sparbücher gedacht waren. Schreiber stand einen Moment dort und erinnerte sich daran, dass er damals mit Monique eine sehr nervenaufreibende Diskussion geführt hatte, bei welcher Bank sie ihr gemeinsames Konto eröffnen sollten, da er etwas persönliches gegen diese Bank hatte und dort nie im Leben Kunde werden wollte. Monique sah das anders, und die beiden hatten sich fürchterlich gestritten. Am Ende hatten sie doch kein gemeinsames Konto eröffnet. Er suchte nach Schließfach Nummer einhundertsechzig. Als er es endlich gefunden hatte, stieg die Spannung in ihm an. Er war so aufgeregt, dass er zwei Mal den Schlüssel fallen ließ, bevor er es endlich schaffte, ihn ins Schloss zu stecken und herumzudrehen. Es klickte. Schreiber öffnete das Fach. Ein Sparbuch war keines darin, dafür aber ein USB-Stick. Sonst nichts. Er nahm ihn heraus, verschloss das Fach wieder, steckte Schlüssel und Stick in seine Hosentasche und fuhr nach Hause.

~

Zu Hause angekommen, fuhr er seinen Computer hoch und machte sich eine Tasse Kaffee. Der Rechner war schon etwas älter und daher extrem langsam. Normalerweise störte ihn das nicht, aber heute war er ungeduldig. Als der Computer endlich einsatzfähig war, steckte er den Stick hinein – und war enttäuscht. Auf dem USB-Stick befanden sich lediglich Musikdateien im MP3-Format. Alles harte

Rockmusik. Auch die Musik von ein paar rechts angehauchten Bands war darunter. Er konnte sich das nicht erklären. Monique mochte diese Art von Musik überhaupt nicht. Vor Jahren hatte sie einmal im rechten Milieu recherchiert und dabei auch deren Musik begutachtet. Schreiber konnte sich erinnern, dass sie sich bei den harten Rechtsrockklängen und deren fremdenfeindlichen Texten fast übergeben hätte. Warum um alles in der Welt hatte sie einen Stick mit dieser Musik in dem Schließfach einer Bankfiliale versteckt?

„Uff, was hast du dir dabei nur gedacht?"

Carlshaven, Handersons Wohnung, 26. März 2016

Handerson war am Morgen noch einmal ins Revier gefahren und hatte sich von der Technik noch eine Kopie des Sticks geben lassen. Nun war er wieder zu Hause. Da sich auf dem Stick lediglich Musikdateien befanden, hatte er ihn in seine Musikanlage gesteckt und spielte ihn jetzt ab. Vielleicht kam ihm dabei eine neue Idee.

Der Stick lief schon eine ganze Weile und die Katzen waren genervt. Poirot hatte sich unter lautem Protest in die Küche verzogen, während Morse auf dem Sofa saß und seinen Dosenöffner missbilligend anschaute. Gerade lief etwas aus der Kategorie „Rechtsrock", bei dem ordentlich gegen Flüchtlinge gehetzt wurde. Morse legte sich hin, hob die Pfoten über die Ohren, als wolle er sie sich zuhalten und maunzte aus voller Kehle eine Beschwerde in den Raum. Handerson seufzte und schaltete die Anlage aus.

„Ja, ich weiß, dass die Musik nicht schön ist. Aber das gehört nun einmal zur Ermittlungsarbeit. Ich habe doch auch keine Ahnung, wieso die Frau diese Musik auf einem Stick gespeichert hat, daher muss ich sie mir anhören, um eventuell neue Hinweise zu finden."

Morse schaute ihn bestrafend an. Das hätte er auch im Büro tun können, statt dem Hausvorstand einen solch stressigen Ostersamstag zu bescheren. Unmöglich so etwas. Katzen brauchten schließlich Ruhe, um vernünftig denken zu können. So ein rücksichtsloses Verhalten war unentschuldbar. Er machte seinem Unmut noch einmal lauthals Luft.

„Ja, ich weiß", seufzte Handerson. „Aber was soll ich denn machen? Ich muss doch diesen Fall irgendwie lösen!"

Morse sah ihn an, schüttelte mit dem Kopf und kletterte auf den Tisch, wo die Samstagszeitung lag. Er scharrte mit der Pfote darauf herum.

„Ja, du hast recht. Ich versuche es mal. Vielleicht weiß er ja etwas, das wir nicht wissen."

Er ging zum Telefon und wählte Hans Schreibers Privatnummer, um sich mit ihm zu verabreden. Vielleicht konnte er Licht in das Mysterium dieses Falles bringen.

Carlshaven, Innenstadt, 26. März 2016

Handerson hatte sich für den späten Nachmittag mit Schreiber in dem kleinen französischen Café in der Innenstadt verabredet. Er hatte noch etwas Zeit und bummelte durch die Straßen, als er auf einmal meinte, Morton Weidmann entdeckt zu haben, der mit einem kleinen Teddybär in der Hand in eine Seitenstraße einbog. Er folgte ihm mit einigem Abstand. Ja, kein Zweifel, es war Morton Weidmann. Zwei Dinge an dieser Beobachtung waren jedoch ungewöhnlich: zum einen wohnte Weidmann nicht in Carlshaven, sondern in Kaiserbad. In die Carlshavener Innenstadt verschlug es ihn nur selten, da er die Hauptstadt als zu groß und zu hektisch empfand. Und zum anderen war der Anblick des sonst so rauen und ruppigen Gerichtsmediziners mit einem Teddybär in der Hand mehr als skurril. Handersons Neugier war geweckt. Der Leichenfledderer benahm sich in letzter Zeit extrem sonderbar und das hier passte so gar nicht zu ihm.

Weidmann schlenderte gut gelaunt die schmale Gasse hinunter, während Handerson sich anschickte, ihm zu folgen. Er blieb auf Abstand und drückte sich immer wieder in Hauseingänge, in der Hoffnung, dass der Gerichtsmediziner nichts merkte. Sein Herz pochte laut vor Aufregung. Observationen von Personen hatte er schon seit Jahren nicht mehr durchgeführt und er fühlte sich etwas unbeholfen. Gleichzeitig fragte er sich, welche Ausrede er wohl vorbringen sollte, wenn Weidmann doch etwas merken würde. Der Gerichtsmediziner war jedoch viel zu sehr mit sich beschäftigt, als dass ihm aufgefallen wäre, dass ihn jemand beschattete. Er bog noch in ein paar Gassen ein, dann hielt er vor einer Tür und klingelte. Kurz darauf drückte er die Tür auf und ging hinein. Als die Tür ins Schloss gefallen war, ging Handerson zu dem Hauseingang hinüber. Er meinte, dass Weidmann den obersten Klingelknopf gedrückt hatte, doch auf dem Klingelschild stand kein Name. Er schaute auf die Uhr. Es war Zeit. Er musste zu seinem Treffen mit Schreiber.

~

„Danke, dass Sie sich die Zeit genommen haben."

„Es geht schließlich um eine sehr gute Freundin von mir. Ich will endlich wissen, was genau mit ihr passiert ist. Wenn ich helfen kann, dann tue ich das. Was haben Sie denn mittlerweile herausgefunden?"

„Nun, zunächst haben wir Spuren von Kaffeepulver an ihrer Kleidung gefunden und ein Notizbuch, in dem einige Notizen in arabischer Schrift drin waren. Das waren aber hauptsächlich Datumsangaben. Nur an einer Stelle stand etwas von ‚Kaffeekontor'. Haben Sie eine Ahnung, was damit gemeint sein könnte?"

„Nein. Aber seit ihrer Zeit im Ausland machte Monique öfter mal Notizen in Arabisch. Sie fand das lustig, weil dann nicht jeder gleich sehen konnte, was sie vorhatte."

Schreiber machte eine mentale Notiz, dass man an ihrer Leiche Kaffeepulver gefunden und sie etwas von ‚Kaffeekontor' notiert hatte. Das Geheimnis schien also irgendwo dort seinen Ursprung zu haben. Er konnte es kaum erwarten, am Dienstag im Kontor anzufangen und herumzuschnüffeln.

„Mittlerweile haben wir auch ihr Auto gefunden."

„Wo denn?"

„Es stand auf dem Gelände eines Abschleppdienstes. Der Wagen war kurz nach ihrem Tod im Containerhafen abgeschleppt worden, weil er im Halteverbot stand."

„Wo genau?"

Handerson beschrieb ihm die Stelle.

„Haben Sie eine Ahnung, was Monique dort am Containerhafen gewollt haben könnte?"

„Nein, bedaure. Vermutlich hatte es etwas mit der Recherche zu tun, aber was genau kann ich nicht sagen, da sie ja nicht mehr dazu gekommen ist, mir davon zu erzählen. Haben Sie denn im Wagen etwas gefunden?"

„Nur eine schwarze Mütze und einen USB-Stick."

„Was war auf dem Stick drauf?"

„Harte Rockmusik. Teilweise auch aus dem Bereich ‚Rechtsrock'."

„Sonderbar. Das war so gar nicht ihr Stil."

„Das dachten wir uns. Was hat sie denn normalerweise gehört?"

„Mehr so etwas Klassisches. Und Folk. Das fand sie auch ganz gut."

„Haben Sie eine Erklärung dafür, wieso sie Rechtsrock im Auto laufen hatte?"

Schreiber überlegte kurz.

„Nicht wirklich. Sie hat vor Jahren einmal eine Recherche zur Rechtsrockszene gemacht, aber dass sie wieder angefangen hat, darüber zu schreiben, glaube ich nicht. Die

Musik passt so gar nicht zu ihr. Erklären kann ich mir das nicht. Und sonst war nichts auf dem Stick?"

„Die Kriminaltechnik hat zumindest bislang noch nichts gefunden. Fällt Ihnen denn gar nichts ein, das uns irgendwie weiterhelfen könnte?"

„Nein, im Moment nicht."

Handerson seufzte. Er trank seinen Kaffee aus, bedankte sich bei dem Journalisten, zahlte und ging nach Hause. Schreiber blieb noch eine Weile. Die Polizei hatte also im Wagen einen ähnlichen Stick gefunden wie er in dem Schließfach. Das konnte doch kein Zufall sein, zumal die Musik auf dem Stick für sie wirklich absolut untypisch war. Irgendetwas steckte dahinter. Und wieso war der Wagen am Containerhafen gefunden worden? Was hatte sie da gewollt?

Carlshaven, Containerhafen, 26. März 2016, abends

Schreiber war zu der Stelle am Containerhafen gefahren, an der Moniques Auto gefunden worden war. Soweit war erst mal nichts Auffälliges zu sehen. Doch wenn Monique an irgendeiner Sache dran gewesen war, dann wäre sie schön blöd gewesen, ihr Auto genau an der Stelle zu parken, an der sie recherchieren wollte. Dann hätte sie sich auch direkt mit einem Schild irgendwo hinstellen können, auf dem stand: „Ich weiß, was ihr vorhabt". Schreiber sah sich um. Er überlegte einen Moment und ging dann nach links. Er bog in einen Weg ein und plötzlich meinte er eine Verbindung zu sehen.

„Kann ich Ihnen helfen?"

Er hatte den Hafenarbeiter nicht bemerkt, der plötzlich wie aus dem Nichts vor ihm aufgetaucht war.

„Oh, Entschuldigung, ich habe Sie gar nicht kommen sehen. Ja, eventuell können Sie mir helfen. Sagen Sie mal, ist nicht hier in der Nähe die Lagerhalle des Kaffeekontors van Brink? Ich fange am Dienstag da an und wollte mich schon mal mit den Liegenschaften des Kontors vertraut machen, da es sein kann, dass ich da gelegentlich zur Qualitätskontrolle der Lieferungen hin muss."

Der Hafenarbeiter schaute ihn an und überlegte kurz.

„Ja, ich glaube, die Anlegestelle und die Lagerhalle sind da hinten rechts."

„Vielen Dank. Sie haben mir sehr geholfen."

Schreiber lächelte den Mann an, drehte sich um und ging in die ihm angewiesene Richtung. Er freute sich jetzt noch mehr auf seinen ersten Arbeitstag. Alles schien darauf hinzudeuten, dass der Schlüssel zum Mord an Monique wirklich im Kontor zu finden war.

Nach einigen Minuten konnte er die Lagerhalle sehen, die zum Kontor gehörte. An einer Stelle standen mehrere Container, von denen man aus einen guten Blick auf die Anlegestelle und die Lagerhalle hatte. Schreiber ging hinüber und sah sich um. In der Nähe standen einige große Holzkisten. Schreiber schob sie zu einem der Container hinüber und kletterte mit ihrer Hilfe hinauf. Von hier aus hatte er wirklich einen sehr guten Blick auf die Lagerhalle. Im Licht der untergehenden Sonne blitzte plötzlich weiter vorne auf dem Container etwas auf. Schreiber ging hin. Es war Moniques Autoschlüssel. Er lag in einer großen, eingetrockneten, braunen Lache. Vermutlich war das die Stelle, an der Monique ermordet worden war. Schreiber holte sein Stofftaschentuch aus der Hosentasche und hob den Autoschlüssel damit auf, dann kletterte er vom Container wieder hinunter und fuhr nach Hause.

Carlshaven, Annas Wohnung, 27. März 2016

Es war Ostersonntag. Anna und David waren früh aufgestanden und hatten einen langen Spaziergang unternommen. Nun war es zehn Uhr vormittags und sie waren wieder zu Hause. Anna stand in der Küche. Zur Abwechslung wollte sie einmal David bekochen. Im Wohnzimmer lief der Fernseher, den das Paar nur sehr selten einschaltete. Anna schob gerade den Lammbraten in den Backofen, als David sie aufgeregt ins Wohnzimmer rief.

„Was ist?"

David deutete auf den Bildschirm. Was sie dort sah, entsetzte sie zutiefst. Sie sank auf das Sofa und schüttelte stumm den Kopf. Ihr fehlten die Worte.

Im Fernsehen lief eine Sondersendung. In der Nacht war es im Süden Amberlands zu schweren Ausschreitungen gekommen. Die zentrale Erstaufnahmestelle für Asylbewerber in Sonnenstadt befand sich in einer Hochhaussiedlung, in der nicht nur Asylbewerber lebten. Weil die Asylbewerberzahlen in den letzten Wochen und Monaten drastisch angestiegen waren, musste die Erstaufnahme zeitweise geschlossen werden. Da die Menschen nicht wussten, wohin sie sollten, campierten sie in der Siedlung. Die Anwohner fühlten sich von den wild wohnenden Menschen zunehmend gestört. Die hygienischen Zustände verschlimmerten sich täglich und trugen nicht gerade dazu bei, die Lage friedlich zu halten. Doch die Politiker taten wenig bis nichts, um etwas an der Situation zu ändern. Auch als die Rechten anfingen, sich einzumischen, Kundgebungen abzuhalten und Parolen zu popularisieren wie

„Amberland den Amberländern" und „Ausländer raus", wurde nicht reagiert. Bei den Lokalzeitungen waren in den vergangenen Tagen Drohungen eingegangen, dass man sich des Problems jetzt selbst annehmen und „für Ordnung" sorgen wolle. Am Wochenende werde man „die Siedlung bereinigen". Zwar meldeten die Zeitungen die Ankündigungen der Polizei, reagiert wurde jedoch nicht. Die Behörden taten die Drohungen leichtfertig als „heiße Luft" ab.

Am frühen Abend hatten sich dann etwa zweitausend Menschen vor der Einrichtung versammelt. Irgendwann fing ein Teil der Menge an, Betonplatten zu zertrümmern und auf die Fenster des Gebäudes zu werfen. Später folgten noch ein paar Molotowcocktails. Die Täter warfen ihre Geschosse gegen das Gebäude und tauchten dann in der Menge unter, die vor Freude johlte. In der Nähe der Erstaufnahmeeinrichtung wurden von geschäftstüchtigen Leuten Imbiss- und Getränkestände aufgebaut, an denen reichlich Alkohol floss.

Die Polizei war zwar früh gerufen worden, aber die dreißig Beamten, die kamen, wurden von der Menge angegriffen, einige zusammengeschlagen. Mehrere Polizeifahrzeuge wurden mit Molotowcocktails beworfen und gingen in Flammen auf. Die Polizei zog sich zurück, um sich selbst zu schützen. In der Zentrale wurde stundenlang heftig telefoniert, um einen Wasserwerfer herbeizuschaffen, der aber erst nach Mitternacht eintraf, als die Angreifer sich langsam von alleine zurückzogen, weil sie müde waren.

Am Sonntagvormittag hatten sich wieder Menschen vor der Einrichtung versammelt, darunter auch bekannte Neonazis aus ganz Amberland. Der Grenzschutz wurde hinzugezogen und Hundertschaften aus anderen Teilen Amberlands angefordert, die aber sehr lange brauchten, bis sie endlich vor Ort waren. Wie es weiterging, war schwer einzuschätzen, aber die gesamte Lage versprach nichts Gutes.

„Das ist ja schrecklich. Die armen Menschen."

David nickte und legte den Arm um sie. Der Appetit war beiden vergangen. Es war ein schwarzer Sonntag für Amberland.

Sonnenstadt, 28. März 2016

Am Sonntagabend hatten die Angreifer das Haus wieder mit Steinen beworfen, dieses Mal auch von der Hinterseite, die bislang immer noch einen Fluchtweg für die Bewohner geboten hatte. Einigen war es gelungen, in das Gebäude selber einzudringen und dort großen Schaden anzurichten. Die Polizei war machtlos. Den etwa achthundert Beamten standen circa eintausend Gewalttäter und noch einmal zweitausend Schaulustige gegenüber. Die Schaulustigen stellten sich vor den Mob und behinderten und beleidigten die Beamten. Viele Polizisten wurden verletzt. Mehrere Polizeifahrzeuge brannten aus.

Am Montagvormittag versammelten sich aufs Neue Menschen vor der Einrichtung. Es herrschte so etwas wie Volksfeststimmung. Der Alkohol floss schon früh in Strömen, es wurde gegrillt und die Stimmung war äußerst aggressiv. Am Nachmittag wurde von offizieller Seite aus damit begonnen, die Einrichtung zu räumen. Das dauerte allerdings sehr lange, da die Einsatzkräfte immer wieder von der aggressiven Menge behindert und angegriffen wurden. Es flogen nicht nur Steine und Molotowcocktails in Richtung der Beamten; sie wurden auch mit Leuchtraketen und Signalmunition beschossen. Immer mehr Beamte wurden verletzt, daher wurden die Polizeikräfte mitten in der Räumungsaktion zum eigenen Schutz abgezogen. Man wollte die Verletzten versorgen und sich neu ordnen. Doch als der Polizeischutz abgezogen wurde, eskalierte die Situation. Der Mob warf Steine und Molotowcocktails auf das Gebäude. Dann stürmte er das Haus, trat Türen und Fenster ein. Rufe wie „Wir kriegen euch alle!" und „Gleich werdet ihr geröstet!" begleiteten sie. Es dauerte nicht lange, dann gingen die unteren zwei Etagen in Flammen auf. Die verbliebenen Asylbewerber flüchteten sich in die oberen Etagen. Sie wollten auf das Dach und von dort aus in eines der Nachbarhäuser, doch der Fluchtweg war versperrt. Die Notausgangstür war aus irgendeinem Grund verschlossen. Es gelang ihnen jedoch mit vereinten Kräften die Tür aufzubrechen und sich zu retten. Es dauerte ewig, bis die Feuerwehr eintraf, da auch sie von der schaulustigen Menge ausländerfeindliche Parolen grölender Menschen behindert wurde. Glücklicherweise konnten sie dennoch irgendwann durchkommen. Genauso wie die Polizei, die wieder angerückt war und es schließlich schaffte, ein Spalier zu bilden, damit sie die Asylbewerber, die es geschafft hatten, der Flammenhölle zu entkommen, in einen Bus begleiten konnten, der sie in andere Teile Amberlands brachte.

Carlshaven, Kaffeekontor, 29. März 2016

Nach den schweren Ausschreitungen des Osterwochenendes herrschte Katerstimmung in Amberland. Politik und Einsatzkräfte wiesen sich gegenseitig die Schuld zu und betonten immer wieder lautstark in Rundfunk und Fernsehen, dass die Sache nicht symptomatisch für Amberland sei. Man möge Ausländer. Menschen in Not seien in Amberland immer willkommen, daher würde man sich auch weiterhin freuen, wenn Asylbewerber kämen.

Schreiber wäre gerne in der Redaktion gewesen, weil es endlich einmal etwas zu berichten gab, doch er musste seinen Job beim Kaffeekontor antreten. Er hatte sich wieder mit Hilfe seiner Bekannten verkleidet und war überpünktlich zum Dienst erschienen. Er wollte schließlich an seinem ersten Arbeitstag keinen schlechten Eindruck hinterlassen.

Man führte ihn zunächst durch das Kontor und stellte ihn den Kollegen vor. Dann zeigte man ihm seinen neuen Arbeitsplatz und erklärte ihm, was zu tun sei. Er erhielt auch eine Mappe mit einer Checkliste, in der er bestimmte Punkte, die für seine Tätigkeit relevant waren, noch einmal nachlesen und abhaken konnte.

Gegen Mittag machten alle gemeinsam Pause. Als sie zurück kamen betrachtete Schreiber die Pinnwand im Büro des Kontors etwas näher. Dort hing ein Foto, das einige Mitarbeiter bei einer Firmenfeier oder ähnlichem zeigte. Er musste zwei Mal hinschauen, aber er hatte sich nicht verguckt. Eine der Frauen auf dem Foto war Monique. Allerdings war sie, genau wie er auch, maskiert. Auf dem

Bild trug sie eine dunkel-gelockte Kurzhaarperücke, die Nase war anders geformt und auf der Oberlippe hatte sie ein Muttermal. Aber es war Monique.

„Wer ist denn die Frau hier auf dem Foto? Die habe ich bei unserem Rundgang hier gar nicht gesehen."

Jan De'Gruyter, der Chefsekretär, antwortete ihm.

„Das ist Belle Stijn. Die war quasi deine Vorgängerin. War aber nicht lange hier. Hat noch vor Ablauf der Probezeit gekündigt."

„Wieso denn? Scheint doch hier eine ganz angenehme Arbeitsatmosphäre zu sein."

„Keine Ahnung. Sie hat keine Begründung angegeben. Mich hat es auch überrascht, weil die eigentlich super Arbeit gemacht hat und auch nie irgendwas davon gesagt hat, dass sie unzufrieden wäre."

„Wie definierst du denn ‚super Arbeit'? Ich meine ja nur, wenn ich dann in ihre Fußstapfen treten soll, muss ich wenigstens wissen, wie hoch die Latte liegt."

De'Gruyter lachte.

„Also, wenn du auch nur halb so gut arbeitest wie die, dann bin ich schon zufrieden. Die hat mehrere Fremdsprachen fließend beherrscht und fast die ganze Auslandskorrespondenz alleine erledigt. Zuletzt hatten wir sehr viele Aufträge und da war sie immer bis weit nach Geschäftsschluss hier, um sich um Sachen zu kümmern, die wir über Tag teilweise nicht geschafft haben. Nur mit ihrem Musikgeschmack kam ich irgendwie nicht klar."

„Wieso?"

„Also, wenn wir anderen nach Hause gingen, hat die immer einen Stick mit Musik in den Computer gesteckt. Sie hat gemeint, wenn sie schon länger bliebe, dann wollte sie wenigstens etwas Unterhaltung haben. Also meins war es nicht. Lauter harte Rockmusik. Ich hätte ja anfangs gar nicht gedacht, dass sie so etwas hört. Aber anscheinend war das wohl ihr Geschmack."

Da sieh an. Wieder dieser Stick mit der komischen Musik. Irgendetwas stimmte damit nicht und so langsam hatte er auch eine Idee, was das sein könnte.

„Vielleicht ist ihr die Arbeit hier zu viel geworden, wenn du sagst, dass die immer so lange hier war."

„Das kann natürlich sein."

„Aber bis in die Nacht muss ich nicht hierbleiben, oder?"

De'Gruyter lachte wieder. „Nein, keine Sorge. Die Auftragszahlen sind wieder zurückgegangen. Momentan kommen wir hier alle jeden Tag pünktlich nach Hause."

Schreiber setzte sich wieder an seinen Schreibtisch und arbeitete weiter. Er sehnte sich den Feierabend herbei, da sich in seinem Kopf eine Idee zu formen begann, was es mit dem mysteriösen USB-Stick auf sich haben könnte. Er konnte es nicht abwarten, endlich nach Hause zu kommen.

Carlshaven, Schreibers Wohnung, 29. März 2016, abends

Schreiber war wieder Zuhause. Er hatte auf dem Heimweg bei einem Fast-Food-Restaurant angehalten und sich etwas zu essen mitgenommen, das er jetzt gedankenlos in sich hineinstopfte, während er darauf wartete, dass sein Computer endlich hochgefahren war. Es kam ihm wie eine kleine Ewigkeit vor.

Als der Rechner endlich einsatzbereit war, ging er ins Internet und suchte nach Informationen über Steganographie. Dass man Dateien in Bilddateien verstecken konnte, hatte er bei einer früheren Recherche gelernt. Die Technik war besonders bei Pädophilen beliebt, die ihre ekelerregenden Bilder gerne mal in unverfänglichen Abbildungen versteckten, damit ihnen keiner so schnell auf die Schliche kam. Wer denkt schon, dass sich hinter einem Urlaubsfoto vom Eiffelturm Kinderpornos verbergen? Hätte er Bilddateien auf dem Stick gefunden, hätte er sofort daran gedacht.

Er brauchte nicht lange zu suchen, da hatte er es schwarz auf weiß, dass es auch möglich war, etwas in MP3-Dateien zu verstecken. Noch etwas später hatte er auch ein Programm gefunden, mit dem man genau das konnte und das es auch ermöglichte, das Ganze wieder zum Vorschein zu bringen. Er machte zur Sicherheit noch eine Kopie von dem Stick, bevor er den Versuch unternahm, eventuell in den MP3's versteckte Daten wieder sichtbar zu machen. Dann legte er los.

Leider war das Ganze nicht so einfach, wie er gedacht hatte. Das Programm forderte ihn auf, ein Passwort einzugeben, um die versteckten Dateien wieder zum Vorschein zu bringen. Er versuchte etwas, doch das System sagte ihm, das Passwort sei falsch. Er fluchte. Dann ging er in die Küche und machte sich eine Tasse Kaffee, mit der er anschließend unruhig durch die Wohnung lief. Er ging hinaus auf den Balkon und setzte sich. Die Sonne ging gerade unter. Während er sich eine Zigarette ansteckte und den Sonnenuntergang betrachtete, fiel ihm etwas ein. Er machte die Zigarette aus, ging zum Computer zurück und versuchte es erneut. Diesmal hatte er Glück. Das Programm nahm das Passwort, das er eingegeben hatte. Heraus kam eine Textdatei mit der er auf den ersten Blick nicht viel anfangen konnte. Es war eine Liste mit Namen sowie Daten, Orten und Zahlen. Die Namen waren ausnahmslos ausländischer Herkunft. Auch die Orte lagen im Ausland, hauptsächlich in Afrika. Er versuchte die nächste Musikdatei zu entschlüsseln. Auch hier erhielt er anschließend wieder eine ähnliche Textdatei. Er schaffte es an diesem Abend, etwa ein Viertel der Musikdateien auf dem Stick zu dekodieren, doch der Sinn hinter dem, was er auf dem Bildschirm sah, erschloss sich ihm nicht. Der einzige bekannte Name, der in den Dateien immer wieder auftauchte, war Jan De'Gruyters. Gegen zwei Uhr hörte Schreiber auf und ging ins Bett, da er am nächsten Morgen wieder früh im Büro des Kaffeekontors erscheinen musste.

Carlshaven, Kaffeekontor, 30. März 2016

Jan De'Gruyter war ein großer, kräftig gebauter Mann mittleren Alters mit dunklen Haaren. Er gab sich freundlich und hilfsbereit und ließ selten den Chef heraushängen, obwohl er der Chefsekretär des Kaffeekontors war. Lange war er noch nicht bei van Brink angestellt, erst etwa eineinhalb Jahre. Eigentlich war er ein Typ, zu dem man schnell Vertrauen fasste und Schreiber fand ihn sehr sympathisch. Doch da De'Gruyters Name so oft in den Dateien aufgetaucht war, die Monique so sorgfältig versteckt hatte, war er ihm gegenüber vorsichtig geworden. Irgendetwas schien er mit der ganzen Sache zu tun zu haben, aber was genau, da war Schreiber noch nicht hinter gekommen. Der Journalist konnte es kaum erwarten, dass es endlich Abend wurde und er wieder an den Computer zurückkonnte, um weitere Dateien zu knacken. In ihnen musste der Schlüssel zu diesem Geheimnis liegen. Jetzt war ihm auch klar, wieso Monique immer so viele Überstunden geschoben hatte. Sie hatte die Dateien irgendwo gefunden und sie auf dem Stick versteckt. Selbst wenn ihn sich jemand angesehen hätte, hätte er keinen Verdacht geschöpft, da oberflächlich nur Musik darauf war.

An sich war sein zweiter Tag im Kontor relativ unspektakulär verlaufen. Er hatte diverse Telefonate geführt, Bestellungen bearbeitet, ein paar Angebote geschrieben und Korrespondenz beantwortet. Typische Sekretärsarbeiten eben. Er hatte auch vorsichtig versucht ein paar mehr Informationen über seine Vorgängerin einzuholen. Die Kollegen erzählten ihm, dass Moniques Alter Ego Belle Stijn eine recht beliebte Kollegin gewesen sei, mit der jeder gerne gearbeitet hatte, obwohl sie nur sehr kurze Zeit da gewesen war. Eine sehr nette und kompetente Frau, die immer sehr hilfsbereit war und anderen zum Teil einen frühen Feierabend verschaffte, da sie freiwillig Arbeiten von ihnen übernommen und zu Ende gebracht hatte. Alle waren sehr überrascht gewesen, als sie plötzlich und ohne Begründung gekündigt hatte. Schreiber glaubte zu wissen, was hinter diesem vordergründigen Altruismus steckte, andere vorzeitig in den Feierabend zu schicken. Aus reiner Nächstenliebe hatte Monique wohl kaum freiwillig Mehrarbeit geleistet.

Als er am Abend wieder zu Hause war, begab er sich daran, weitere Dateien zu entschlüsseln. Leider war sein Computer sehr langsam und stürzte immer wieder ab. Er schaffte daher nur einige wenige Dateien. Die meisten waren wieder ähnlich wie die Listen, die er am Vortag dekodiert hatte. Auch hier erschien immer wieder De'Gruyters Name. Anscheinend waren von Menschen aus dem afrikanischen Ausland Zahlungen irgendeiner Art an den Chefsekretär geflossen. Nur wofür genau erschloss sich Schreiber aus den Listen nicht. Uganda tauchte öfters auf. Äthiopien fand sich ebenfalls in den Listen. Er wusste, dass es sich dabei um Kaffeeanbauländer handelte und fragte sich, ob der Chefsekretär an van Brink vorbei irgendwelche Nebengeschäfte mit den Kaffeelieferungen für das Kontor gemacht hatte. Das wäre natürlich ein dicker Hund. Aber um hinter das Geheimnis zu kommen, musste er erst mal alle Dateien entschlüsseln. Er schaute auf die Uhr. Es war schon spät und sein Computer wollte mittlerweile auch nicht mehr. Es hatte keinen Sinn, weiter an den Dateien zu arbeiten, da er so langsam ins Bett musste. Er war kein Morgenmensch und musste derzeit immer erheblich früher aufstehen als sonst, weil er noch bei seiner Theaterfreundin vorbei musste, um seine Maskerade als Werner Bäcker zu vervollständigen. Er würde De'Gruyter und seine Geschäfte etwas besser im Auge behalten, sobald er alle Dateien entschlüsselt hatte. Dann wusste er vermutlich, wonach er genau suchen musste.

Carlshaven, Kemis Wohnung, 30. März 2016, abends

Anna und David waren zur Abwechslung bei Kemi eingeladen. Eigentlich war es keine richtige Einladung, sondern eher ein Arbeitstreffen. Da Kemi und David im Fernsehen zu sehen gewesen waren, als man den Kühltransporter mit den Flüchtlingen gefunden hatte, war nun ein lokaler Radiosender an die beiden herangetreten und hatte angefragt, ob sie aus gegebenen Anlass am nächsten Tag an einer Sondersendung zum Thema „Rassismus" teilnehmen könnten. David und Kemi wollten sich auf die Sendung vorbereiten und Anna war mitgekommen, um die beiden dabei zu unterstützen.

Nach zwei Stunden waren die drei soweit fertig und beschlossen, den Abend noch ein bisschen nett ausklingen zu lassen. Kemi holte eine Flasche Wein und Knabberzeug aus der Küche. Nachdem sie die ersten Schlucke getrunken hatten, fragte Anna: „Sag mal, was ist eigentlich mit den Asylbewerbern aus Sonnenstadt passiert?"

„Die sind auf andere Einrichtungen in anderen Städten verteilt worden", antwortete Kemi. „Zehn davon sind jetzt hier in der Keller-Kaserne. Alles Afrikaner aus Somalia und dem Sudan, also Ländern, in denen Bürgerkrieg herrscht. Die tun mir richtig leid, da die durch die Sache jetzt zusätzlich traumatisiert sind. Der eine Junge ist siebzehn und ist so eingeschüchtert, dass es ihm im wahrsten Sinne des Wortes die Sprache verschlagen hat. Der würde sich am liebsten unsichtbar machen. Und dann ist da eine junge Frau, die sehr viel Schreckliches erlebt hat. Sie kommt aus Darfur. Erst sind die Dschanschawid in ihr Dorf eingefallen und haben alle männlichen Bewohner, die sie gefunden haben, getötet, darunter auch ihren Mann und ihre Söhne. Anschließend haben sie alles niedergebrannt. Dann haben sie die Frau zusammen mit einigen anderen verschleppt und tagelang vergewaltigt. Sie hat es geschafft, zu fliehen. In ihr Dorf konnte sie aber nicht mehr zurück, da es abgebrannt war und selbst wenn das nicht der Fall gewesen wäre, hätte man sie als vergewaltigte Frau dort verstoßen. Es ist da leider immer noch so, dass Überlebende von Vergewaltigungen dort immer noch mit Verachtung bestraft und aus der Dorfgemeinschaft und von ihrer Familie verstoßen werden, obwohl sie gar nichts dafür können. Ihre Männer wollen sie nicht mehr, weil sie die Familie entehrt haben und auch der Rest der Dorfgemeinschaft gibt ihnen die Schuld für das, was ihnen passiert. Sie sind also doppelt gestraft. Vergewaltigung wird in solchen Ländern daher oft als Kriegswaffe eingesetzt. Die junge Frau ist dann nach Uganda geflohen, aber in dem Flüchtlingslager dort wurde sie von einem Mitarbeiter wieder vergewaltigt."

„Das ist ja furchtbar!" Anna war entsetzt.

„Ja, aber das kommt leider immer wieder vor. Es gibt viele Berichte von Frauen, dass sie in afrikanischen Flüchtlingslagern vom Personal oder von anderen Flüchtlingen sexuell belästigt oder missbraucht werden. Vor allem, wenn sie alleine reisen, sind sie den Übergriffen oft schutzlos ausgesetzt, weshalb sie auch immer als besonders schutzbedürftige Flüchtlinge angesehen werden. Die Frau ist dann da auch weg und hat es irgendwie nach Europa geschafft. Sie dachte, hier sei sie endlich in Sicherheit und dann wird sie Opfer von so einer Meute, die Brandsätze auf ihre Unterkunft wirft. Die muss sich doch zurück nach Darfur versetzt gefühlt haben."

„Sagtest du gerade, dass die nach Uganda geflohen ist? Ich denke da herrscht auch Bürgerkrieg?"

„Nein, nicht mehr. Und die Leute, die aus den Krisenregionen des Sudan fliehen, flüchten entweder in andere Regionen des Landes oder in die angrenzenden Länder wie beispielsweise Uganda. Bei den Somalis ist es ähnlich. Die finden oft erst mal in Äthiopien Zuflucht."

„Anna, es wird spät, wir sollten so langsam mal wieder nach Hause. Immerhin ist heute Mittwoch und wir müssen alle morgen arbeiten", schaltete sich David dazwischen.

Anna sah auf ihre Uhr. Es war mittlerweile kurz vor Mitternacht.

Carlshaven,
Büro der Mordkommission,
31. März 2016

Der dreiköpfigen Mordkommission klappte simultan der Unterkiefer hinunter. Morton Weidmann stand lächelnd in der Bürotür. Das alleine war schon ungewöhnlich genug, aber neben ihm stand eine äußerst gutaussehende, junge Blondine, um deren Schultern er seinen linken Arm gelegt hatte. Es war dieselbe Frau mit der Hans Schreiber ihn im Caféhaus gesehen hatte.

„Darf ich euch Gyde vorstellen?"

„Und Gyde ist…." Handerson wusste nicht, wie genau er den Satz beenden sollte, ohne dabei zu unverschämt, indiskret oder neugierig zu wirken.

„Meine Tochter."

„Deine Tochter?" Mehr bekam Handerson zunächst nicht heraus und auch der Rest der Mordkommission starrte das ungleiche Pärchen mit großen Augen ungläubig an, während Weidmann breit grinste und sich an dem Anblick seiner völlig perplexen Kollegen ergötzte. Als Björn sich von dem kleinen Schock erholt hatte, stammelte er: „Ich wusste gar nicht, dass du eine Tochter hast."

Weidmann grinste noch breiter. „Ich bis vor ein paar Wochen auch noch nicht."

Die drei Kriminaler sahen ihn immer noch verwirrt an.

„Lange Geschichte. Gehört jetzt nicht hierher. Aber Gyde könnte euch vielleicht weiterhelfen. Sie hat in den Staaten IT-Forensik studiert. Ihr habt doch da diesen USB-Stick gefunden, mit dem ihr nicht weiterkommt."

„Aber da haben wir doch schon geschaut. Da war nur Musik drauf", warf Peter ein.

„Vielleicht wurden auch Daten von dem Stick wieder gelöscht", gab Gyde zu bedenken. „Die könnte man mit spezieller Software unter Umständen wieder herstellen. Oder es befinden sich versteckte Daten auf dem Datenträger."

„Ich hab doch extra geguckt, ob da eventuell Dateien ausgeblendet sind. Das war aber nicht der Fall."

„Es gibt verschiedene Methoden, Dateien zu verstecken. Ausblenden ist nur eine Möglichkeit von vielen."

„Jetzt gebt ihr schon den Stick", drängte Weidmann. „Ihr kommt doch eh alleine nicht weiter. Vielleicht findet Gyde etwas, von dem ihr bislang noch gar nicht wusstet, dass es da ist."

Handerson seufzte. Weidmann hatte recht und es blieb ihnen wirklich nichts anderes übrig, als die Hilfe des Gerichtsmediziners und seiner Tochter anzunehmen, da sie alleine einfach feststeckten. Er ging zu einem Schrank in der Ecke, schloss die Tür auf und holte das Original des USB-Sticks heraus, den man in Moniques Wagen gefunden hatte.

„Hier, das ist das Original. Wir haben noch ein paar Kopien, aber wenn du nach gelöschten Dateien suchen möchtest, die du eventuell wieder herstellen kannst, nützen die dir vermutlich wenig."

„Das stimmt. Danke für euer Vertrauen."

„Was bleibt uns denn anderes übrig?"

Carlshaven, Schreibers Wohnung, 01. April 2016, abends

Schreiber saß wieder vor seinem Computer und war dabei, die restlichen Dateien zu entschlüsseln. Als er fertig war, druckte er alles aus und setzte sich damit auf sein Sofa. Er schaute sich die Seiten sorgfältig an. Es war, wie er es vermutet hatte. Menschen aus dem Ausland, vorwiegend aus Uganda und Äthiopien, hatten Geld an Jan De'Gruyter und Cees van Brink bezahlt. Allerdings konnte Schreiber den Listen nicht entnehmen, wofür. Zuerst hatte Schreiber gedacht, dass De'Gruyter krumme Geschäfte auf dem Rücken seines Arbeitgebers machte und einige Säcke Kaffee für den Schwarzmarkt abzweigte. Aber da später auch van Brinks Name in den Dateien aufgetaucht war und zwar fast genauso häufig wie der seines Chefsekretärs, machte das keinen Sinn. Einige der Dateien, die Schreiber zuletzt entschlüsselt hatte, enthielten anscheinend Lieferdaten. Eines davon war der fünfte März, der Tag an dem Monique ermordet worden war. Vermutlich war sie dahinter gekommen, um was es bei diesen Lieferungen ging. Da es so aussah, als sei sie auf dem Container im Hafen erschossen worden, glaubte Schreiber, dass sie etwas beobachtet haben musste, das sie wohl besser nicht gesehen hätte und dabei erwischt worden war. Die nächste Lieferung war für das zweite Aprilwochenende geplant. Er nahm sich fest vor, dieses Mal dabei zu sein. Aber er brauchte ein sicheres Versteck, von dem aus er die Transaktion beobachten konnte. Van Brink und De'Gruyter waren gefährlich, sonst wäre Monique jetzt nicht tot. Er fuhr zum Hafen.

Dort angekommen, machte er sich auf den Weg in Richtung der Liegenschaften des Kaffeekontors. Der Container, auf den er das letzte Mal geklettert war, bot zwar einen guten Blick auf die Anlegestelle und die Lagerhalle, doch da Monique offenbar auf dem Container erschossen worden war, schien es kein besonders gutes Versteck gewesen zu sein. Er schaute sich nach einer anderen Möglichkeit um. Gegenüber dem Kai befand sich ein Gebäude, das schon länger nicht mehr in Betrieb zu sein schien. Die Fenster waren fast alle vernagelt. Schreiber ging hinüber. Das Eingangstor war verschlossen. Er ging um das Haus herum und entdeckte ein Fenster, das nicht mit Brettern verschalt war. Der Journalist griff nach einem Stein, der in der Nähe lag und schlug es ein. Dann schlüpfte er hindurch. Er ging in den ersten Stock hinauf. Auch hier waren die Fenster mit Brettern zugenagelt. Er löste eins davon und spähte hinaus. Von hier aus hatte er einen sehr guten Blick und es bestand auch nicht die Gefahr, dass er gesehen würde, vorausgesetzt, er war früh genug vor Ort. Zufrieden ging er wieder hinunter und fuhr nach Hause.

Carlshaven, Büro der Mordkommission, 04. April 2016

Die Mordkommission saß fasziniert vor dem Stapel Papier und dem USB-Stick, den Gyde ihnen auf den Schreibtisch gelegt hatte.

„Und das war alles auf dem Stick drauf?" Peter war sichtlich erstaunt. „Aber wo denn? Ich meine, wir haben doch nur MP3-Dateien darauf gesehen."

„Eben."

„Hä? Das verstehe ich nicht."

„Sagt euch der Begriff ‚Steganografie' etwas?"

Anna sah Gyde an. „Ist das nicht, wenn man eine Datei in einer anderen Datei versteckt?"

„Ja, genau."

„Aber ich dachte, das kann man nur mit Bildern."

„Nein, prinzipiell geht das eigentlich mit fast allen Dateien, also auch mit MP3. Aber Bilder sind am beliebtesten, weil sie sich auch am besten eignen. Was ihr hier auf dem Schreibtisch liegen habt, sind alle Dateien, die in den MP3 auf dem Stick versteckt waren. Da die nicht nur versteckt, sondern zusätzlich mit einem Passwort gesichert waren, war es gar nicht so einfach, die dort herauszuholen. Aber ich besitze aus meiner Zeit beim FBI noch eine von denen entwickelte Spezialsoftware, um Passwörter zu knacken. Damit ging es."

„Und was sind das für Dateien gewesen?"

„Es waren Textdateien. Aber mit dem Inhalt kann ich nicht viel anfangen. Vielleicht werdet ihr daraus schlau."

Björn blätterte durch den Stapel durch. „Die werden wir uns dann gleich mal genauer ansehen. Danke für deine Hilfe, Gyde."

„Gern geschehen, zumal wir ja demnächst quasi Kollegen sind."

„Quasi Kollegen?", schaltete sich Peter ein.

„Ja, hat mein Vater euch das nicht erzählt? Ich fange zum fünfzehnten hier bei der Kriminalpolizei in Carlshaven an. Als IT-Forensikerin soll ich das bestehende Forensik-Team ergänzen."

~

Lange hatten sie sich nicht mehr mit Gyde unterhalten können, da sie ein kleines Kind zu Hause hatte und ihre Babysitterin an diesem Tag nicht so lange auf ihren Sohn aufpassen konnte. Mittlerweile war es Mittagszeit und Handerson war wie üblich in die Kantine gegangen. Allein. Seine beiden Kollegen hielten nicht viel von dem, was dort serviert wurde und brachten sich meist selbst etwas mit. Als er mit seinem Tablett in der Hand nach einem freien Sitzplatz Ausschau hielt, entdeckte er in einer Ecke der Kantine Morton Weidmann, der alleine an einem Tisch saß. Er ging zu ihm.

„Na, du bist mir ja ein Schlingel."

„Wieso?"

„Da hast du so eine bildhübsche und intelligente Tochter und erzählst keinem was davon. Und schon gar nicht, dass die demnächst mit uns arbeitet."

Weidmann grinste. „Dass die demnächst hier arbeitet, sollte eine Überraschung für euch sein. Und dass die meine Tochter ist, war eine für mich."

„Hä?"

„Vor einigen Wochen bekam ich einen Anruf von meiner ehemaligen Verlobten. Nach unserer Trennung war sie in die USA gezogen und hatte einige Wochen später festgestellt, dass sie schwanger war. Da sie zu dem Zeitpunkt schon einen neuen Freund hatte, dachte sie das Kind sei von ihm. Als er vor zwei Jahren schwer krank wurde und eine Knochenmarkspende brauchte, stellte sich heraus, dass Gyde nicht sein leibliches Kind sein konnte. Als Gyde jetzt die Stelle in Carlshaven bekommen hat, hat ihre Mutter mich angerufen und es mir gesagt. Sie bat mich, dass ich mich um die Kleine kümmern soll, da sie das erste Mal so weit von zu Hause weg ist."

„Was du natürlich gerne tust."

„Selbstverständlich. Man lernt seine Tochter schließlich nicht alle Tage kennen. Ich habe ihr hier in Carlshaven eine Wohnung besorgt und auch schon ein paar Mal auf meinen kleinen Enkelsohn aufgepasst."

„Und der Vater von dem Kleinen?"

„Ist gerade als Soldat in Afghanistan. Gyde und er skypen jeden Tag, aber sie macht sich immer sehr große Sorgen um ihn."

„Das kann ich nachvollziehen. Man weiß bei solchen Einsätzen schließlich nie, ob man da wieder heil rauskommt."

Weidmann nickte.

„Wie lange soll der denn noch im Auslandseinsatz sein?"

„Ein paar Monate. Er hat schon einen Antrag gestellt, dass man ihn auf die amerikanische Militärbasis hier in Carlshaven versetzen soll. Wenn ich Gyde richtig verstanden habe, dann ist der wohl auch schon genehmigt worden. Jetzt muss er also nur noch die letzten Monate in Afghanistan überstehen und dann kann die Familie hier ganz neu starten."

„Und, hast du ihn denn auch schon kennen gelernt?"

„Nein, noch nicht. Aber Gyde hat mir viel von ihm erzählt. Scheint ein netter Kerl mit viel Sinn für Familie zu sein. Die beiden wollen demnächst auch heiraten."

„Ach, das haben sie noch nicht?"

„Nein. Irgendwie ist ihnen Afghanistan dazwischen gekommen."

Sie aßen eine Weile schweigend. Als sie fertig waren, sagte Handerson: „Danke übrigens, dass du an uns gedacht hast. Gyde hat uns wirklich sehr geholfen."

„Ihr konntet mit den Dateien also etwas anfangen?"

„Nein. Das heißt, wir sind noch nicht dazu gekommen, uns die Sachen genau anzusehen. Wir hatten uns noch so nett mit unserer zukünftigen Kollegin unterhalten und irgendwie war es dann Zeit für die Mittagspause. Aber ohne Gyde wären wir jetzt immer noch keinen Schritt weiter und würden weiterhin Däumchen drehen und darauf warten, dass uns irgendein Hinweis über den Weg läuft."

„Na, dann solltest du dich aber jetzt, wo dein Teller leer ist, schleunigst wieder an die Arbeit begeben."

Das ließ sich Handerson nicht zwei Mal sagen und machte sich schnell auf den Weg zurück ins Büro.

Carlshaven,
Büro der Mordkommission,
05. April 2016

„Mh, also irgendwie ist das alles zu hoch für mich". Peter saß hinter seinem Schreibtisch und hielt mehrere von den Dateiausdrucken in der Hand, die Gyde ihnen am Vortag vorbei gebracht hatte. Die Mordkommission hatte den ganzen Montagnachmittag damit verbracht, die Papiere zu sichten, aber wirklich verstanden, worum es ging, hatten sie nicht.

„Also, es scheint definitiv irgendetwas mit diesem Kaffeekontor zu tun zu haben. Zumindest taucht van Brinks Name öfter auf. Irgendwie sind Zahlungen aus dem Ausland, vornehmlich aus Ländern, in denen Kaffee angebaut wird, an diesen Kontorseigner und an einen Herrn De'Gruyter geflossen. Und das hier scheinen irgendwelche Liefertermine zu sein", meinte Anna.

„Aber reguläre Zahlungen für normale Kaffeelieferungen können das nicht sein. Ich meine, warum hätte Monique die sonst verstecken sollen?", fragte Peter.

„Vielleicht haben die Steuerhinterziehung im großen Stil begangen", meinte Anna.

„Na, aber dafür bringt man doch hierzulande keinen um. Das ist doch fast ein Kavaliersdelikt. Schau dir doch diesen Fußballtrainer an, den die vor einiger Zeit wegen Steuerhinterziehung ins Gefängnis geschickt haben. Der hat seine Steuern nachbezahlt, sitzt seine Strafe ab, wird womöglich noch vorzeitig entlassen und ich fresse einen Besen, wenn die den nicht gleich wieder als Trainer bei irgendeinem Verein einstellen, sobald der wieder draußen ist. Die

Medien schimpfen die ganze Zeit auf den bösen, raffgierigen Staat und er ist so ein armer Kerl, dass man ihn ins Gefängnis gesteckt hat."

„Vielleicht sollten wir noch einmal im Kaffeekontor vorbei fahren und versuchen, in Erfahrung zu bringen, ob dieser De'Gruyter da arbeitet", schlug Björn vor.

„Ja, aber diskret. Ich meine, das Material hier scheint einiges an Brisanz zu besitzen, auch wenn wir das Problem haben, dass wir nicht wissen, wieso. Wenn wir da jetzt blind herumstochern, machen wir noch jemanden darauf aufmerksam, dass wir Informationen haben, die wir gar nicht besitzen sollten."

„De'Gruyter arbeitet im Kaffeekontor van Brink", schaltete sich Peter in das Gespräch ein.

Seine beiden Kollegen sahen ihn verwirrt an. Peter drehte seinen Computermonitor um.

„Steht auf der Webseite des Kontors. Es ist der Chefsekretär."

„OK", sagte Anna. „Jetzt wissen wir, dass Zahlungen von irgendwem an hochrangige Mitarbeiter des Kaffeekontors geflossen sind. Aber wesentlich weiter sind wir immer noch nicht. Wenn ich diese Liste richtig interpretiere, dann ist der nächste Liefertermin der neunte April, also diesen Samstag. Vielleicht sollten wir vor Ort sein und uns mal heimlich umsehen, um was es sich bei der Ware denn handelt."

„Gute Idee, aber wo ist denn der Lieferort? Ich meine das Kaffeekontor wird es nicht sein. Das wäre wohl zu auffällig, zumal da Teile der Belegschaft auch am Wochenende arbeiten", wollte Björn wissen.

„Mh, lass mich mal überlegen". Anna zwirbelte an ihren Haaren herum. „Also, Moniques Auto wurde am Containerhafen gefunden, richtig?"

„Ja, aber der Hafen ist groß und an der Stelle, wo das Fahrzeug gefunden wurde, war nichts Besonderes. Wir sind ja selber da gewesen."

„Ja, das schon, aber angenommen, sie hat den Wagen nicht dort abgestellt, wo sie auch recherchieren wollte. Das würde ja Sinn machen. Man will ja bei einer Observation nicht gleich entdeckt werden."

„OK, aber, wie gesagt, der Hafen ist groß. Die kann doch überall gewesen sein."

„Überall nicht. In den Dateien taucht das Kaffeekontor auf und in ihrem Notizbuch steht auch etwas von Kaffeekontor. Außerdem hat man Kaffeepulver an ihrer Kleidung gefunden. Das Kontor wird doch bestimmt irgendeinen Kaiabschnitt im Containerhafen für sich gemietet haben, oder?"

„Mit Sicherheit. Anna, du bist genial". Björn griff zum Telefon und rief bei der Hafenverwaltung an. Nach nur wenigen Minuten wusste er, wie sie zu den Liegenschaften des altehrwürdigen Kaffeekontors van Brink am Containerhafen kamen. Die drei machten sich sofort auf den Weg, um sich dort einmal umzusehen und herauszufinden, von wo aus man eine eventuelle Lieferung – woraus auch immer diese bestehen möge – ungestört und ungesehen beobachten könnte.

Carlshaven, Containerhafen, 09. April 2016, 21 Uhr

Die Lieferung sollte gegen Mitternacht kommen. Schreiber war schon sehr früh am Containerhafen, um nicht entdeckt zu werden. Wenn die Lieferung erst gegen Mitternacht erfolgen sollte, dann würden van Brink und De'Gruyter bestimmt nicht schon fast drei Stunden vorher da sein. Er ging sofort zu dem Gebäude, das er sich bei seinem letzten Besuch als Versteck ausgesucht hatte. Das kaputte Fenster war entweder noch nicht entdeckt worden oder es hatte keinen interessiert. Auf jeden Fall konnte er das Haus auf diesem Weg ungehindert betreten. Im ersten Stock angekommen, richtete er sich erst einmal ein. Er stellte den kleinen Anglerhocker an das Fenster, von dem er das Brett gelöst hatte und das ihm einen guten Blick auf den Kai bot. Dann holte er eine Decke, eine Thermoskanne mit Kaffee, eine Dose mit Butterbroten und ein Fernglas aus seinem Rucksack. Die Nächte waren immer noch sehr kalt und er wollte nicht frieren. Außerdem hielt der Kaffee ihn wach. Nachdem er sich in die Decke gemummelt hatte, setzte er sich ans Fenster und wartete.

~

Van Brink sah auf seine Armbanduhr. Es war kurz nach dreiundzwanzig Uhr. Er hatte sich mit De'Gruyter etwas früher verabredet, da er noch etwas mit ihm besprechen wollte. Als er Schritte hörte, drehte er sich um. Der Chefsekretär kam mit wehendem Mantel auf ihn zu.

„Da bist du ja endlich."

„Entschuldige, aber ich hatte eine Reifenpanne."

„Na, macht ja nichts, Hauptsache, du bist endlich hier. Wie viele sollen es diesmal sein?"

„Zehn."

Van Brink nickte.

„Was ist mit dem Wagen?"

„Alles geregelt."

„Sehr gut. Hoffentlich läuft diesmal alles glatt."

„Das war aber auch ein Pech, dass die den Transporter das letzte Mal rausgezogen haben."

„Allerdings."

Van Brink schaute an De'Gruyter vorbei und runzelte die Stirn.

„Ist was?"

„Ich habe da eben ein Licht gesehen."

De'Gruyter drehte sich um und blickte in dieselbe Richtung. Er konnte an dem alten Gebäude aber nichts auffälliges erkennen.

„Kann eigentlich nicht sein. Das Gebäude steht doch schon seit Jahren leer und ist abgeschlossen. Das ist mittlerweile so baufällig, dass man sich da fast den Hals bricht."

Van Brink war nicht wirklich überzeugt.

„Und wenn sich da irgendwelche Taugenichts eingenistet haben? Wenn die hier was von mitkriegen? Das wäre eine Katastrophe."

De'Gruyter zuckte mit den Schultern.

„Wenn das wirklich so sein sollte, dann sind die bestimmt so zugedröhnt, dass die eh nicht mitbekommen, was hier läuft."

„Ich will kein Risiko eingehen. Das letzte Mal war schon knapp. Gut, dass der Fahrer von nichts wusste."

De'Gruyter lachte.

„Ja, begeistert war der wirklich nicht, dass er jetzt ein Strafverfahren am Hals hat. Aber wir wollten noch über die Absatzplanung für das nächste Quartal sprechen."

Stimmt, das war der Grund, warum sie sich eher treffen wollten, da sie es am Nachmittag im Kontor nicht mehr geschafft hatten. Die beiden gingen eine Weile auf und ab, um sich warm zu halten, während sie über Geschäftliches beratschlagten.

~

Schreiber saß an seinem Fenster und schaute durch sein Fernglas. Er war erstaunt gewesen, dass die beiden schon so früh da gewesen waren und wunderte sich, warum sie am Kai immer hin- und herspazierten, während sie irgendetwas zu besprechen schienen. Es ärgerte ihn, dass er kein Richtmikrophon mitgenommen hatte, denn dann hätte er sie belauschen können. Stattdessen beobachtete er sie angestrengt durch das Fernglas. Als van Brink und De'Gruyter zu dem Gebäude hinüber gesehen hatten, war ihm der Schrecken in die Glieder gefahren, da er für einen kurzen Moment dachte, er sei entdeckt worden. Aber da die beiden sich anschließend wieder in ihr Gespräch vertieft hatten, war es wohl nur ein Trugschluss gewesen. Er Atmete erleichtert auf. Ein lautes Tuten erklang im Hafen, dann wurde ein Frachter sichtbar, der auf die Anlegestelle am Kai zusteuerte. Schreiber sah auf die Uhr. Es war kurz vor Mitternacht. Gleich würde sich das Geheimnis lüften.

~

Van Brink verzog das Gesicht.

„Muss der so einen Lärm machen?"

De'Gruyter zuckte mit den Achseln.

„Was stört dich denn daran, dass der hier rumtutet?"

„Wenn das jetzt einer mitbekommt?"

„Na und? Offiziell ist das ein Frachter, der Kaffee aus Afrika liefert. Das weiß die Hafenmeisterei auch. Warum soll da einer nach gucken kommen?"

Van Brink sah nicht sonderlich überzeugt aus. Bei den letzten Lieferungen war viel schief gelaufen und dass die Polizei neulich wegen dieser toten Frau im Kontor gewesen war, machte ihn zusätzlich nervös.

Der Frachter hatte in der Zwischenzeit angelegt und der Kapitän kam auf sie zu. Van Brink sah wieder zu dem Gebäude hinüber.

~

Schreibers Aufregung stieg. Der Frachter hatte angelegt. Der Kapitän war von Bord gegangen und auf die beiden zugekommen. Die drei waren eine Weile in ein Gespräch vertieft, während die Mannschaft damit begann, die Ladung zu löschen. Schreibers Mund wurde vor lauter Anspannung immer trockener. Er ließ das Fernglas los, goss sich noch eine Tasse Kaffee ein und nahm einen großen Schluck. Als er wieder hinaussah, war van Brink nicht mehr da. Dafür begleitete jetzt ein Teil der Mannschaft zehn Gestalten von Bord. Erst dachte Schreiber, dass sie deformierte Köpfe hätten, doch als er genauer hinsah, merkte er, dass man ihnen Säcke übergezogen hatte. Der Statur nach schienen es alles Männer zu sein. Schreiber sah, wie De'Gruyter etwas zum Kapitän sagte und sich dann vom Kai entfernte – auf das Gebäude zu, in dem er sich befand. Schreiber sackte das Herz in die Hose. Er fürchtete, entdeckt worden zu sein.

„Hände hoch."

Es klickte. Das, was er da hörte, war das Geräusch, das der Hahn von van Brinks Revolver von sich gab, als sein Besitzer ihn spannte. Schreiber verstand nicht, wie der Kontorschef so schnell hatte hier hinkommen können. Und wieso van Brink? Er hatte doch De'Gruyter auf das Gebäude zugehen sehen.

„Mh, wen haben wir denn da?"

Schreiber fühlte den kalten Stahl des Revolvers in seinem Nacken.

„Ich... ich... ich weiß gar nicht, was Sie von mir wollen. Ich habe mir nur ein warmes Plätzchen für die Nacht gesucht", stammelte Schreiber.

Der Lauf des Revolvers wurde noch tiefer in seinen Nacken gepresst. „Verarschen kann ich mich alleine. Wer bist du und was machst du hier?"

„Hände hoch!"

„Der Typ hier hat uns beobachtet. Der muss weg. Wer weiß, was der schon alles über uns rausgefunden hat."

„Ich wiederhole mich nur ungern – Hände hoch, van Brink!"

Van Brink drehte sich um. Jan De'Gruyter stand in der Tür, hatte seine Pistole auf ihn gerichtet und sah ihm entschlossen ins Gesicht.

„Jan, was soll das? Der Typ hier gefährdet unser ganzes Geschäft. Der muss weg."

„Ich werde nicht zulassen, dass du noch jemanden umbringst. Hände hoch!"

„Das ist in der Tat ein sehr gutes Stichwort. Polizei, Hände hoch und Waffen fallen lassen!"

Schreiber, der es mittlerweile gewagt hatte, sich langsam umzudrehen, war selten so erleichtert gewesen, Handerson und seine Kollegin zu sehen, die nun beide mit gezogener Waffe hinter De'Gruyter standen. Van Brink stand immer noch mit vorgehaltener Waffe da und wurde von De'Gruyter in Schach gehalten. Beide sahen nicht so aus, als ob sie so leicht aufgeben wollten. Dann ging alles ganz schnell. Schreiber handelte instinktiv. Er griff in Windeseile nach seiner Thermoskanne und zog sie van Brink von hinten über den Schädel. Während der Kontorseigner bewusstlos in die Knie ging, wurde De'Gruyter von den beiden Polizisten entwaffnet und zu Boden gebracht.

„Sie sind verhaftet, De'Gruyter", sagte Handerson, während er ihm Handschellen anlegte. „Anna, ließ ihm mal seine Rechte vor."

„Ich glaube, Sie missverstehen da etwas, Herr Kommissar."

„So?"

„Schauen Sie mal in meine rechte Brusttasche."

„Wie? Brusttasche?", Anna war verwirrt.

„Schauen Sie nach", sagte De'Gruyter gelassen.

Handerson drehte den gefesselten Chefsekretär mit Annas Hilfe auf die Seite, steckt seine Hand in die Brusttasche des Mantels und zog einen Ausweis heraus.

„Bundesgrenzschutz?"

„Spezialeinheit für Menschenhandel."

Carlshaven,
Büro der Mordkommission,
10. April 2016, 2 Uhr morgens

Während Anna und Handerson sich um van Brink und De'Gruyter gekümmert hatten, hatte sich Peter zusammen mit der herbeigerufenen Verstärkung der Schiffsbesatzung und ihrer „Lieferung" angenommen. Nun saß die Mordkommission mit Schreiber zusammen in ihrem Büro und lauschte den Ausführungen De'Gruyters, der eigentlich Jeroen Groote hieß.

Er war für eine Spezialeinheit des Grenzschutzes tätig, die herausgefunden hatte, dass viele der afrikanisch stämmigen Flüchtlinge auf dem Seeweg nach Amberland eingeschleust worden waren. Schnell war der Verdacht auf das Kaffeekontor gefallen und man hatte Jeroen Groote alias Jan De'Gruyter dort eingeschleust. Es war ihm gelungen, schon nach sehr kurzer Zeit van Brinks Vertrauen zu gewinnen und sich in die Geschäfte mit einbinden zu lassen.

„Was Sie gemacht haben, war sehr gefährlich, Herr Schreiber", sagte Groote.

„Ich wollte wissen, was mit Monique passiert ist."

„Und Sie wären fast genauso geendet wie ihre Freundin."

Schreiber schaute betreten zu Boden.

„Van Brink hatte Ihre Kollegin auf dem Dach des Containers entdeckt, genauso, wie er Sie in dem alten Verwaltungsgebäude entdeckt hatte. Wenn so jemand wie er eines nicht gebrauchen kann, dann sind es Zeugen. Er hat keine Sekunde gezögert und Frau van Leeuwen sofort kaltblütig erschossen. Anschließend hatte er nur das Problem, dass er die Leiche entsorgen musste, da er sie auf dem Container nicht liegen lassen konnte."

„Wieso haben Sie ihm dabei geholfen?", schaltete Handerson sich ein. „Das fällt doch unter Strafvereitelung wenn nicht gar unter Beihilfe."

„Ja, das schon, aber anders hätte ich die gesamte Ermittlung gefährdet. Van Brink hat die Leute auf seinen Frachtern hierher gebracht und weiterverteilt. Er hat dabei auch nicht schlecht verdient, aber die Drahtzieher waren ganz andere. Wir wollten an die Hintermänner ran. Ich habe meinen Vorgesetzten damals über den Vorfall informiert. Er wusste, wo wir die Leiche hingebracht haben. Ich hatte mit ihm verabredet, dass sie nach einigen Wochen während eines Kontrollgangs auf dem Gelände ‚zufällig' gefunden werden sollte. Ich hatte die ganze Zeit gedacht, dass mir die Frau bekannt vorkam, mir ist erst später aufgefallen, dass es die Frau war, die sich Belle Stijn genannt hatte."

„Und die Hintermänner haben Sie jetzt?", fragte Anna.

„Leider nein, da Sie durch Ihre Einmischungen unsere ganze Ermittlung haben platzen lassen. Wir haben van Brink und den Kapitän. Die wirklichen Hintermänner sind uns leider immer noch unbekannt und an die werden wir jetzt auch nicht mehr rankommen."

„Aber wenn Sie heute Nacht verhindert haben, dass van Brink mich erschießt, wieso haben Sie damals nicht verhindert, dass er Monique getötet hat?"

„Ich war damals nicht schnell genug. Ich war so sehr mit dem Kapitän und den Flüchtlingen beschäftigt gewesen,

dass ich nicht gemerkt hatte, dass van Brink plötzlich verschwunden war. Dann hörte ich den Schuss und sah ihn oben auf dem Container stehen. Als ich auf den Container geklettert war, war es schon zu spät. Ihre Kollegin lag blutend da und hatte ein Loch in der Stirn. Heute habe ich mehr auf ihn geachtet, zumal er schon vor dem Eintreffen des Frachters sagte, dass er glaube, in dem Gebäude sei jemand. Als er plötzlich davon eilte, bin ich ihm schnell hinterher. Apropos ‚schnell' – wo kamen Sie eigentlich her?"
Er schaute Handerson und Anna an.

„Wir hatten mit Hilfe einer IT-Forensikerin herausgefunden, dass van Brink in irgendwelche illegalen Geschäfte verwickelt war und dass in der Nacht eine Lieferung erfolgen sollte. Daher waren wir zum Hafen gefahren und hatten uns angesehen, von wo aus man ungestört die Anlegestelle am Kai beobachten kann. Wir waren schon sehr früh da, weil wir kein Risiko eingehen wollten, entdeckt zu werden. Wir waren überrascht, dass wir da nicht die einzigen waren."

Handerson sah Schreiber böse an, der wieder betreten zu Boden schaute.

„Na ja, und als wir van Brink und Sie in das Gebäude haben gehen sehen, wussten wir, dass Herr Schreiber in Gefahr war. Da haben wir uns aufgeteilt und sind hinterher, während Peter auf Verstärkung gewartet hat."

Groote seufzte.

„Gut, an die Hintermänner der Schleuser sind wir zwar nicht herangekommen, aber der Kapitän und der Reeder sind wegen Menschenhandels dran und van Brink wird sich zusätzlich wegen Mordes verantworten müssen."

Alle nickten stumm. Es war ihnen gelungen, den Mord aufzuklären, aber befriedigend fanden sie alle das Ergebnis dennoch nicht.

Weitere Bücher der Autorin

Eine illustrierte Erklärung der Menschenrechte in 30 Skizzen

Sie hat sich jung gehalten: am 10. Dezember 2018 feierte die *Allgemeine Erklärung der Menschenrechte* bereits ihren siebzigsten Geburtstag und dennoch ist ihr Inhalt so aktuell wie damals – ein guter Grund also, sich auch einmal literarisch mit der Jubilarin auseinanderzusetzen. Dabei herausgekommen sind dreißig kurze Texte, die einzelne Aspekte der dreißig Artikel der AEMR näher beleuchten und zeigen, wie allgegenwärtig und universal das Thema Menschenrechte auch so viele Jahre nach der Verabschiedung dieses Dokumentes noch ist.

ISBN: 978-3-748580-44-7 (Print, 10 €)

ISBN: 78-3-748580-39-3 (E-Book, 2,99 €)

ÜBER DAS BUCH

Dieses Buch vereint erstmals alle drei bislang erschienenen Bände der beliebten Menschenrechtskrimireihe über Kommissar Handerson und sein Team in einer überarbeiteten und korrigierten Form.

Der Einsatz für die Menschenrechte ist nicht umsonst – er kostet Geld. Mit dem Kauf dieses Buches unterstützen Sie die Arbeit von Amnesty International, da das gesamte Autorenhonorar der Organisation zugutekommt. Über weitere Spenden zur Finanzierung unserer Arbeit freuen wir uns jederzeit.

Empfänger: Amnesty International
Bank: Bank für Sozialwirtschaft Köln
IBAN: DE23 3702 0500 0008 0901 00
BIC: BFSWDE33XXX
Verwendungszweck: Gruppe 1206

ÜBER DIE AUTORIN

Adrienne Träger, geboren 1981 in Eschweiler bei Aachen, ist Übersetzerin, Untertitlerin, Fremdsprachendozentin und langjähriges Amnesty-Mitglied.

ISBN 978-3-7502-4690-4